『私の女とはなんでしょうか？』
アゴールが強張った顔で声を出す。
『う、うしろ……』
二人がゆっくりと後ろを向くと、
女と目が合った
王国へ続く道⑦

俺は全裸になってベッドに腰掛ける。
逸物はまだ高まっておらず
だらりと垂れ下がっている。
目の前には四人の女が顔を上気させ、
その時を待っていた。

「ノンナ、お前からおいで」
「はい。一番乗りを頂きますね」

ナタリーは大きく膨らんだ逸物そのものに乗るようにして両手でゴシゴシこする。

「あはは、こうしているとまるで私に生えてるみたい」

精を吐かせるためだけに強く、擦られる肉棒はビクリと跳ね、その度にナタリーも動く。

王国へ続く道 ⑦

湯水快 × Illustration 日陰影次

口絵・本文イラスト　日陰影次

王国へ続く道⑦

第一章 商人来たりて

辺境域に暮らす山の民《たみ》を平定して回った俺《おれ》はルナとルビーと言う新しい女達《たち》を引き連れてラーフェンへと帰還《きかん》する。

「エイギル様!!」

屋敷《やしき》に戻《もど》るまでもなく、ラーフェンの町が見え始めた所で一騎《いっき》の騎馬《きば》が走りこんでくる。肩《かた》口《ぐち》やや下で揃《そろ》えられた銀髪《ぎんぱつ》を靡《なび》かせた女は可愛《かわい》い俺のセリアだ。

軍が戻る前に出した軽騎《き》兵《へい》から帰還予定を聞き出したのだろう。

「せいやっ!」

「ははは、こらこら危ない」

セリアを置いて遠征《えんせい》に出たのは初めてだから寂《さび》しかったようで、馬を並ばせるなりシュバルツに飛び移ってくる。

「どうして私を置いていっちゃうんですか! せめて場所だけでも知らせてくれたらすぐに後を追いましたのに!」

ポコポコと俺の胸板《むないた》を叩《たた》くセリア。いつも他の者の目がある場所では硬《かた》い態度と言葉《ことば》遣《づか》いを崩《くず》さないセリアがいい感じに乱れ、目には涙《なみだ》も浮《う》かんでいる。

山の民の領域は広大な上、土地に明るくない者が踏《ふ》み込めば死も覚悟《かくご》せねばならない程《ほど》の厳しい土地、闇雲《やみくも》に追ってはこられなかったらしい。

「なぁに体調が悪かったのだろ。たまには体を休ませるのも大事だぞ」

「ほんの数日のことです！　この一月、私がどれほど寂しい思いをしたか――んむっ！」

セリアを抱《だ》き寄《よ》せて唇《くちびる》を奪《うば》い、頭を押《お》さえて舌を入れる。

「んむむ……ぐむ……くぅん」

濃厚《のうこう》で激しいキスは長く続き、互《たが》いの唾液《だえき》でいっぱいになった口から唾液が溢《あふ》れてシュバルツのたてがみを汚《よご》す。

『何をする』とばかりにシュバルツが何度も振《ふ》り返《かえ》るも、俺たちがやめないので諦《あきら》めて歩を早めた。さっさと帰り着くことにしたらしい。

たっぷり十分ほどキスをしてセリアを解放し、口に残った彼女《かのじょ》の唾液を飲み干す。久しぶりだとうまく感じるな。

セリアも同じように喉《のど》を鳴らし、先ほどとは違《ちが》う涙で潤《うる》んだ目で俺を見つめる。

しかしそこで至近距離《きょり》でこちらを覗《のぞ》いているイリジナの視線に気付いたようだ。

「んにゃ!?　こ、これは違うのです！」

「いいんじゃないか？　情熱的で素晴《すば》らしいと思うぞ！」

豪快《ごうかい》に笑うイリジナに兵達も続く。

「いいモノ見せてもらいましたよ」

「激しいキスですなぁ」

「ここで始めてもかまいませんよ？」

セリアは行進中の軍団に飛び込んで来たのだから当然全員の注目が集まっている。その上で十分もキスをすれば最早《もはや》言い逃《のが》れは不可能だった。

セリアは意味を成さない叫《さけ》び声《ごえ》と共に、顔を真っ赤にして俺のマントに包《くる》まってしまった。その頭をマント越《ご》しに撫《な》でながら町に帰還していく。


町に入ると沢山《たくさん》の人間が忙《いそが》しく石を積み、穴を掘《ほ》り、家を建てていた。町の内部は一月前の出発時より明らかに建物が増え、建設途中《とちゅう》の家もそこいら中に見える。

更《さら》には柱を立てて板を張っただけの粗末《そまつ》な建物も点在している。

「ありゃなんだ？　随分《ずいぶん》せせこましいが家なのか？」

セリアがマントから顔を出し、冷やかす者がいないことを確認《かくにん》してから応《こた》えてくれる。

「あれは簡易住居です。家が出来るまで野宿させるわけにも行きませんので」

ふむ、見映《みば》えは悪いが雨風ぐらいは凌《しの》げるし火でも焚《た》けば冬が来ても問題ないか。一度にきちんとした家を短時間で用意できるはずもない。

領地には今もちょろちょろと流民が入ってきている。来年の豪華《ごうか》な家より明日の掘っ立《た》て小《ご》屋《や》の方が必要なのだろう。

「街壁《がいへき》に堀《ほり》も作ったんだな」

ラーフェンには開発中の部分からかなり余裕《よゆう》を持たせた広さの街壁《がいへき》が作られ始めていた。と言ってもまだ大規模に石を積み上げてはおらず、低い石垣《いしがき》の上に木壁を作り、空堀《からほり》を掘る程度のものだ。これでも魔物《まもの》や野犬の侵入《しんにゅう》は十分防げるし、軍隊で攻撃《こうげき》するにしても何もないよりは遥《はる》かに厄介《やっかい》だ。

「私もこの街壁の建造には関《かか》わっているのです！」

セリアがむんと胸を逸《そ》らせる。

おお、胸が服の上からでもしっかりわかる。大きくなったなセリア。

セリアが関わった部分は余りに細かすぎて覚えていないが、会えなかった時間を取《と》り戻すように頭と尻《しり》を撫でながらささやかな自慢話《じまんばなし》を聞いてやる。

「――というわけなんです！　私が居なかったらここの部分は……」

「そうか、セリアは可愛いな」

会話を続けながら駐屯地《ちゅうとんち》で兵を解散させ、そのまま屋敷に向かう。

「それでここの形状なんですが……。あれ？　どうして六人もいるのですか」

屋敷に向かうのは俺とセリア、そしてイリジナとピピの四人のはずだった。

「む……むむむ？」

何事もなかったようについて来るルナとルビーにセリアは疑惑《ぎわく》の目を向ける。

「駐屯地はあっちです」

セリアは帽子《ぼうし》を深く被《かぶ》った彼女達《かのじょたち》の顔を覗き込み、ようやく二人が女であることに気付いた。

「おんなっ⁉　……まさかっ！」

バッと俺に振り返る。

そこでルナは帽子を取り、丁寧《ていねい》に頭を下げて挨拶《あいさつ》した。

「私もルビーも族長様のお役に立つべくまかり越しました。故《ゆえ》に傍《そば》に付き従うは必定です」

「あたしはお姉ちゃん……姉様の付き人だから」

セリアは二人の表情を見て頭を抱《かか》えた。

「ではもう既《すで》に……」

「はい。私の純潔は族長様に散らされてございます。奥《おく》の奥まで豪棒《ごうぼう》を頂戴致《ちょうだいいた》しました」

「あたしは入れられてないけど体中にネバネバをかけられた」

セリアが大げさに仰《の》け反《ぞ》る。

「うう……でもまだ大丈夫《だいじょうぶ》です。むしろ二人で済んで良かったと考えましょう。ピピとイリジナさんだけでは抑《おさ》えようもなく百人乱れ食いしてもおかしくなかったのです」

セリアは何やらぶつぶつと呟《つぶや》いた後、再び胸を張ってルナに対峙《たいじ》する。

「エイギル様は既に妻が何人もいますし、それ以外の女も囲っておられます。なのでまずはご紹介《しょうかい》をさせて頂きます！」

「先ほどの熱烈《ねつれつ》な口付けを見るに貴女《あなた》もその一人なのですね？」

気勢を上げたセリアだが、先ほどの痴態《ちたい》を至近距離で見られていたことを思い出し、真っ赤になって再び俺のマントに包まったのだった。

「はぁ、ピピと同郷の。まあ妙《みょう》ちきりんな服でだいたいわかりましたけれど」

一通り家人との紹介を済ませた後、ノンナとルナが話し込んでいた。

俺が見た限りノンナは最初かなり露骨《ろこつ》に威嚇《いかく》していたがルナはそれをモノともしなかった。古風で馬鹿《ばか》丁寧《ていねい》な口調に気をとられがちだが彼女は少しだけイリジナと同じ匂《にお》いがするな。

反対にルビーはノンナの嫌味《いやみ》に気づき、上目《うわめ》遣《づか》いに睨《にら》みつけていた。

「はい。かくなる上は一族の誇《ほこ》りを背負って族長様にお尽くし致《いた》しまする。轡《くつわ》を並べよと言うなれば付き従い、夜伽《よとぎ》をせよと言うならば最後の一滴《てき》まで搾《しぼ》ってご覧に入れまする！」

ノンナは溜息《ためいき》を吐《つ》き、指を折って数えている。

貴族の生活を知っているノンナは当主が妻以外にも女を囲うことを特段咎《とが》めはしなかったが、人数的にそろそろ未知の領域に入っているのかもしれない。

そんなノンナを肴《さかな》に風呂《ふろ》上がりの俺は酒を飲み、そして両側にいるカーラとメルの腹を優《やさ》しく撫でる。

彼女達の腹はぽっこりと膨《ふく》らんでいた。種がついてから半年程だから無理もない。

「さすがにこのお腹《なか》だとヤれないわね。動くにも気を使うし」

「裸《はだか》になって体を冷やしても良く有りませんからね。カーラさんも野外排泄《はいせつ》控《ひか》えて下さいよ」

カーラの腹に耳を当ててみるも、まだ動く音は聞こえなかった。

「たまに動くんだけどね……子供生まれたらおかしくなるほど抱いてね？」

「私も死ぬほど抱いて欲《ほ》しいです」

妊婦《にんぷ》二人といちゃついているとルナと話をつけたノンナがいじけた顔でこちらに来る。

「もう種がついているのに次の話をしないで下さい！　ここに空いている胎《はら》があるんですから」

ノンナがスマートなままの自分の腹を撫でさする。

ノンナは胸以外の部分はとてもほっそりして心配になる程だ。そのせいで超巨乳が余計に目立って興奮もするんだけどな。

「なら今からやるか？」

「ええ！　今日こそは種を――」「はい」「もちろんです」「私もお願い」

女達は一ヶ月ぶりの情事をノンナに独《ひと》り占《じ》めさせるつもりはなかったようだ。

セリア、リタ、カトリーヌが俺の腕《うで》をとって寝室《しんしつ》へ導く。

「私達もいかない？　気分だけでもさ」

「そうですね。久しぶりにエイギル様のお道具を見せてもらいましょうか」

カーラとメルもついてくるようだ。

「まって下さい！　なんで肝心《かんじん》の正妻たる私が置いて行かれっあぶっ！」

慌《あわ》てて走り出したノンナは躓《つまず》いて派手に転倒《てんとう》する。乳がクッションになって頭を打たなかったようで何よりだ。

寝室に入った俺達《おれたち》は妊婦のことも考えて暖炉《だんろ》に強く火を入れる。

全裸《ぜんら》でも運動するには少し暑いぐらいだが、汗《あせ》にまみれて交わるのもいいだろう。

俺は全裸になってベッドに腰掛《こしか》ける。

一物《いちもつ》はまだ高まっておらずだらりと垂れ下がっている。

目の前には四人の女が顔を上気させ、その時を待っていた。

「ノンナ、お前からおいで」

「はい。一番乗りを頂きますね」

ノンナは嬉《うれ》しそうに服を脱《ぬ》ぐ。

音が鳴りそうな勢いで巨乳がこぼれ出ると俺も含《ふく》めて全員から思わず歓声《かんせい》が漏《も》れてしまう。

メルなどは無意識に拍手《はくしゅ》までしてしまった。

俺の顔よりも大きな乳房《ちぶさ》は垂れ下がることなく前を向く。

真っ白な肌《はだ》には一つのシミもなく、巨大《きょだい》な乳房に不相応なほど小さく可愛らしい桃色乳首《ももいろちくび》がちょこんと乗っている。

この乳は色っぽいを超《こ》えて芸術品に近い。これを好き放題にできるのが俺だけだと考えると世の中全《すべ》ての男に対して優越感《ゆうえつかん》を感じる。

「では失礼して……」

ノンナはベッドに腰《こし》かける俺の上に対面座位で乗って来る。

そして一物を掴《つか》んで自分の中に導こうとする。

てやる。

「んしょ、あれ？　えいっえい」

まだ半分程しか勃《た》っていないモノはうまく入らないらしいので、ノンナの腰を掴んで手伝ってやる。

「ほら先端《せんたん》をここに当てて……こうだ」

ずるりと柔《やわ》らかさの残る肉棒がノンナの割れ目に滑《すべ》り込む。

「ああっ！　は、入りました！　まだ柔らかいのに大きい……久しぶりだとびっくりします」

しばらく呼吸を整えてノンナは腰を振り始める。

最初は下半身をこすりつけるように前後に腰を振る。

「中で硬くなってきます！　ムクムク中で育って行くのがわかりますぅ！」

ノンナは俺の肩《かた》に手を置いたまま後ろに仰け反って喘《あえ》ぐ。

「ふふふ、まだ大きくなるぞ。腰の動きを上下に変えるんだ」

理由はもちろん揺《ゆ》れる胸を見たいからだ。

ノンナは素直《すなお》に従い、至近距離で巨乳がブルンブルン揺れる。

「これだけの巨乳に可愛らしい乳首《ちくび》がたまらない。悪戯《いたずら》してやる」

俺は猛然《もうぜん》と揺れる乳房に狙《ねら》いを定め、顔を寄せて見事乳首を咥《くわ》える。

「ああっ嬉しいです！　たっぷり味わって下さい」

ノンナは全身を震《ふる》わせてから俺の頭を抱き締《し》める。

俺の顔は巨大な両乳房に完全に埋《う》まってしまった。

素晴らしい感触《かんしょく》に今だ七分程の硬さだった一物が音をたてて膨張《ぼうちょう》する。

「まだ膨らんでます！　穴がいっぱいに……あぁっダメ！　中から押《お》し広《ひろ》げられていっちゃいます！　エイギル様も早く！　私だけイっちゃいます！」

「一月もほったらかしたんだ。今日は俺に遠慮《えんりょ》せずに気持ちよくなれ」

言葉通り今回の性交では自分の射精よりも女達に快楽を与《あた》えてやるつもりだった。

俺は唇を噛《か》みしめて絶頂を堪《こら》えるノンナの腰を両手で抱き、下腹部に力を入れた。

更に膨張した肉棒に気付いたノンナが顔をあげると同時に、ノンナの一番気持ちのいい場所をこすりあげる。

短く高い嬌声《きょうせい》をあげて仰け反るノンナの弱点を更に数度容赦《ようしゃ》なく擦《す》り上げ、止めに一番奥を突《つ》きあげる。

我慢《がまん》していたノンナの絶頂が堰《せき》を切って溢れ出《だ》す。

俺の頭を抱えていたノンナの手が離《はな》れて虚空《こくう》を彷徨《さまよ》い、上半身は更に仰け反って俺の膝《ひざ》から落ちそうになってしまう。

離れていこうとするノンナの体を俺はがっちりと抱き寄せ、今度はこちらから巨大な胸の谷間に顔を突っ込んだ。

何度か息継《いきつ》ぎをしながらの激しい絶頂の叫びと、それが演技でないと示す強烈《きょうれつ》な締《し》め付《つ》けを味わいながら、ゆっくりと腰を動かし女の絶頂を長引かせてやる。

獣《けもの》のような叫びが五度の息継ぎを挟《はさ》んだ時、ノンナの全身から力が抜《ぬ》けた。

「おっと。失神してしまったか」

完全に脱力《だつりょく》したノンナを落とさないよう抱え上《あ》げ、ベッドに寝《ね》かせてキスをする。

そしてゆっくりと腰を離していく。

「あぐぅ！」

射精しておらず、硬さを失っていない一物の傘《かさ》がノンナの入り口に引《ひ》っ掛《か》かり、やや強引《ごういん》に抜くと大量の潮が飛び散った。

「次は誰《だれ》にする？」

完全に立ち上がり、淫液《いんえき》と潮に濡《ぬ》れ光る一物を残る三人に向ける。

ノンナの巨乳が解放された時と同じく小さな歓声があがった。何とも誇らしいな。

まず手をあげたのはリタだった。

「下さいませ旦那《だんな》様《さま》……特大黒光り巨根でリタを嬲《なぶ》って下さいませ！」

負けじとカトリーヌも飛びついて来る。

「私も欲しいわ。そもそも私をこんな淫乱《いんらん》にしたくせに1ヶ月も放置するなんて酷《ひど》いわ」

奪い合《あ》うように一物に舌を這《は》わせてくる二人だが、カトリーヌの方がより余裕がなさそうに見える。リタは俺を誘惑《ゆうわく》するために色っぽく肉棒を舐《な》めていたが、カトリーヌは本当に我慢が出来ないのか短く浅い息をしながら噛み付くような愛撫《あいぶ》をしてくる。

「ははは、悪いなリタ。このままだとカトリーヌが過呼吸になってしまいそうだから後に回ってくれ」

リタは仕方ないとばかりに下がり、カトリーヌは満面の笑《え》みで正面から乗って来る。

「ああやっと……一ヶ月ぶり……久しぶりのチ◯ポぉ！」

「うおっ」

カトリーヌは俺をベッドに押し倒《たお》し、全体重をかけて飛び乗るように挿入《そうにゅう》してしまった。

肉棒は一瞬《いっしゅん》にして最奥《さいおう》に達し、子袋《こぶくろ》の入り口が軋《きし》む感触があるも、カトリーヌは微塵《みじん》も痛みを訴《うった》えない。

「いいっ！　いいわぁ!!　ち◯ち◯が入ったぁ！　大好きなち◯ぽぉ!!」

「……うわぁ」

傍で見ていたカーラとメル、そしてセリアも呆《あき》れた顔を浮《う》かべる。

だがそんなことは気にも留《と》めないでカトリーヌは肉棒を咥えこんだまま「チ◯ポチ◯ポ」と連呼して腰を振り続ける。その動きはノンナの何倍も激しい。

「もっと強く抱いて！　背骨を折るぐらい！　乳首もお豆もつねってぇ！　千切れてもいい！」

「いや良くないだろう」

さすがに殺してしまう訳にはいかないので、俺はカトリーヌの胸に強めに吸い付き、乳首を引っ張るように吸いながら怪我《けが》しない程度に腰をぶつける。

「ん？」

ふと乳首を含んだ口の中に大量の液体を感じた。

「母乳を噴《ふ》いたのか」

カトリーヌは腰を振りまくり、理性の欠けた目のままで返す。

「そうよ！　私は貴方《あなた》に抱かれると乳がいっぱい出るのよ。アントニオはいっぱい飲むから、足りるように無茶苦茶《むちゃくちゃ》抱いて、いつでも母乳噴く体にして!!」

カトリーヌは二児の母、それもアントニオは今一番母乳を必要としているので大事な乳首に乱暴するわけにはいかない。

替《か》わりにと尻に手を回し、遠慮なく人差し指を突き立てる。

「お尻!?　いいわ、そっちも嬲って、好き放題にしてちょうだい」

カトリーヌは俺に尻をいじられながらも腰の動きを緩《ゆる》めることはなかった。

だがカトリーヌの性欲に最後まで付き合ってしまえばかなりの時間がかかってしまう。

またリタとセリアが残っているのだから一気に決着をつけてやる。

尻の穴に指を三本入れ、乳首に吸い付く。更に体を少し離して肉の豆を指で強く摘《つま》んだ。

肉豆への乱暴な愛撫は他の女なら刺激《しげき》が強すぎて痛みを感じるかもしれないがカトリーヌなら大丈夫だ。現に彼女は嬉しそうな咆哮《ほうこう》をあげている。

「もうだめっ！　飛びます！」

「遠慮なく満足しろ。久しぶりの絶頂だろ？」

遂《つい》にカトリーヌの腰が砕《くだ》け、騎乗位《きじょうい》が崩れて覆《おお》いかぶさってくる。

「目！　目を見てください！」

カトリーヌは俺の顔を両手で挟んで正面から見つめあわせる。

普段《ふだん》絶頂が近くなったカトリーヌは目を閉じたり仰け反ったりするのだが、今日は見つめあったまま昇天《しょうてん》したいらしい。

「ああ、お前が昇《のぼ》る淫《みだ》らな顔を見ていてやる。そらいけ！」

「あっ……あぁぁぁぁぁ!!　ああぉぉぉぉーーー!!　んひぃぃぃ!!」

最後とばかりに豆に爪《つめ》を立て、尻穴を強くほじると、俺の目を見たままカトリーヌは絶頂し、口元から涎《よだれ》を垂らしてもたれかかって来る。

胸に大量の温かい汁《しる》、手も触《ふ》れていないのに噴出《ふんしゅつ》した母乳が流れ、穴は肉棒を絞《し》め殺《ころ》さんばかりにきつく締まる。

数分の間絶頂は続き、やがてカトリーヌの目がゆっくりと閉じて行為《こうい》は終わった。

「ノンナ、そっちにおいてやれ」

意識を失ったカトリーヌを目を覚ましたノンナに任せる。

「うぅ母乳羨《うらや》ましい……私だって孕《はら》めばたっぷり出そうなのに」

ノンナは自分で巨大な乳房を持ち上げて自分で乳首を吸う。当然ながら乳は出ないようだ。

「次はリタか、おいで」

「待《ま》ち焦《こ》がれました」

リタは背面から座位の姿勢で肉棒に手を添《そ》えて股間《こかん》に導く。

「どちらに致しましょう」

「女の方で頼《たの》む。後にセリアもいるからな」

「かしこまりました。んぐっ!!」

リタは体重をかけて肉棒を性器に飲み込んでいく。

射精していないので肉棒は最初よりもずっと硬く大きくなってきていた。

体の大きさを考えれば最初にセリアを抱いてやるべきだったかもしれない。

俺が考え事をしている間にも、リタは俺の太ももを掴み体重をかける。硬く張った先端が肉を押し広げて奥へと入っていく。

互いの汁を絡《から》ませて滑りながらも時折中でひっかかり、その度にリタは色っぽい苦悶《くもん》とも悦《よろこ》びともとれる声をあげた。

男根はズルリズルリと淫靡《いんび》な音を立てながら少しずつ入り込み、数十秒の時間をかけてようやくリタの一番奥にキスをした。

「やっと入った……凄《すさ》まじい巨根、すごくいい！　また大きくなったのではありませんか？」

俺はベッドに体を倒しながらリタの尻を撫で回《まわ》し、左右の尻たぶを掴んで広げて笑う。

「お前も負けずにでかい尻だ。さてはまた大きくなったな？」

「も、もう！　女にそれは誉《ほ》め言葉になりません！　事実なのであまり見ないで下さい」

残念ながら視界のほとんどはお前の尻だから見ないことは不可能だ。

俺達は視線を合わせて笑い合い、リタは自分が動くと合図して腰を引き上げる。

「うう……うぅぅ……！」

大きな尻が肉棒が抜ける寸前まで持ち上がり、動きを止めて再びゆっくりと降りて来る。

先端が最奥に食い込むと短く悲鳴をあげて体を震わせ、再び腰を持ち上げて引き抜いて行く。

竿《さお》を締め上げながらの引き抜き、肉を押し広げる挿入の感触、女の最奥を尿道《にょうどう》で叩く快感、決して激しい動きではないがリタは三種類の快感を絶え間なく与えてくれる。

「本当はもっと大きく動いて根元まで受け入れたいのですけれど、お大事が余りに長いので、腰が追いつきません。それに少しでも油断すると……ひぎっ！」

快楽で更に膨張した男根がリタの良い場所を擦ったのだろう、彼女から一瞬力が抜け、そのせいで腰が大きく落ちて先端が強く最奥に食い込む。

リタは全身を痙攣《けいれん》させたが、荒《あら》い息を吐きながら持ち直し、再び腰を引き上げる。

「一人で昇ってしまうところでした……本当に凶悪《きょうあく》なモノですわ。気を入れて再開します」

リタはむんと気合を入れ、俺の太ももをがっちり掴んで腰の動きを速めていく。

「こいつはすごい」

リタの巨尻が目の前で踊《おど》り、俺の下腹部に当たって豪快な音を立てる。

性的な興奮か、それとも激しい動きのせいか尻に汗が浮き出し、視覚からの興奮を高める。

「しかしでかいケツだ。この尻たぶなんて一体何キロあるのか」

言いながら俺は両手でリタの尻たぶを掴み、左右に拡《ひろ》げてみる。

「だが肛門《こうもん》は案外に可愛らしく窄《すぼ》まっているよな」

途端《とたん》、リタの豪快な腰振《こしふ》りが乱れる。

「そんな広げて見ないで下さいまし！」

気が逸れたせいで疲《つか》れが出てきてしまったのか腰の動きが緩やかになってくる。

豪快な肉の音が小さくなり、リタの尻が俺の腹に乗って止まる。

そしてリタが不安げに振り返って来る。

「もしかしてお気持ち良くないですか？　私で三人目なのになかなか射精して下さいませんので……」

「いや、今日は先にお前たち全員を昇らせてやろうと思ったんだ。俺を感じさせようとせず、自分が気持ちいいように動け」

リタは安心したように顔を緩めて擦り付けるような動きに変わる。俺の肉棒に奉仕《ほうし》する動きではなく、自分の良い場所を擦りあげる動きだ。

リタが先程《さきほど》よりも強烈な快感を得ているのが分かる。何しろ尻穴がひくひく動き始めたからな。言うとまた恥《は》ずかしがるだろうから密《ひそ》かに観察し続けよう。

「むぅ、なんとか根元まで入って頂きたいのですが、一番奥まで入れてもまだこんなに余ってしまいますわ」

リタは悲しそうな声を上げて、肉棒の入りきらなかった部分を撫でる。

今のところ俺を根元まで受けいれられるのはメリッサとイリジナだけ、多分カトリーヌはいけそうだが怪我をしそうなのでやっていない。

だがリタは尻も特別に大きいし、相応に性器にも余裕がある。過去に調教されていたせいで中も開発されて程よく緩んでもいる。これはもしかするといけるかもしれないな。

「リタ、根元まで欲しいか？」

「もちろんですわ」

「痛みを覚悟するなら挑戦《ちょうせん》してみるか？」

「是非《ぜひ》っ!!」

よし、ならば穴の一番奥まで俺のモノにしてやろうではないか。

リタの姿勢を修正し、今度は俺の方から腰を突き上げて挿入していく。

「あぁ入ってきます。今までよりずっと深く……」

ここまでの性交で濡れに濡れた穴はどんどん肉棒を飲み込んでいくが、最後あと一息の部分で最奥を突いてしまい入らない。

「もう少し……あと数ｃｍなのに！」

リタは体を弾《はず》ませて体重をかけ、必死に入れようとするが彼女の穴はもう限界だとばかりに抵抗《ていこう》して根元まで挿入しきることはできなかった。

「やはりこれ以上は入りません……無念です」

俺は肩を落としたリタに命令する。

「リタ、手を頭の上で組むんだ」

「こうですか？」

背面の騎乗位のままで俺に乗っていたリタは手を俺に見せるように頭の上で組む。

「よしよし、では次は……ふふ、すまん。騙《だま》し討《う》ちだ。覚悟してくれ」

　俺はリタが振り返る前に彼女の尻を掴み、力任せに引き寄せて肉棒を根元まで挿入した。

　リタの体重を遥かに超える俺の腕力《わんりょく》に後押《あとお》しされた肉棒は硬く抵抗する子袋の入り口を楽々と突破《とっぱ》する。肉棒にズリュンと生々しい感触が伝わった。

「えっ？」

　リタは最初何が起こったかわからないようだったが、子袋に肉棒が食いこむ感触と音は確かに響《ひび》いたはずだ。

　そして数秒後、快楽と痛みが押し寄せる。

「あ？　あぁ？　あぁぁぁ……あ、あがぁぁぁ‼」

　リタの体が仰け反り、手足が伸《の》びきる。喉から断末魔《だんまつま》のような嬌声が飛び出す。

「ちょっとエイギルだめだって！　リタ白目剥《む》いちゃってるわよ！」

　俺からはリタの顔は見えないが尋常《じんじょう》ではない顔をしていたようでソファから鑑賞《かんしょう》していたカーラが声を上げた。

「あぁぁぁ！　ダメ、苦しい！　やめ、やめ……やめないで！　絶対にやめないで！　全身が痺《しび》れて……意識が……脳が焼け……かふ……」

　子袋を犯《おか》された絶頂は相当に深かったらしく、リタは止めないでと叫びながら全身を何度も震わせて失神。脱力と同時に大量の潮と尿《にょう》を噴出させてしまった。

　これだけ盛大に昇ってくれると男として嬉しい。だが一つ問題が発生してしまった。

「気を失っているのに中が強烈に締まって抜けない。セリア、ちょっと引っ張ってくれるか？」

「わかりました。わぁ……凄《すご》い顔です。人間の舌ってこんなに外に出るものなのですね」

相当なイキ顔なのだろう。俺は見てやらないのが礼儀《れいぎ》だな。

セリアに手伝ってもらって一物をリタから引き抜く。

子袋まで食い込んだ一物が抜けるとそれが刺激になったのか断続的な潮噴きが始まり、まったく止まらなくなった。

「風呂場《ふろば》で洗ってやってくれ」

部屋の前で待機していたメイドたちにリタを預ける。

「うわすご」「えげつな」

メイド達の呟きからもリタがどんな顔になっているのか見当がつく。しっかり洗ってやってくれ。

「さて、最後になったな」

俺がベッドに乗るとセリアがさっと隣《となり》に寄りそう。

「大丈夫です。それに今までで一番すごいことになっていて嬉しいです」

セリアの指摘《してき》通り俺の肉棒は大変なことになっていた。

リタで一度射精しようかとも思っていたのだがああなってしまってはそれ以上腰を振ることは出来ない。あれ以上快感を与えたら狂ってしまうかもしれないからな。

「しかし、これだけでかくなるとお前にはきつくないか？　なんなら一度口で発射させてくれればある程度萎《しぼ》むかもしれないぞ」

「いえ、このままドンと来て下さい！」

セリアも処女を奪った頃《ころ》に比べれば穴も慣れ、体も大きくなっているから大丈夫かな。

「体位は何がいい？」

「座位で！　顔の見える正面からお願いします」

ハキハキとした物言いに笑いながら、俺はベッドの上で胡坐《あぐら》をかく。

セリアは抱き締めあって出来る座位が大好きだったな。

そして胡坐をかいた足の間からは三人の女を渡《わた》り歩《ある》き、充血《じゅうけつ》して血管を浮き上がらせた男根が垂直にそそり立っている。

正直セリアにねじり込むのは無理のあるサイズに思える。

「苦しかったら遠慮せずに言えよ。別に中止じゃなくて一回出してからまた抱いてやるから」

「大丈夫です。いきます」

セリアは俺に跨《また》がるとゆっくりと腰を落としていく。

だが当然根元まで入るはずもなく、半分もいかないうちに彼女の一番奥に当たる。

「あぅぅ……き、きつい。でも、いけます！」

今までの三人よりもずっと小さなセリアの穴は、最大化した男根を受け入れて張《は》り裂《さ》けんばかりに広がっている。

それでもセリアの覚悟か今までの開発の成果か、少しぐらいは動けそうだ。

「あっ！　ああっ！　あんっ!!」

セリアは可愛い喘ぎを上げながら中腰《ちゅうごし》のまま腰を振って肉棒を擦りあげる。中々に体力を使う動き方だと思うが、軍で鍛《きた》えた成果なのかもしれない。

そしてある程度動いたら動きを止めて中を締め、キスをねだるのも忘れない。

「セリアちゃんもうまくなったわね」

「ほんと娼婦《しょうふ》みたいな腰使いとキスね」

外野の野次《やじ》も気にせずに腰を動かし続けるセリア。

「おっとこみあげてきてしまった。情けなくてすまんな」

四回戦目ということもあって俺の方は最初から限界に近かった。

セリアは咎めるでも失望するでもなく、嬉しそうな顔で俺の頭を抱き締めた。

俺《おれ》はその小さめの乳房を吸いながら呻《うめ》く。

「ああ出るぞ。大量だ……先にいかせてもらう」

「ふふ、遠慮なくどうぞ。エイギル様が先にイくなんて中々ないので新鮮《しんせん》です」

セリアは俺の頭をなで続け、お返しに俺は小尻《こじり》を両手で掴んで腰を突き上げる。

そして張りのある尻を揉《も》み込みながら一声呻いて射精した。

「あはっ！」

たっぷりと溜《た》まっていた精が濁流《だくりゅう》のように流れ込み、セリアは体を反《そ》らせて快楽を味わう。

「むう……射精は私の中が良かったのにぃ」

ノンナの恨《うら》み言《ごと》も無視して長く長く射精は続く。

「すごいです……根元から先端まで種汁がびゅるるって上がって来てるのがわかります。そのお汁が先端から私の中に飛び出してます……重くて……熱いです」

セリアは嬉しそうに解説しながら俺の頭と自分の下腹部を撫でる。

「そんな仕草をされたら余計に……おおう」

セリアの声と仕草に触発《しょくはつ》された玉が更に粘度《ねんど》の高い種汁を吹《ふ》き上げる。ただ一回の射精で、全ての種が出切ってしまいそうな勢いだ。

大量の射精は分単位で続き、やがて全てを出し切って力を失った肉棒がセリアの腹から抜け落《お》ちる。

途端、粘着質《ねんちゃくしつ》で卑猥《ひわい》な音と共にセリアの穴から滝《たき》のように種がこぼれた。

「ふぅ、良かったぞ」

「私もです」

だがセリアはまだ昇っていないはずだ。

「お前の可愛《かわい》い口と舌で奉仕してくれ。すぐに復活して昇らせてやるから」

だがセリアは俺の股間に顔を寄せるのではなく、何故《なぜ》か俺を押し倒す。

そして柔らかくなった肉棒を自分の穴の入り口に添えた。さすがにこの硬度《こうど》では入らないぞ。

「大丈夫です。裏技《うらわざ》を知っていますから」

セリアは耳に口を寄せて言う。

「なにを？」

答えないままセリアは口をずらして俺の首筋をぺろりと舐める。

セリアがこうやって甘《あま》えてくることはよくあるのだが、次に来たのはキスではなく痛みだった。

セリアは俺の首筋に甘噛《あまが》みというには強く噛みついたのだ。

若干《じゃっかん》の痛みと共に俺の皮膚《ひふ》へセリアの歯がめり込んでいく。

やめさせようとしたが、言葉の前に噛みつきを止めたのは一気にそそり立った一物だった。

「いかん。この感覚は本当にいかんぞ！」

信じられない勢いで肉棒は膨張を続け、勃起《ぼっき》の勢いだけでセリアの狭《せま》い穴に頭を突っ込み、胎内《たいない》にグイグイ押し入《い》っていく。

「きたっ！　ふっ太いです！」

既に射精前の大きさを超えて膨張した一物はまったく動かないままセリアを攻《せ》め上げていく。

この感触を以前に体験したことがある。山の民《たみ》の女に噛みつかれた時だ。

「お前見ていたのか？」

セリアは知らないとばかりに顔を逸らすが、その顔もすぐに歪《ゆが》んでいく。お前は馬鹿《ばか》なことをしてしまった。

あの山の民の女よりもセリアの方が美人だし思い入れもある。同じことをしても肉棒の反応が違《ちが》ってくる。肉棒の膨張がまったく止まらない。

「膨らむのが止まらないです！　ああっもう壊《こわ》れちゃいます！　エイギル様止めて下さい！」

先端は既にセリアの奥をこれでもかと押し上げているし、膨張する竿が狭い穴を押し広げ、メリメリと肉が軋む音が伝わって来る。

「分かっているが自分でも膨張を止められん！」

もう俺自身で制御《せいぎょ》が出来ないし、感覚的にまだまだ大きくなりそうだとわかる。

これ以上はセリアが壊れてしまう。

「かくなる上は無理やり抜くしかない。苦しいかもしれんが我慢しろよ」

俺はセリアの腰に両手を添えて強引に引き抜こうとするも、腹の中で限界まで張り詰《つ》めた肉傘が引っかかって抜けない。

「ひぎっ！　お腹の中身が外に出ちゃいます！」

「ダメだ狭すぎる。傘が襞《ひだ》に食い込んで……いかん」

限界まで締まる穴を擦り上げる快楽に男根が限界を迎《むか》えてしまった。下腰が震え、睾丸《こうがん》から快楽がせり上がる。

警告の声を出すより早く、男根が脈打ち大量の精が発射されてしまった。

「ふぎゃあ！」

いつもとは比べ物にならない激しい射精にセリアは俺の上で悶《もだ》え、なんと腹が膨らみだした。

「ねえ喘ぎ声ってより悲鳴に聞こえるんだけど一体どうなってるの？」

離れたソファに座《すわ》っていたカーラとメリッサ、メルが何事かと寄って来る。

「なによこれ!!」

「こんな大きく!?　でもまったく動いていなかったのに」

「それより大丈夫ですか？　こんな腕どころか足みたいなの、セリアちゃんが壊れる……」

彼女達《かのじょたち》が異常に気付いて覗《のぞ》き込んできた頃には既にセリアの意識は曖昧《あいまい》で股間からは絶え間なく汁が流れていた。

「あう……あぅぅ……あー……」

俺の腰に乗ったままグラグラ揺れるセリア。

「これ本当にまずくない？　入口も奥も裂けそうよ」

「エイギルさん、とりあえず萎《な》えさせて。こんな大きいと抜けないよ」

無茶《むちゃ》を言うな。

セリアは俺の胸に顔を埋めて長い声を出し続けていた。

更《さら》に膨らむ肉棒に潮を噴いて答える。

「仕方有りません。引き抜きましょう！」

カーラ、メリッサ、ノンナの三人がかりでセリアを抱《だ》きかかえるも肉傘が返しのように穴に食い込んで離れない。

そして中が擦れる刺激で再び射精が始まり、セリアのスマートなはずの腹が一段と膨らむ。

引き抜こうとする試みは何度か繰《く》り返《かえ》されたがその度に射精が始まり、セリアの腹はますます大きくなっていった。

しっかりと食い込んだ一物はもう女の力では抜けない。

特に妊婦の二人は力をこめることはできないのだ。

それに無理やり抜いたらきっとセリアの穴は切れてしまうだろう。

「だ、だめです。抜けません…………。って！　なんですかこのお腹！　妊婦の二人より出てるじゃないですか!!」

セリアの腹はもういつ生まれてもおかしくない程《ほど》に膨らんでいる。

これ以上注いだら腹が破裂《はれつ》しそうだ。

「もう抜こうとするのはやめてくれ、きっとまだまだ出る」

「ど、どうしていきなりこんなことに……」

自分の性感帯を語るのも恥ずかしい。

とりあえず全員満足させたしこれでいいだろう。

俺の上で悶えているセリアを抱き締めて枕《まくら》に頭を置く。

「もう抜けないんだからいいじゃないか。さすがに出しまくったから疲れた。おやすみ」

ゆったりとしていれば肉棒もこれ以上膨《ふく》らまないだろう。

「そ、そんな突き刺《さ》したままで寝るなんて……」

ぷつぷつと言うノンナを片手に抱いて失神したままのカトリーヌも抱き寄《よ》せる。

妊婦二人組も俺の足元に来たようだ。

静かになった寝室で、

「やりました。独り占めです……」

臨月の妊婦のような腹を抱《かか》えて、セリアが小さく呟《つぶや》いた。


翌朝。

「あ、セリアおはよう。チ○ポ抜けたの？」

「……はい。ご心配かけました」

俺に連れられてふらつきながら歩くセリアにカーラが無遠慮《ぶえんりょ》な挨拶《あいさつ》をお見舞《みま》いした。

朝になって萎えたソレを引き抜いた瞬間《しゅんかん》はすごかったな。叫《さけ》び声《ごえ》を上げ腰をせり上げながら種を撒《ま》き散《ち》らすセリアはもう一度見てみたくもある。

「昨日あんなことになってさ。お尻《しり》は大丈夫《だいじょうぶ》？」

尻？　尻穴の方に何かした覚えは無いが。

「こないだはあんなになってたし。お腹《なか》パンパンになったらお尻の方も緩んで大変なことになったんじゃないかと」

「あっ！　それは言うなぁ！」

セリアがカーラに襲《おそ》いかかるが、妊婦《にんぷ》に何をすると俺が首根っこを掴《つか》まえた。

「セリアね、エイギルが行っちゃったって知って慌てて追いかけようとしたのよ」

やっぱり追いかけようとしたのか。

「それで体調も戻《もど》らないまま馬に飛び乗ってさ……」

「うわぁぁぁぁぁ!!　むぐっ！」

面白《おもしろ》そうなのでセリアの口を塞《ふさ》ぐ。

「止める私達《たち》を振《ふ》り切《き》って馬に乗った瞬間に固まっちゃって、ゆっくり降りてきたのよね」

「んごぉぉぉ!!　んんんんん!!」

腕《うで》の中で暴れるセリアを撫《な》で回しながら続きを促《うなが》す。

「漏《も》らしたのか」

「全部出たみたいよ」

「んむー！」

セリアは力なく座り込み、泣き出してしまった。

可哀想《かわいそう》なことをしてしまった。少し気をつかってやろう。

「今度そういうのもやってみようか？　後処理を考えればトイレか風呂《ふろ》になるが」

「みー！」

奇声《きせい》を発するセリアにポカポカと胸を叩《たた》かれつつ頭を撫でてやっていると、扉《とびら》がゆっくり開いて気まずそうにアドルフが現れた。

セリアの目から涙《なみだ》が吹き飛《と》び、カッと見開かれる。

「聞きましたね？」

「ハードレット様。そろそろ例の商人との面談を行って欲《ほ》しいのですがね。いえ何も」

アドルフは事務的な口調で言う。

「そうだな。随分《ずいぶん》待たせてしまった」

俺も事務的に返事をする。

「聞いていたのでしょう？」

「そうですよまったく……とりあえず見積もりで高値を付けた数人に絞《しぼ》っておりますので、都合が宜《よろ》しければさっそく招きたいのです。聞いてませんよ」

アドルフは距離《きょり》を詰めて睨《にら》みつけるセリアから目を逸《そ》らしながら話を進める。

「そうだな。だが値段が一番高い奴《やつ》に決めるのじゃなかったか。別に異議はないぞ」

「聞いたでしょう！」

話の流れを無視してアドルフに迫《せま》るセリア。身長差を埋めようと椅子《いす》に上ってアドルフの顔を覗き込む様がなんとも可愛らしい。

「そうなのですが値段以外にも色々とございまして、有望な数人と実際に顔を会わせて最終判断を頂きたいのです」

「構わないけどな。何も予定はないから好きな時に呼んでくれ」

そして話に終わると同時にアドルフがプッと噴き出す。

「わすれろぉぉぉぉ！」

退室するアドルフに襲いかかろうとしたセリアを笑いながら押さえつけ、ほっぺと顎下《あごした》を撫でてやる。

「資金もすごい勢いで減っているらしいし、さっさと売り飛ばして金にしたいもんだ」

野犬のように暴れていたセリアが撫でまくられて徐々《じょじょ》に軟化《なんか》して猫《ねこ》のようになっていく。

「ふにゃ……ふにゃ……ぎゃあ！　お尻に指入れちゃだめです！」

おっとセリアの痴態《ちたい》を想像して思わず尻に悪戯《いたずら》してしまった。どうせなら今日は辱《はずか》しめながら尻を責めてもいいかもしれない。


そして翌日――。

「何卒《なにとぞ》色よいお言葉をお待ちしております」

腹の出た中年の商人が深々と一礼して退室していく。

扉が閉まると同時に俺は奴が置いて行った見積もりを乱暴に放った。

「聞くまでもないかもしれませんが、グルゴード商会はいかがでしたでしょうか？」

「却下《きゃっか》だ、却下。あんなのと取引する気にはならん」

アドルフは呆れたような溜息《ためいき》をついた。

「しかし、地位のある商人となればある程度年のいった男になるのがほとんどですよ」

アドルフの言葉を遮《さえぎ》る。

「別におっさんだから、不細工だからうんぬんではない。あの顔を見たか？　どう見ても腹の腐《くさ》った強欲《ごうよく》な奴だ」

「外見で判断されるのは適切とは思えません」

俺はならばとアドルフに向き直る。

「じゃあ賭《か》けでもしようか。あいつが善人か悪人か。俺は悪人にお前は善人に賭ける」

「それは……まぁ商人とは総じて欲深い者共です。契約《けいやく》条件さえ守れば問題ありません」

それみたことか。

「なら最初からお前が全部決めればいいだろう。俺は奴を信じられん。奴でいいかと聞かれれば駄目《だめ》だと答える」

「ぬぅ」とアドルフは黙《だま》り込んでしまった。

こいつも言いたい事は鬱陶《うっとう》しいぐらいにはっきりと言う男だ。それが黙り込んでいるということはもう一段言い返せるほどの自信はないのだろう。

「しかし、現物を長く抱えていても仕方有りません。管理も手間な上、我々には宝石など無用で金貨が必要なのですから」

そこは頭の痛いところだ。最終的には誰《だれ》かと契約して売《う》り払《はら》わないといけないのだ。それもできるだけ早く。

「美女商人が体と引《ひ》き換《か》えに取引させてくれとでも言ってこないものか」

そうすれば一割ぐらい安くても即決《そっけつ》なのだが。

アドルフは苦笑いしながら新しい書類を取り出した。

「次はフィリッチ商会ですね。今までの商会と比べれば規模や歴史では劣《おと》る中堅《ちゅうけん》ですが、その分新規の顧客《こきゃく》を大事にすると思われます。来ているのは……東部一帯の担当者だそうです」

「東部ってのはここら一帯か？　人の少ない田舎《いなか》の土地にわざわざ担当者を置くのか」

商人は人と物が溢《あふ》れる土地でこそ成り立つ生業だ。農村での取引程度なら行商人で十分、わざわざ権限をもった担当を置く必要はない。

「商家の慣例で言うならば頭角を現した新人、もしくはあまりに使えないので辺境に左遷《させん》された古参の愚者《ぐしゃ》でしょうか」

「……こいつも期待出来そうに無いな」

だが見た目はともかく勝手な想像で判断する訳にはいかない。とりあえずは会ってみないと始まらないだろう。せめて息の臭《くさ》い男でなければいいが。

「呼んで来い」

使用人を使いに出してすぐに部屋の扉がノックされる。

反応が良いのはいいことだ。少し印象が良くなったぞ。

「フィリッチ商会の者でございます。入室してもよろしいでしょうか？」

若い女の声じゃないか。かなり印象が良くなったぞ。

「あぁ、入れ」

俺はワクワクを抑《おさ》えつつ、襟《えり》を正してから入室を促す。アドルフめ呆《あき》れた顔をするんじゃない。

「失礼致《いた》します。この度は当商会にお見積もりを……」

入って来た商人らしき女は素晴《すば》らしかった。本当に若い、それも美人がやってくるとは思わなかった。

服装と化粧《けしょう》は派手だが、それほどけばけばしさは感じず、むしろ上品な色気を漂《ただよ》わせている。体はしっかりと隠《かく》しながらもスカートに入った切れ込みと首から胸への露出《ろしゅつ》は絶妙《ぜつみょう》で下品にならない限界点まで色気を漂わせる見事な装いだ。

だが女商人はドアを開け、愛想《あいそ》をふりまく笑顔《えがお》のままで凍《こお》りついてしまっていた。

何かやってしまったかと服と一物を確かめるが、ちゃんと着ているしズボンからそそり立ったモノも飛び出していない。はて凍りつく要素はあるだろうか？

「どうしましたか？　早く入ってきて下さい」

アドルフが怪訝《けげん》な顔をして促すも女は動かない。

その時カーラが鼻歌を歌いながら前を通りかかる。そして扉を開けた姿勢のまま硬直《こうちょく》している女を不思議そうに覗き込み、大声を上げた。

「あぁーー!!　あの時の尻女！」

「っ!!」

何故カーラが知っている。

そもそも尻女とはなんだ？　彼女《かのじょ》もセリアみたいにやらかしてしまったのか？

彼女のような色香漂《いろかただよ》う豪奢《ごうしゃ》な女が恥ずかしがりながら漏らす光景を想像するとたまらない。

慰《なぐさ》めながら体を洗ってやり、勢いでそのまま尻に挿入《そうにゅう》……尻……おお！　思い出した！

旅を始めてすぐの頃、ルーシィ以外で初めて尻を掘《ほ》った女じゃないか。

「お前シリアか!?」

「クレアです!!」

そう盗賊《とうぞく》の頭領クレアだ。

逃《に》がしてやった時に河を渡ってストゥーラに行くと行っていたから、もう今生会うことはないだろうと思っていたが、世界は狭いものだ。

「お知り合いですか？」

「あぁ昔抱いた女だ。それも肛門をな」

「……私は少し席を外します」

アドルフは首を振りながら溜息をついて席を外す。

カーラはクレアの肩《かた》を押して室内に押し込み、俺の対面のソファに座らせる。

クレアは最初、建前を守ろうと思ったのか固辞しようとするもカーラが強引《ごういん》なのと、その腹が大きいのを見て無理に抵抗する訳にもいかず、諦《あきら》めてされるがままに着席する。

クレアとは愛し合っていた訳では断じてない。

むしろ憎《にく》しみを持たれたまま別れたと言っても過言ではないが、それでも見ず知らずのおっさんよりは話をするのが楽しみでもある。

「あの後、お互《たが》いに色々とあったようだが、まず強引に掘った尻は大丈夫か？」

「垂れ流しになってない？」

「うぅ……ああもう大丈夫よ！」

クレアは一瞬言葉遣《いっしゅんことばづか》いを考えるも、こうなってしまってはもう商談も何もお仕舞《しま》いだと開き直ったのか、言い直すことはなかった。

「はぁ～ゴルドニアの新貴族有望株からのお呼びって聞いたから気合入れて来たのに、どうしてこうなっちゃうのよ……」

クレアは諦めた顔で机の上の紅茶を一気に飲んだ。

その行動は非礼なのだろうが動作は上品で洗練されていた。

「俺もお前が商人をやっているとは驚《おどろ》きだったな」

俺も服を緩《ゆる》め、姿勢を崩《くず》す。

変な格好で応対すると噂《うわさ》になって威信《いしん》を損《そこ》ねると言われ、堅苦《かたくる》しい格好をさせられていたが昔の知り合い相手なら必要ない。

「あれから血反吐《ちへど》を吐《は》くぐらい苦労したのだから。ま、あの時返してもらったお金のせいで本当にみじめなことにはならなかった、それは改めてお礼を言うわ」

クレアはペコリと頭を下げる。

「それでどうやって商人になったのよ」

カーラも昔の知り合いの出世話に興味があるようだ。

ド田舎担当は左遷だなんだと言ったがそれでも商会で担当地域を持つのは並大抵《なみたいてい》のことではない。交易路の選定と領主との交渉《こうしょう》、地域内の全支店管理、行商人との契約、職人の囲い込みまで全《すべ》てを統括《とうかつ》する彼女の裁量と資金力はそこらの個人商店主など足元にも及《およ》ばない。

俺と別れての二年やそこらで上り詰めるのはちょっとした物語になるはずだ。

「……言わなきゃだめ？」

「聞きたいな」

クレアは仕方ないとあまり上機嫌《じょうきげん》ではない顔で話し始めた。

「ストゥーラってのは商人の力が強くてね、あんまり政府に力はないのよ。前のアークランド戦争だって商人が河のこっちに拠点《きょてん》が欲しいからって政府に圧力をかけたのよ」

なるほど、商人が国を動かせるのか。

「だからここで成り上がるには商人だって思ってね。今の商会の支店長に取り入って……あぁもう言うわよ!! 情婦になって店で働かせてもらった！ これでいいんでしょ！」

俺は続けろと促し、クレアはお茶を飲み干して話を続けた。

「一店員だったけど色々修羅場《しゅらば》も潜《もぐ》って、賭けにも勝ったのよ。もちろん努力もしたわ。商人のことなんて何も知らなかったからさ。ここ最近まともに眠《ねむ》ったことなんてないし、本だって何百冊読んだかわからないわ」

クレアはやや濃い目《こめ》の化粧をしているが、目の下のクマを誤魔化《ごまか》しているのかもしれない。

「女としての武器も使った。重要なお客さんとか有力者を上にも乗せたし、商会の中でも女が好きそうな奴には片っ端《かたぱし》から抱かれて色々面倒《めんどう》みてもらったの」

「尻で？」

「ちゃんと前よ！ いきなり尻を掘ってきた奴なんて貴方達《あなたたち》ぐらい！」

クレアも随分と苦労して出世していったようだ。

「毎夜太った男の上で腰振《こしふ》って、男が寝《ね》た後は朝日が昇《のぼ》るまで勉強して、やっと地域を任せられるまでになったのよ」

「こんな辺境だけどね」

カーラ、この流れは彼女の努力を称《たた》えてやるところだ。

「そうよ！　でもそれでも良かったのよ。地域担当になれば権限も裁量も増える。ここで成功すれば有力な商会として独立も夢じゃないと思ってね」

商人には詳《くわ》しくないがクレアは最終的には自分の商会を立ち上げるつもりらしい。

「大きな取引が期待できないここいらでせっかくの大口、それも有力貴族と繋《つな》がれる美味《おい》しい話だと思って来たのに……」

「そりゃ悪かったな」

クレアはがっくりと肩を落とした。

「はぁ……じゃあ私は帰るわ。知らない仲でもないのだから、体使った話とか昔盗賊だったとか噂にしないでね」

俺は話は終わりと席を立つクレアを引き止める。

「何故帰る？　まだ何も話をしていないじゃないか」

「何故って……盗賊やってた私とお金の話なんか出来ないでしょ？」

俺はクレアの肩を押さえ、ゆっくりと席に戻す。

手入れを怠《おこた》っていないのか肌《はだ》は十代の少女のように滑《なめ》らか、それでいて強めの化粧品《けしょうひん》の香《かお》りが熟《こな》れた女を象徴《しょうちょう》しているようで興奮するな。

「商人ってのは客の言葉を聞く前に結果を決めつけるものなのか？」

「大抵《たいてい》の場合そうですけど……」

今後商人と話をするのはアドルフに任せよう。

気を取り直して言い直す。

「俺はお前と取引しないと言ってないぞ」

クレアの目が見開かれた。

「でも……」

「出自で言うなら俺が貴族を名乗る方が不自然だろ」

盗賊と奴隷《どれい》のどちらが良い出自か、面白い話題かもしれない。

いい機会だからクレアに対抗《たいこう》して俺の出世話でも語ってみよう。それなりの冒険談《ぼうけんだん》だし、聞いたクレアが俺に惚《ほ》れてくれるかもしれない。

「しょっちゅう身の上話をするのは老《ふ》けた証拠《しょうこ》らしいわよ」

カーラの変態事件は三倍ぐらい誇張《こちょう》して語ってやろう。

俺はクレアに向けて夜明けの翼《つばさ》時代からの話をした。

恰好《かっこう》の良い話はやや誇張し、情けない失敗は小さくし、エイリヒに言うなと言われていたことは口を滑《すべ》らせてから誤魔化して事なきを得た。

「なるほど……あの事件の裏はそういうことだったのね」

クレアは驚いたことにゴルドニアの政変からアークランド戦争までほとんどを正確に把握《はあく》していた。

「商人にとって政治の時事話は必須《ひっす》ですから」

さすがに俺の戦争での話は士気高揚《こうよう》を兼《か》ねた誇張されたものと見ていたようだが。

「アッシュが一方的にやられたのだから強いのは当然でしょうね」

クレアに少しばかり影《かげ》が落ちる。

時が経《た》ったとはいえ俺が彼女の最愛の男を両断した事実は消えない。

「もうそれほど気にしていませんよ。あれがあったから私も成り上がることが出来たのだろうし、沢山《たくさん》の男を咥《くわ》えこんだ今の私にアッシュの仇《あだ》を、なんて言う資格はもうないわ」

やや俯《うつむ》いたクレアに近づいて肩を抱き、さり気なくキスをしようとするも肩を押された。

「さあ身の上話も終わりましたし商談と参りましょう！」

クレアの顔がキリリと引き締《し》まる。残念ながら味見させてはくれないようだ。

「そろそろ良いでしょうか？　ふぅ、服を着ていなかったらどうしようかと思いました」

ちょうどアドルフも恐《おそ》る恐る入ってくる。

クレアとアドルフがテーブルを挟《はさ》んで向かい合い、俺は菓子《かし》が残っていなかったか戸棚《とだな》を漁《あさ》り、カーラはソファに横になって昼寝《ひるね》の体勢を取る。

交渉準備は万全だ。

「売却品《ばいきゃく》の概算《がいさん》見積もりは既《すで》に行っている通りです。後は最初に提示された金額からどれ程の上積みがあるかのお話になります」

おっとクッキー発見だ。さてはセリアが隠したな。食ってやろう。

「失礼ながら当商会は割高な料金を掲《かか》げてあわよくば、などと悪徳な商売はしませんわ。ですので上乗せ出来るのはせいぜいご挨拶《あいさつ》程度となります」

「それでは他の商会に遅《おく》れを取るかも知れませんよ？　それなりに大口ですので当然何件か声をかけていますので」

なんだこりゃ、しけっている上に食いかけじゃないか。さてはイリジナが棚《たな》に置いてそのまま忘れたやつだな。こりゃいつのか分からんぞ。腹を壊さないと良いが。

「まあ、それは困りましたわ。でもこの値段よりも高く買う商会は本当にまっとうな所でしょうか？　万が一にも詐欺《さぎ》に会わぬよう、よくよくお相手を確認《かくにん》された方が宜しいかと」

随分と交渉は熱を帯びているな。

摘《つ》まめる物が何もない。つまみ食いする奴多いからな。

「これ以上の上積みは出来ませんが、当商会から何か商品を購入《こうにゅう》頂けるのでしたら相殺《そうさい》と言う形で割安に融通致《ゆうずういた》します」

「それはありがたいですが穀物に割り引きは無いのでしょう？」

俺は仕方なくアドルフの隣《となり》に戻って踏《ふ》ん反《ぞ》り返る。

「穀物は随分と高騰《こうとう》しておりまして当商会でも十分な在庫がございませんので仕方ないのです」

そういえば穀物が随分と高騰しているらしい。

うちは定額で購入しているからダメージは少ないが人口がどんどん増加しているので冬に向けて足りなくなるかもしれない。

「お言葉ですが、買取ご希望の商品には武具や軍用品などの嵩張《かさば》る物が多く輸送にも手間がかかります。その分もお考え頂きたく存じます」

「当領内は治安も安定しておりますし警護にそれほど費用が必要とも思えませんが？」

クレアはニッコリと微笑《ほほえ》んで僅《わず》かに溜めてから俺に視線を向けて言った。

「この品を持ってトリエア王国は通れませんので北に大回りせねばなりませんでしょう？」

俺とアドルフの動きが止まる。

さすがに時事には詳しいな。

主にトリエアの領主から分捕《ぶんど》った品をトリエア経由で輸送すれば没収《ぼっしゅう》される危険は大きい。最短距離で船に乗れないとなると荷駄《にだ》隊の経費も嵩《かさ》むし、盗賊や魔物《まもの》の群れに会うリスクも膨らむ。

「では嵩張る武具類はこちらの手で運ぶのでその分を上乗せして……」

「アドルフ、そこらへんでいいだろう。少しは美人に花を持たせてやれ」

俺は負けたとばかりに手を広げてアドルフを制した。

アドルフは優秀《ゆうしゅう》だが細かすぎて相手をうんざりさせることがある。ここはこれ以上ごねるべきではない。

今後もクレアとは信頼《しんらい》出来る相手として商売を続けたいのだ。

毎回単発の取引交渉でこんなめんどくさい交渉はごめんだし、クレアに少し花を持たせれば美味しいことがあるかもしれないじゃないか。

「値段としてはこれでいい。ただし俺の領内から河までの護衛はこっちでつける。その分は上乗せでも何でもしておいてくれ」

これは経費節減だけではない。

俺の領内はほぼ安全だと自負出来るが、エイリヒ領から占領地《せんりょうち》を通る間はそうではない。これだけの買い付けをして万が一積荷を失えばクレアはおしまいだろう。

経費としては差し引きマイナスかもしれないが行軍の練習にもなるしちょうどいい。

「それとこの荷の出所は出来る限り秘密にしてくれ。特にゴルドニアの関係者にはな」

何人もの商人に見せているので機密と言うほどではないが言いふらされたくは無い。

「はい、勿論《もちろん》顧客《こきゃく》の情報をぺらぺらと話したり致しませんわ」

先ほどと違って話し方が貴族に対するものとなっている。彼女なりのけじめかもしれない。

「これは別件なんだが、フィ……フェ……フェラッチオ商会で武具の製作っていうのはやっているのか?」

「フィリッチ商会です」

アドルフが強めに訂正《ていせい》する。似たようなもんだろ細かい奴だ。

「商会で製作はしておりませんが職人を多く知っております。御用命《ごようめい》あれば用意致しますわ」

「合成弓が欲しくてな。数はかなり多くなりそうだから作れそうなら教えてくれ」

現在、弓騎兵《ゆみきへい》には他から掻《か》き集《あつ》めた弓を与《あた》えているが、サイズや作りが違うので他の弓隊と射程が少し異なるのだ。

一軍として運用するには出来るだけ同じ装備を与えておきたい。

吸収した部族のことを考えると五千近い弓が必要になってくるが、この数はさすがに俺《おれ》やアドルフが個人商店や行商人から掻き集めてなんとかなる数ではない。

「承知しました。数によっては本店にも掛《か》け合《あ》いますので概数《がいすう》をお知らせ頂けませんか？」

「約五千」

「……本店に回すしかないですわね。しかし合成弓の新作は値も張ります。いかに割安にするとはいえ、かなりの高額になってしまいます」

ふむ、戦利品を売って資金を得ようと言うのに大量買いしてしまっては本末転倒《ほんまつてんとう》か。

それに弓騎兵も準備訓練している状態で今すぐ彼《かれ》らを戦場に出す訳でもない。

「そうか。ならある程度の数ずつ継続的《けいぞくてき》に買う形にしようか」

それならば他の売却品も用意できるし、来年には収穫《しゅうかく》や人頭税も見込める。

「是非《ぜひ》ともそれがよろしいですわ」

クレアの顔が輝《かがや》いた。彼女としても対応不能で本店に回すより、少しずつでも自分の商圏《しょうけん》の中で処理できる方が儲《もう》けに繋がるのだろう。

ちらりとアドルフの顔を見ると無言のまま僅かに頷《うなず》いた。この条件で問題無いようだ。

「まったくハードレット様は美人に弱い」

アドルフは甘《あま》い条件に俺が譲歩《じょうほ》してしまった、とすることでクレアへの貸しとするつもりなのだろう。

「ハードレット子爵《ししゃく》様、今後とも宜しくお願い致しますわね」

クレアが深々と頭を下げる。こちらから谷間が丸見えになることも意図しているに違いない。

わかっていても俺は背筋を伸《の》ばして覗き込み、モノは硬《かた》くなり始めてしまうが。

「これからも良いお取引をしたいと思いますので宜しければここラーフェンに店を構えることをお許し願えませんか？」

それは好都合だ。地域担当のクレアが常駐《じょうちゅう》する訳では無いにしても、近場ですぐに連絡《れんらく》できるのはありがたい。

「では店の税率は」

クレアが言い終わる前に言葉を被《かぶ》せる。もちろん視線は大きく開いた胸元《むなもと》に固定したままだ。

「いくらでも構わんさ」

「!?　ありがとうございます。特別のご贔屓《ひいき》感謝致します」

クレアはニコニコと感謝を述べ、アドルフに睨まれた。

最後にまた何かやってしまったらしい。まったく交渉事は難しい。

対照的な視線を浴びながら俺とクレアのサインがされた契約書《けいやくしょ》を手に取った。

売却
　武具一式　　　金貨２０００枚
　宝石類　　　　金貨１００００枚
　装飾品《そうしょくひん》　　　　金貨８０００枚
購入
　穀物　　　　　金貨２０００枚
　弓（５００張）　金貨２０００枚
差し引き
　金貨１６０００枚
　やれやれだ。

　数日後。

　さて商談の後もクレアはラーフェンに留《とど》まっている。荷馬車隊が到着《とうちゃく》するのを待っているらしい。

「この取引には私の命運がかかっていますから、荷は自分で運びますわ」

「商人も命がけだな」

　クレアは俺の屋敷《やしき》に逗留《とうりゅう》していた。

　なにしろラーフェンには高級な旅館なんて物は存在しない。一応作ろうとも考えているがまだ土台しか出来ていない。

そこで安全面でも要人は俺の館に泊《と》まらせることにしている。大事な商談相手が賊《ぞく》に襲われただの、盗《ぬす》まれただのとなっては都合が悪い。

そして今日、俺がクレアの部屋に行ってみると一目で高級と分かる酒を振《ふ》る舞《ま》われた。

「どうぞ、連邦《れんぽう》から取り寄せた最高の品でございますわ」

軽く煽《あお》ってみるが香りも味も素晴らしい。酒の違《ちが》いが分かる男だ、などと自惚《うぬぼ》れるつもりもないが、この酒がいい物であることは即座《そくざ》に理解できた。

「これはうまいな」

「気に入って頂いて嬉《うれ》しいですわ」

ここにはアドルフも居ないし他の人の目もない。特に外向きにの丁寧《ていねい》な言葉を使う必要はないと思うのだが。

クレアは曖昧《あいまい》に笑うと湯浴《ゆあ》みしたのか、艶《つや》のある髪《かみ》を靡《なび》かせながら窓の外に目をやる。

「もう日も変わる時刻でしょうに、音も火も消えませんのね」

夜のラーフェンには無数のかがり火が光虫のように揺《ゆ》れ、木材を加工する音が響《ひび》いている。

陽《ひ》のあるうちは建物の建設作業を行い、日暮れが来れば翌日使う資材の製作を行う。

篝火《かがりび》の下での作業は昼よりも効率が悪く、徹夜組《てつやぐみ》には給金も多めに払うので良い方法とは言えないが、何より重要なのは本格的な冬が来るまでに一軒《けん》でも多くの家を作ることだった。

お陰《かげ》でこの町に住む者の間では寝る時に耳に詰《つ》める綿が必需品《ひつじゅひん》になっている。

「聞けば民《たみ》のために家を作って無償《むしょう》で提供しているとか。そこまでなさる理由はなんですか？」

「理由……ふむ、なんなんだろうな」

　別に民に尽《つ》くしてやるつもりもないし、あえて言うなら領地を発展させるためだろうか？　そこらへんはアドルフの領分だから知らん。

「他の貴族の方はそういったことよりもご自身の趣味《しゅみ》、宝飾品《ほうしょくひん》や華麗《かれい》な武具などに財を使うものですが」

「光り物に興味は無いなぁ。武具も綺麗《きれい》なだけのやつはごめんだ。戦で使えてこそ価値がある」

「あの化け物みたいな槍《やり》のように……でしょうか。あれを振り回《まわ》すなんてどんな怪力《かいりき》なのでしょう」

　クレアはいつの間にか俺の隣に座《すわ》り、俺の腕を興味深そうに触《さわ》ってくる。

　そして俺と目が合うと慌《あわ》てたように手を放す。

「あっご無礼を致しました。興味があったものでつい」

「ははは、好きにすればいいさ」

　女に体を触られて嫌《いや》がる道理は無い。

　するとクレアは再び近寄ってくる。息がかかるような距離だ。

「これだけの開発をなさっていれば給金以外にも材料購入の出費も多いのでは？」

　労役《ろうえき》に使っている民に給金が出ていることは知っていたか。

「私にお任せ頂けたら深夜に非効率なことをしなくても完成した部材を持ってこさせますわ」

私〝共〟が外れた。これはフィリッチの本店を絡《から》ませない話のようだ。

「有《あ》り難《がた》い話だが今は必要ない。力の無い者や女子供の職がなくなるからな。彼らも養うことが労役の目的の一つなんだ」

深夜の部品製作仕事は競争率が高い。町に住む女子供が出来る少ない仕事の一つだからだ。

「なるほど……。兵の増員も大きな規模で行っているとか、何故《なぜ》そこまでの増員を？」

「……」

俺の言葉が止まったのを見てクレアは乗り出していた体をサッと引いた。

「ごめんなさい。この二年色々と気を張っていたせいで何にでも興味を持ってしまいますの」

クレアは申し訳なさそうな声と上目遣《うわめづか》いで俺の太ももを軽く撫でながら謝罪する。交渉の時よりもゆったりした服装なので前屈《まえかが》みになると胸の谷間は剥《む》き出《だ》しで、覗《のぞ》き込めば先端《せんたん》まで見えそうだ。

おおっとここで童貞坊《どうていぼう》やのように鼻の下を伸ばしては領主として恰好がつかない。酒を煽りながら目だけ動かして鑑賞《かんしょう》することにしよう。

「秘密と言う訳じゃない。トリエアとの紛争《ふんそう》は知っているだろう？　ああいうこともままある辺境の地だ。武力無しには始まらんよ」

当《あ》たり障《さわ》りのない返事を返す。

「では今後も軍の拡張はお続けになるのですよね？」

「そうなるだろうな」

ずいと前のめりになるクレア。谷間の更《さら》に深くまで見える。

「彼等《かれら》の武具や雑品の手配も私にお任せ願えませんか？」

クレアは更に上目遣いで覗き込んでくる。

もう少しなのだが絶妙に先端《せんたん》が見えない。なんとか拝めないかと背筋を伸ばしたところでクレアが胸元を直してしまう。

俺は情けない顔を誤魔化そうと咳払《せきばら》いしてから無駄《むだ》に威厳《いげん》たっぷりに言う。

「それはこちらとしても考えていたことだ」

剣《けん》や槍など大きさが同じならなんでもいい物は戦利品をそのまま与えていたが矢や荷車、馬車など更に私軍の規模が膨《ふく》らめば色々と入り用になるだろう。

その度《たび》に俺やアドルフが駆《か》け回るのは時間の無駄だし高くもつく。

「その調達、私に一任と言うのはだめでしょうか？　もう決まった相手がいらっしゃるのでしょうか」

クレアは俺の膝《ひざ》に乗り上げるようにして上目遣いにこちらを見てくる。一度直した胸元が再び乱れる。

「決まった相手なんて居ない。必要になったら頼《たの》むよ」

パッとクレアの顔が輝く。

「ありがとうございます！　それでご提案なのですけど今回の売買の代金、差引き金貨一万六千枚のお渡《わた》し予定ですが、幾分《いくぶん》かをこちらにお預け願えませんか？」

「ん？　どういうことだ？」

商談なんて買ったら金を払い売ったら貰《もら》う、それ以上のことはよくわからない。

「たとえば金貨一万枚の現物をお渡しせずに書面に残します。そして私から物をお買いになったらそこから引いていくのです」

貸しておくようなものか。

「しかし、俺に何の益がある？」

「大量の金貨を持てばその保管も手間ですわ。もし賊にでも奪《うば》われれば大損害ですがお預け頂ければその心配はありません。我々としても毎度金貨を持ち運ぶには危険が伴《ともな》いますから」

この近辺では盗賊は少ないとは言え断言は出来ない。トリエアの貴族から略奪《りゃくだつ》した俺が言うのも笑えるが、帳簿《ちょうぼ》上だけで金貨を移動させた方が危険は減るだろう。

だがそれではクレア以外から買い物をする時に余計な手間がかかって……あぁそれが目的か。

「そうすればお前以外の商人から物を買いたくなくなるな」

「要請《ようせい》があればちゃんと運搬《うんぱん》しますわ。それに！　お預け頂けるなら多少の値引きも致します！　決して損はさせませんわ！」

どの道クレア以外に大口の取引はない。いいんじゃないかと思ったが少し意地悪をしたくなった。

「だが金貨に囲まれて寝てみるのも悪くないぞ」

「ご、ご冗談《じょうだん》を、そんなご趣味には見えませんわ……うふふ」

俺のすぐ傍《そば》に座り笑顔を崩さないクレアだが、先ほどから心なしか焦《あせ》りが見える。

これからも物は買うと言っているのだから金貨を預けるうんぬんの話でクレアが焦る理由はないはずだが。ふむ、面白《おもしろ》そうなので一芝居《ひとしばい》うってみよう。

「金貨一万六千枚か。見たこともない大金だから一度見てみるのもいいな」

「……そうおっしゃらずに。例の合成弓についても次回からは割安にしますから」

にこやかなクレアの頬《ほお》をスイと汗《あせ》が伝う。

考えてみればおかしい。クレアは何日も前に取引成立の文を出したはずだ。

武具を受け取りに来る荷馬車隊は当然、売却代金の金貨も持ってくるわけで、今更《いまさら》金貨を預けるうんぬんをすれば、それこそ無意味に金貨を動かすことになる。

まさかクレアが個人で万を超《こ》える金貨を持ち運んでいるはずもない。

「ふむ……ふむふむ」

じっと目を見てやるとクレアの笑顔の下に借金取りに追われるような焦りが見えた。

そう、クラウディアが五千枚ぽんと持ってきたから失念していたが、よくよく考えれば金貨一万六千枚なんてとんでもない大金だ。

都市の商人でも到底《とうてい》手元にはないし、クレアのような大商会の地域担当でも間が悪ければ……まして彼女は赴任《ふにん》して日が浅く、有力な顧客も掴《つか》みきれていまい。だとすれば……。

「俺に見透《みす》かされるようではまだ甘いな」

「な、なんのことでしょう？」

俺はニヤリと笑ってクレアの肩に手を置く。

「随分《ずいぶん》と自信満々に博打《ばくち》を打ったな。無いのだろ？」

クレアは笑顔のままだらだらと汗を流す。

「さてフィリッチ商会に連絡を……」

「お待ち下さい！」

クレアが俺に覆《おお》いかぶさるように接近してくる。必死の形相だ。

半笑いのまま言ったので俺が本気でないことはわかるはずだが。

「私達は取引相手です。でもその前に男と女ですわ！　お互いの信頼をもっと深める方法があるとは思いませんか？」

ソファから降りたクレアは足元から俺を見上げ、俺は黙《だま》ったままで足を開く。

クレアはそのまま足の間に入り、俺のズボンに顔を埋《う》めた。

そして股間《こかん》部分に顔をこすりつけながら両手でゆっくりとズボンを降ろしていく。

「もう二年も経ちますのね。あの時はこのお道具にたっぷりと犯《おか》されました」

「尻《しり》までな」

反射的にクレアの腰《こし》が震《ふる》えたのがなんとも可愛《かわい》らしい。

「言わないで下さい。思い出して反応してしまいました恥《は》ずかしい」

クレアは下着まで降ろして飛び出した肉棒を口だけで器用に弄《もてあそ》ぶ。

単に快感を与えるだけではなく、上目遣いにこちらを見て、切なげに息をつきながらしゃぶる姿は男の征服欲《せいふくよく》と庇護欲《ひご》を掻き立《た》てる。

真っ赤な紅を引いた唇《くちびる》が肉棒にキスを繰《く》り返《かえ》し、先を咥えた。

そして数度吸い付き、湿《しめ》った音を鳴らしながら引《ひ》き抜《ぬ》いて熱い吐息《といき》を吹《ふ》きかけてくる。

「うまいな。色っぽいしゃぶり方だ。あの時とは比べ物にならない」

あれから何人の男をしゃぶってきたのだろうか。

「ハードレット様への愛故《ゆえ》ですわ」

よくも言えたものだが、奉仕《ほうし》されながら言われると悪い気分にはならない。舌で先端を繰り返し撫《な》でられながら文句を言えるはずもない。

「あぁ大きい……昔も丸太かと思うほどでしたけど、今と比べたら貧相に思えるかも」

クレアは再び口を開いて先端を咥える。わざと大きな音を立てて肉棒をしゃぶり、時折口から出して舐《な》め上げながら大きさや形、色や硬さをこれでもかと褒《ほ》める。

「あぁこんなもの突《つ》きつけられたら女はたまりませんわ。あぁ体が勝手に動く、口が勝手に吸ってしまう、舌が勝手に舐めてしまいます……女殺しの名槍を」

男に取り入る媚《こ》びとわかっているが、これでもかと褒められながら健気《けなげ》に奉仕されると勘違《かんちが》いしたくもなる。

俺がクレアの頭に手を置くと一際《ひときわ》熱い吐息が漏《も》れた。

「喉奥《のどおく》まで呑《の》み込めと？　どこまで入ってしまうのでしょうか」

クレアはされるがまま、俺の腰に両手を回し、男根を喉奥まで深く深く入れていく。

つい性感が高まって腰を突き出してしまい、喉《のど》が外から見ても分かる程《ほど》盛り上がる。

男根の先端が喉の粘膜《ねんまく》を抉《えぐ》り、咽《む》せる声と共に喉全体が痙攣《けいれん》する。

「んぐ……ゲフ……んぐぅ」

それでもクレアは一切抵抗《いっさいていこう》せず、激しく咽せながらただ涙目《なみだ》で俺を見上げてくる。

こんな健気な仕草を向けられるとクレアが愛《いと》しくなってしまい性欲に任せて苦しめることはできない。

クレアは男に抱《だ》かれ慣れ、乱暴にされた時の逃げ方《かた》も良く知っている。そんな女が見え見えの仕草で俺に媚びている。それが俺の心と下半身に妙《みょう》な興奮を呼び込んだ。

俺が頭から手を放すとクレアはありがとうと微笑み、再びゆっくりとした愛撫《あいぶ》が続く。

精を噴《ふ》かせるほど激しくはなく、かつ硬度《こうど》を失うほどダレもしない。ゆったりとしながらも確実な技量で興奮を高める。『次』を楽しむための奉仕だ。

奉仕はゆるゆると続き、やがて俺が十分に高まったと見たクレアが口を離《はな》した。

「すごい……これほどの立派なお道具は見たことありません。血管が浮《う》き出《で》て樹木のよう、それに凄《すさ》まじい男の匂《にお》い。鼻が壊《こわ》れてしまいそう」

女に一物を褒められて奢《おご》らぬ男がいるだろうか。クレアの言葉と視線を吸ったのか一物がドクンと脈打ち、更に一回り程大きくなる。

「俺だけが見せているのも不公平だ。お前の大事な場所も拝ませてもらおう」

俺はクレアのドレスの中に手を入れて下着を抜こうとする。

ていた。

「必要ありませんわ」

だがクレアは俺の手を優《やさ》しく押《お》さえ、ドレスを捲《まく》り上《あ》げて黒いレースの下着を晒《さら》す。

その下着は真ん中の一番大事な部分に大きく切れ目が入っており、女の中心が丸見えになっている。

まるで下着の役目を成していない男を誘惑《ゆうわく》するためだけの布切れだった。

「なんていやらしい女だ。最初からこいつを咥えこむつもりだったのか？」

「ハードレット様の男の魅力《みりょく》に心が蕩《とろ》けてしまったのですわ」

情感たっぷりに言われては媚びだと分かっていてもたまらない。俺は鼻息荒《あら》く、後ろからクレアに抱きついた。

そして逃《に》げるとも誘《さそ》うとも取れるように揺れる尻を掴まえて、下着の割れ目に男根を押しあてる。短い喘《あえ》ぎと屈服《くっぷく》するとばかりに震える尻に男根の太さが増した。

クレアが長く熱い息を吐きながら振《ふ》り返った。

「はったりを見破られたのですから、今宵《こよい》私はハードレット様の牝《めす》奴隷《どれい》ですわ。逞《たくま》しい男根で全身を犯し尽くし、あらん限りの種を内に外にぶちまけて下さいまし」

「勿論《もちろん》そのつもりだ」

大きめの尻に両手を添《そ》え、遠慮《えんりょ》なく腰を押し出す。

一番太い先端が穴の入り口に食い込み、ギチギチと音を立てながら入り込んでいく。

「ああっ！　すごい！　私の女が……一番大事な場所が広がって……支配されてしまう！」

更に押し込もうとするが中ほどまでで引っかかって入らない。

するとクレアは両手で自分の尻たぶを掴んで思い切り両側に広げた。抵抗《ていこう》が緩まり肉棒は一番奥《おく》までズルリと滑り込む。

「うぐっ！　お、奥の奥まで入りましたわ！　これで私は貴方《あなた》の女にございます」

甘言《かんげん》を聞きながら腰を動かしクレアの内部を貪《むさぼ》る。事前に中へ潤滑剤《じゅんかつざい》を入れていたのだろう、よく滑って気持ちいい。

動きもただ締まるだけではなく、引き抜く動きに合わせて規則的に締まり、より高い快楽を与えてくれている。どうすれば男が喜ぶのかをよく知っている女の動きだった。

「ああ、太すぎる……。もう少しゆっくり動いて下さいな、穴が裂《さ》けてしまいます」

「ん？　そうか」

俺が動きをゆっくりに変えるとクレアはしばらく感じていたがふいに快楽を訴《うった》え始めた。

「だめっ！　何かが来ます……。ああっ!!　あああぁぁ！　突いて下さい！　壊れるまで!!」

こちらを振り向《む》いて舌を出し、今度はもっと強くしてとねだる。擦《こす》っているうちに性感が高まったのかもしれない。俺のモノがそうさせたと思うと気分も良い。

望みどおり激しく腰をぶつけ、彼女《かのじょ》はソファを転げまわるように前後した。

それにしてもドレス姿で下着もつけた女をそのまま抱くのは新鮮《しんせん》でいいな。

今度ノンナにでもやらせてみようと思いつつ、シーツを掴むクレアの両手に上から手を重ねる。後ろから獣《けもの》のように突きながら、恋人《こいびと》のように手を絡める。

「あぁ……気持ちいいぞ。そのまま締め続けてくれ」

「私も凄《すご》くいいです！　逞しい男性に抱かれるのがこれほどいいなんて、本当に惚れてしまいますわ！」

振り返って熱い目で俺を見つめるクレアの唇を奪い、奥を攻《せ》め続ける。

「ハードレット様、私もうイきそうです！」

「俺も出そうだ」

絶頂間近を訴えるように胎内《たいない》で肉棒が脈打つ。

「でもお金のことが心配で……最後の一昇りがなかなか……」

クレアはそう言うと暗い顔をして穴の締まりを緩《ゆる》めてしまう。

ここまで来てそれはないだろう。

「それはもういい！　なんとかしてやるから集中しろ！」

俺は後ろから突いていたクレアの太ももを掴んで抱《かか》え上げ、後ろからの座位に移行してより深く結合する。

「ありがとうございます！　これで心おきなく……いけますぅぅぅーー!!」

クレアは俺の肩《かた》にもたれるように首を反《そ》らせ、息を止めて猛烈《もうれつ》に穴を締め上げる。

その強烈《きょうれつ》な刺激《しげき》に俺の男根も最後の律動を開始した。

「うぉぉぉ!!!」

これでもかと腰を突き出し、最奥《さいおう》まで男根を叩《たた》きつけて勢い良く射精する。

最初の数度は勢い良すぎて逆流した精が結合部から噴き出し、その後の十数回は子袋《こぶくろ》へ流し込み、徐々《じょじょ》に硬度を失う男根を引き抜きながら最後の数回分を襞《ひだ》に塗《ぬ》り込んでいく。

「あぁ熱い……穴と子袋が火傷《やけど》してしまうような射精……」

俺とクレアは濃厚《のうこう》にキスしながら、汁《しる》にまみれた互《たが》いの性器に後戯を施《ほどこ》すのだった。

事が終わり、俺はベッドに寝転《ねころ》んでクレアに腕枕《うでまくら》しながら酒を楽しむ。

彼女は汗ばむ俺の胸に大人しく顔を埋めていた。

「最高に良かったぞ。あれだけ出したのは久しぶりだ」

「私も久々に仕事のことなど忘れて乱れてしまいましたわ」

嘘《うそ》をつけと言わないのが男の器量だと思う。

「結局、手元に金はどれぐらいあったんだ？　いくら預ければいい？」

「六千はお渡しできますし、もう向かっていますわ」

これは参った。半分以下の資金で博打を打ったのか、いつか破滅《はめつ》するぞ。

「私は新参者ですもの。他の方と同じことをしていてはのし上がれません」

「随分と剛毅《ごうき》なことだ」

クレアの胸を触ると返礼に肉棒と睾丸《こうがん》を撫で回される。

「なら一万は預けておこう」

「ありがとうございます。ふふ、ささやかながらお礼を致《いた》します」

胸から走る快感は乳首《ちくび》を舐めてくれているようだ。

返礼にこちらも穴に指を入れ、ざらざらした壁《へき》をゆっくり擦る。

俺の種がたっぷり入ったそこは熱く滑る。

「ねえハードレット様……」

「そのハードレットってのは一々硬いな。他の言い方はないのか」

どうも名字で呼ばれると仕事をしているような気分になる。

「では……エイギル様。失礼になりますが、ベッドの中でだけ敬称《けいしょう》を省いてもいいですか？」

「ああ、そうしてくれ」

抱いた女に呼び捨てられても腹は立たない。

「愛しいエイギル。これからも可愛がって下さいませ」

クレアは口移しで俺に酒を飲ませる。上質な酒を美女から頂くと倍美味《うま》い。

よしもう一戦と肩を抱くが先に言葉を紡《つむ》がれた。

「あんっ！　また穴が痺《しび》れていますからもう少しお話ししましょう。エイギルのモノが大きいからですよ」

「むぅ」

仕方ないと引き下がる。肉棒は既に勃ち上がっているのだが、穴が痛いと言われて無理強《むりじ》いするのは気がひける。

「そういえばあの馬はまだ元気ですか？　大きな黒い……」

「シュバルツか、元気だよ。女好きのひどいエロ馬だ。いずれ馬肉になるだろう」

「まぁ、うふふ。実は私、馬がとても好きなんです。最近ゴルドニアの東部から結構な数の馬が売りに出ておりましたから、馬を育てている所を見られるかと楽しみにしていたのですけど、見当たりませんね」

馬はここらでは育てていないな。

「馬はもっと東、山の民の領域だ。彼等が乗るのに適さない奴《やつ》を売っている」

「まぁ山の民の領域で飼育を？　いえ、その言い方では彼らを手懐《てなず》けたようにも聞こえますが」

彼らのほとんどは俺に従っている。今更襲撃《いまさらしゅうげき》などないさ。

「そんな所だな。奴らは乗れない馬は馬肉にするらしい。さすがにそれは勿体《もったい》ないから、穀物と交換《こうかん》で取引している。物々交換《ぶつぶつこうかん》だからお前達商人には旨《うま》みはないかもしれんがな」

クレアは微笑《びしょう》しながら顔がずいと近づいてくる。

「あの領域は未知のことが多いですから興味がありますわ。他に珍《めずら》しい物はありませんか？」

随分と冒険心《ぼうけんしん》があるようだ。

「見渡《みわた》す限りの荒野《こうや》で水辺近くに草地が広がるぐらいだからなぁ。町がないから補給が続かず探索《たんさく》も難しくてな。そういえば鉄鉱山があるとかなんとか。別に珍しくもないが」

「まぁ鉱山が？」

「そうだ。質も良いらしいが、わざわざ鉄鉱石を王都まで運んでも仕方ないからな」

鉄鉱石は重要な品ではあるが所詮《しょせん》は原料なので単価は安い。そのくせやたらと重いので長距離《ちょうきょり》を運搬するには向かず交易品としては下級だ。アドルフもなんとか利用しようと考えているようだが妙案《みょうあん》はない。

「現地で精製して鉄塊《てっかい》にしてから運べば……。いえ、いっそ鍛冶屋町《かじやちょう》を作って製品に……」

クレアがぶつぶつと何やら呟《つぶや》いてからサッと顔をあげる。情事に蕩けた顔から眼光鋭《がんこうするど》い真面目《まじめ》な顔に戻《もど》っている。

「山の民の妨害《ぼうがい》はないのですよね？」

「ん？　あぁ、あそこは大丈夫《だいじょうぶ》だ」

鉄鉱山を見つけたのは今となってはそれほど遠くではなく、既《すで》に従えた部族しか周りにはいない。

「もしかしたら鉄を出荷《しゅつか》するお役に立てるかもしれません。是非、お見せ頂きたいですわ」

クレアはずずいっと再び顔を近づけてくる。キスしてやっても目を逸《そ》らさない。

「わかったよ。ただ都会の女が気楽に行くような場所じゃないぞ？」

「私は元盗賊《とうぞく》です。厳しい環境《かんきょう》も平気ですわ」

クレアが胸を張り、形の良い乳房《ちぶさ》が揺れる。

もう限界だ。

俺はクレアの脚を掴んで大きく開かせ、飛び乗るように覆いかぶさる。

「きゃっ！　エイギルは本当に女がお好きですね」

「これで我慢《がまん》できる男がいるか。次は全裸《ぜんら》で絡み合おう」

言葉と同時に腰を突き出し、上質な穴をたっぷりと味わって行く。

この夜の交わりは俺が三回目を発射してクレアが絶叫《ぜっきょう》失神するまで続けられた。

事が終わった後、

「クレア様、大丈夫ですか？」

一人の少女がベッドの上で寝息《ねいき》を立てる汁塗《しるまみ》れのクレアに声をかける。

「ええ、起きているわ。ハードレット卿《けい》はどうだった？」

「随分と上機嫌《じょうきげん》でしたよ」

クレアの表情が緩む。

男はしっかりと満足し資金の問題も解決した。全《すべ》て計画通りだった。

「お疲《つか》れ様《さま》でした。随分と激しく長かったですね」

「もの凄かったわ。後一時間も続けられていたら本当に失神したかもしれない」

クレアは少女から水を受け取って一気に飲み干す。

「資金問題は大丈夫よ。他にも色々有意義なことが聞けた」

ベッドに寝《ね》そべって恥じらいなく足を大きく開く。

少女は先端に柔《やわ》らかい綿のついた棒を湿らせてクレアの女の穴に差し込み、種を掻き出す。

「ものすごい量ですね。どれだけ出されたのか」

「そうよ、すごいの。最初は中で放尿《ほうにょう》されたかと思ったわ」

過去、そういう変態行為《こうい》にも歯を食いしばって耐《た》えてきたのだ。

処理が終わると少女は手に軟膏《なんこう》や油を塗って性器の中と周辺をマッサージする。

「んっ！　ローリィ、念入りにやってね。今日は相当無理したから。明日は腫《は》れ上がるわね」

彼女達《かのじょたち》二人は主従の関係にあるが、それ以上の深い絆《きずな》を持っていた。

ローリィと呼ばれた少女は豪商《ごうしょう》の娘《むすめ》に生まれたが一年前に親が商売に失敗して破産。行き場がなくなった彼女はクレアの下《もと》に身を寄せた。

「随分と広がってしまいましたね。そんなに大きかったのですか？」

クレアは声を大きくする。

「大きいなんてもんじゃなかったわ。あれは丸太よ！　さすがにあんなのは初めてだわ」

「昔の知り合いなのですよね？」

ローリィはクレアの性器に念入りに軟膏を塗り込みながら返す。

「それほど大げさじゃないけどね。昔も大概《たいがい》大きかったけど、今は人か疑いたくなる程よ」

「クレア様のここは大事な交渉《こうしょう》の道具ですものね」

軟膏を塗り終えたローリィはクレアの陰毛《いんもう》を最適な長さに切《き》り揃《そろ》える。

「貴女《あなた》も人のことは言えないでしょう」

クレアは取引のため、出世のために必要なら躊躇《ちゅうちょ》なく体を使ったが、ローリィもまた同じで、起《き》伏《ふく》が少なく実年齢《じつねんれい》十五よりも幼く見られる体を好む相手とは床《とこ》を共にすることも珍しくなかった。

「そうですね。保険をかける意味で私もハードレット卿に抱かれましょうか？」

「あなたじゃ無理ね。腹まで引き裂かれるわよ」

二人は笑い合う。

ローリィはクレアの指示で沢山《たくさん》の男に抱かれたが微塵《みじん》も恨《うら》みはなかった。二人でのし上がる、そのために必要ならばなんでもするつもりだったのだ。

ローリィ自身、自分の才覚に自信があったしクレアのそれも認めていた。

他の男の商人に劣《おと》っているつもりは無かったが、商売の世界でも女と言うだけで被《こう》る不利益はある。ならばそれを補うために女が持つ武器を使うことに戸《と》惑《まど》いがあるはずもなかったのだ。

幸いにしてクレアもローリィも美しく生まれついたので効果は絶大だ。

「それに彼《かれ》は貴女みたいな小さい女は好みじゃないみたいね。後、強姦《ごうかん》を楽しむ趣味は無いわ。女が抵抗するよりも快楽に溺《おぼ》れる方が燃えるみたいね」

クレアは先ほどの一戦で感じたことを口に出し、ローリィがそれをノートに書き留める。

この趣味をまとめたノートが流出すれば悶死《もんし》する男は百近いだろう。

「贅沢品《ぜいたくひん》にはまるで興味なし。但《ただ》し奥方《おくがた》の一人が宝石のサンプルを嬉しそうに見ていたから煽《おだ》てれば上客になるかもしれない。武具も実戦本位で宝剣《ほうけん》の類《たぐい》はダメ。お酒は好きみたいだから、同じものをもっと取り寄せて……そして何より女ね、あれは相当な女好きよ」

「館も女性で埋まってましたからね」

ローリィは真面目な顔で書き留める。

「テクも一級品、自称《じしょう》色事師なんて目じゃないわ。それに気《き》遣《づか》いも出来るから慣れてない女だと一発で心まで絡め取《と》られるわ」

「いい男ですね」

ローリィはメモを取りながら呟く。

「そうね。でも私達は彼の虜《とりこ》になるわけにもいかないでしょう」

「そうですね。女好きは私達にとっては幸いです」

ローリィは幼い顔に似合わぬ不敵な笑《え》みを浮かべる。

「一時はどうなるかと思ったけどまた賭《か》けに勝ったわ。ラーフェンに地域の本店を置いてもいいかもしれない。ここはまだまだ伸《の》びるわよ」

クレアは裸《はだか》のまま立ち上がって窓に揺らめく火を見つめる。

その彼女にローリィは後ろからナイトガウンを着せた。

「信じられないことだけど山の民の行動を制御《せいぎょ》してるみたい。馬の出所もそこよ」

「まさか……確かに最近討伐戦《とうばつせん》をやったと聞いておりますが」

緻密《ちみつ》な情報網《じょうほうもう》を持つ商会とクレアだが、さすがに山の民の領域まで届くほど手は長くない。

出発の情報は掴めたが文明化されていない場所で何をやってきたかはわからない。

「ただの討伐《とうばつ》じゃなくて支配したのかもしれない。確認《かくにん》が必要だけど本当ならすごいことよ」

中央平原ではどんな地域にも商人の色はついている。行商人しかこない辺境でもその行商人が物を仕入れ、また売却《ばいきゃく》する所を辿《たど》れば最終的に大きな商会に繋《つな》がっているのだ。

だが例外はある。

それが山の民の領域、あそこは全ての国家と同じように商人にとっても未知の土地、完全な真っ白なのだ。

「まだ誰《だれ》もあそこの価値には気付いていない。蛮族《ばんぞく》が支配する不毛の地と考えている。最初に踏《ふ》み込めば全てを独占《どくせん》できるわ」

「上手《うま》くハードレット卿にも食い込みましたしね」

ローリィがクレアの隣《となり》に並ぶ。

「ええ、預け金も頂いたから実質私が彼の専属商人よ」

先日の買取に破れた他の商人達になんとしても挽回《ばんかい》してやろうとの意志はなかった。彼らは一発だけの大口取引をそれほど重視していない。裏に隠《かく》れた莫大《ばくだい》な利益の可能性に気付けていない。

将来性ある土地を統《す》べるハードレット卿と繋がっているのは自分だけとの思いがクレアを笑《え》顔《がお》にさせる。

「運が向いてきたわね。仕掛《しか》けるべきね」

「ええ、今が勝負の時と思います」

ローリィも同意する。

「家を建てる材木、そして人夫、奴隷《どれい》でもいいから調達なさい。後は武具の職人を囲い込むのよ。これから大口で入るわ」

「はい」

ローリィが素早《すばや》く手紙をしたためるのを見ながら更にクレアは続ける。

「先ほどは冗談で裂けると言ったけれど、場合によっては貴女も彼に抱かれてもらうわ」

「わかりましたクレア様。それだけ女に優しい方なら、私の小さな性器を抱き壊せば償《つぐな》いに大きな特権をくれるかもしれませんね」

ローリィは恐《おそ》れも恐怖《きょうふ》も無く笑う。

「それから……強い潤滑《じゅんかつ》液と痛み止めみたいなものはあったかしら？」

ローリィが文を書く手を止める。

「昔色々あってね。彼、私の肛門《こうもん》に興味を持ってるみたいだから必要なら掘《ほ》らせようと思ってた……あのサイズがそのままだとお尻の穴が再起不能になるわ。さすがに垂れ流しになったら商売にも支障が出てしまうから」

ローリィはクレアの覚悟《かくご》に感服を禁じえなかった。


とある日。

「あぁぁぁ……うぇぇぇい……」

ゆったりと湯船に身を沈《しず》め、両手両足を大きく開く。

思わず大きく息が漏れた。

時期は一年の内で一番寒い季節、その上今日は特段に寒く雪もちらついている。

その中で熱めの湯に入るのは最高の気分だ。

風呂場《ふろば》の窓をあけると、今やラーフェン名物とも言われる夜間の作業の灯《あか》りが見える。雪の中必死に働く民《たみ》を尻目《しりめ》に入浴とは優雅《ゆうが》だが、このぐらいは領主の特権だ。

頭まで浸《つ》かって温まろう。

「～♪」

湯の中に完全に潜《もぐ》っていると入り口が開き、鼻歌を歌いながら誰かが入って来た。

といってもここに入れるのは俺《おれ》の家族ぐらいだ。果たして誰だろうか。

「ん～♪　あったかーい。お風呂《ふろ》っていいなぁ……」

「お姉ちゃん、先に行かないでよぅ！」

「ルウがどんくさいからでしょ。なんで服脱《ぬ》ぐだけでそんなに時間かかるのよ」

静かだった風呂場が一気ににぎやかになった。

クウ、ルウ姉妹はとても仲が良く、食事も風呂も一緒《いっしょ》にしているようだ。

そんなことを考えていたが、そろそろ息が限界になってきた。

「ほらルウ、さっさと体洗ってお湯に入ろう。風邪《かぜ》引いちゃうわよ」

クウの言葉の途中《とちゅう》で俺が湯から顔を出して立ち上がる。

湯を汲《く》もうと体を屈《かが》めていたクウの顔がちょうど俺の股間の前にあった。

「ふえ？　突然《とつぜん》ちん……」

「お前らも風呂か？」

「？　ちん……ち……」

「はわわわわ！」

クウは突然のことに視線を俺の股間に固定したまま固まってしまった。

ルウは慌《あわ》てて体を隠す布を探すも何も無いとわかると恥ずかしそうに手で割れ目を隠した。

「ふえええぇ！」

クウが奇声《きせい》を発しながらお湯をかけてくる。

「ははは、恥ずかしがるなら先に前を隠したらどうだ。しかしクウはもう大人だろうにまるで子供みたいな割れ――」

「みぃぃぃ!!」

クウは俺に水をかけながらお湯に飛び込み、最後は混乱して何故《なぜ》かルウにまでお湯をかけてしまったのだった。


「お湯に隠れて待ってるなんて変態ですよぉ」

気を取り直した姉妹と湯に入りながら文句を聞く。

「別に隠れていたわけじゃないぞ。頭まで浸かっていたらいいタイミングで入って来ただけだ」

俺は足を開いて堂々と湯に浸かる。隠さないといけないモノなどぶらさげていない。

「でもこうしてエイギルさんと一緒に入るの久しぶりです」

ルウは俺の横に座《すわ》り、肩に頭を乗せてきた。

もう胸も割れ目も隠すのはやめたらしい。頭を撫でてやると嬉《うれ》しそうにはにかむ。

「うぅーでも男と女なのに……裸でこんな……ふしだらよぉ」

反面クウはまったくリラックス出来ていない。というよりも俺の股間のモノをチラチラと見て落ち着かないようだ。

本人はさりげなく目をやっているつもりらしいが、見られている方からははっきりわかる。

ノンナの言っていた通りだ。俺もこれから女の谷間を覗《のぞ》く時は気をつけよう。

「なんだクウ見たいのか？　ならそう言えばいいのに」

俺は湯から立ち上がってぶらりと下がる一物《いちもつ》をクウの眼前につきつける。

「ひいっ！　ちがう！　ちがいます!!」

そう言いながらもクウは視線を外さない。

「女が男の裸に興味を持つのは当然だ。何も恥ずかしくないから触《さわ》ってみろ」

俺はクウの手をとって一物に添える。

クウは目を逸らしながらも手だけふにふにと動かす。やっぱり興味はあるんだな。

「なんか軟《やわ》らかいわ。母さんを抱く時はあんなに硬《かた》くなってたのに」

「今は女を求めてないからな。さっきまでカトリーヌとノンナに絞《しぼ》られてすっからかんだ」

俺が笑いながら言うとクウは口をへの字にしてぷんと怒《おこ》った。

「もう！　母さんのお腹《なか》がいよいよ大きくなってきたのにそんなに遊んで！」

そう言われても女に種を出したくなるのは本能だから仕方ない。もちろんメルを軽《かろ》んじている訳ではまったくない。

「メルの出産もそろそろだな。体調はどうだ？」

「今のところは大丈夫そう。母さんスウの時よりも余裕《よゆう》があるみたい。やっぱりエイギルさんが傍にいるからだと思う」

元気な子供が生まれて欲《ほ》しいと二人で言い合うが、一物を握《にぎ》らせながら子供の話をするのも奇妙《きみよう》な光景だな。

さてクウももう大人の女だ。男の色々を知っておいた方が良いだろう。

「大きくなるのを見てみるか？」

「ええっ!?　そんな、別に見たくない……けど」

視線が股間に吸い付き、顔が紅潮して息が荒くなる。とても見たいんだな。

クウの胸を隠す手をほどき、正面からゆっくりと乳房に手を伸ばす。

可愛らしい声があがり、手が再び胸を隠そうとするも優しく押し退《の》け、乳房全体を包み込むように揉《も》む。

「ひぅ」

決して大きくは無いが貧乳でもない。乳首が硬くなってきているのは俺のモノを見て興奮していたのかもしれない。クウは隠しているが案外にスケベだからな。

「さすが若いだけあって張りがある。手に吸い付くようだ」

揉まれ慣れていない乳房に強い刺激は痛みとなる。

揉むと言うより撫でるように、硬くしこる乳首も直接は攻めずに軽く擦れるように、力加減に注意して若い乳房を愛撫していく。

その甲斐《かい》あってかクウの体は徐々に熱くなり、震える喉からは快楽の喘ぎだけが漏れる。

「あっ！　んっ！　気持ちいい……。わぁぁ……ムクムク大きくなってくる」

俺の一物が脈動しながらドンドン大きくなっていく。性感の声をあげて悶《もだ》えるクウを大人の女と認識《にんしき》した。そして種を付ける準備に入ったのだ。

俺はクウの胸から手を離し、腰に手を当てて仁王《におう》立ちとなる。斜《なな》め45度に勃ち上がった一物は湯の中に座るクウを威圧《いあつ》するように影《かげ》を落とした。

「あっと言う間に石みたいになっちゃった……ってわっわっ！」

俺は一歩前に進み、動揺《どうよう》するクウの額に一物を当てる。

「ひっ！　あ、熱い……それにずっしり……」

そして額から頬《ほお》へと滑《すべ》らせ、唇を掠《かす》めて首筋、更《さら》に喉を抉るように動かして反対側の首筋まで擦り付《つ》ける。

クウは顔を硬直《こうちょく》させながらも両目で眼前を滑る一物を追いかけていた。

「なあクウ。そろそろ俺を受け入れてみないか？」

答えないが拒絶《きょぜつ》もしないクウを湯の中で立たせ、風呂の縁《ふち》に両手を付かせる。

そして後ろから抱き着《つ》き、細身の腰を両手で掴《つか》む。

勃ち上がり先端《せんたん》から汁まで滴《したた》らせた男根がクウの尻に乗る。

「うう……でもそんな大きいの入らないよ。大きさが全然違《ちが》う……」

「大丈夫だ。大人の女体《にょたい》は男が入るように出来ている。試《ため》してみよう」

尻に乗っていた男根が瑞々《みずみず》しい肌《はだ》の上を滑っていく。

先端が尻の割れ目から肛門をなぞって下りていき、先がぷっくり膨《ふく》らんだ綺《き》麗《れい》な桃色《ももいろ》の性器に押し当たる。

穴は緊張《きんちょう》からか必死に締《し》まっているが、先端で押すと入口が左右に割れて拡《ひろ》がった。僅《わず》かなぬめりも先端に感じる。男根の鑑賞《かんしょう》と先ほどの愛撫でクウはそれなりに感じている。

サイズ差はあるもこのまま押し込めばきっと入ってしまうだろう。

俺はクウの鎖骨《さこつ》にキスをしながら先端で入り口を何度も押す。わざと角度をずらして入らないようにしながら押し込み、心と体に準備をさせる。

その動きを十度程《ほど》繰り返し、いよいよだと分かるように腰《こし》を掴む力を強め、入る角度に調整して腰を進めた。

そこでクウの背中が跳《は》ね上がり、泣きそうな顔で振り返った。

「ごめんなさい！　怖《こわ》いです！」

尻《しり》が照《て》れ隠しではなく本気で逃げ、顔には恐怖が浮かんでいた。

俺は笑って頷《うなず》き、腰を素早く引いた。

「おっと、分かった。もう入れないから安心しろ」

クウは本気で怖がっている。無理やりしても意味はない。

安心できるよう結合の態勢を解き、肩を抱いて隣合《となりあ》わせて座る。

「ご、ごめんなさい。ええと嫌《いや》じゃなくて怖くてその……」

俺は怒ってないとクウの肩を撫《な》でる。

その上で、限界までいきり立った一物とクウの顔を交互《こうご》に見る。

「怒っていないし無理やりは絶対にしない。その上で……直前でお預けを食《く》らったこいつを慰《なぐさ》めてやってくれないか？」

俺が風呂の縁に腰をかけると、足の間から一物が飛び出して天を向く。角度はほとんど90度に近い。

「う、確かにちょっとあんまりですよね。じゃあ……」

手でこすろうとするクウを更に引き寄せ、両肩《りょうかた》を抱いて股《また》の間に導く。

手で擦るにも不都合な距離《きょり》にクウも察した。

「まさか口で⁉」

俺は悪戯《いたずら》な表情で頷き、視線を動かす。

「ルウも一緒にどうだ？」

「はわわわわ！」

目の前で俺と姉の行為が始まりそうな雰囲気《ふんいき》にルウは顔を半分沈めて見守っていたのだ。折《せっ》角《かく》だから姉妹で参加して欲しい。

ルウは抱くにはまだ子供だがモノを舐《な》めさせるぐらいは問題ないだろう。

「頼《たの》むよ。クウに入り損《そこ》ねて泣いているんだ」

垂直に立ち上がった男根は先端から悔《くや》し涙《なみだ》を流している。まあ先走りなんだが。

クウは至近距離《きょり》で俺の一物を見ながら迷っていたが、直前お預けは悪いと思ったのか、覚悟を決めたようにムンと気合を入れる。

「……分かりました。やります……ルウは先の方をお願い」

そう言ってクウは竿《さお》の中程《なかほど》に閉じたままの唇《くちびる》を押し当《あ》て、顔を真っ赤にしながら口を開いてちゅうと吸い付く。

ルウは先端に舌を近づけるも快感で男根が跳ねて狙《ねら》いが逸れる。

「ま、まってぇ逃げないでぇ……」

舌を伸ばして肉棒を追いかけるルウが滑稽《こっけい》でつい男根を動かしてしまう。

やがてわざとだと気づいたルウは俺に向かって頬を膨らませ、両手で男根を掴んでちゅっと先端にキスをする。

強い刺激に俺は思わず呻《うめ》いてしまい、ルウは溜飲《りゅういん》を下げたとばかりにニッコリ笑って先端を吸い続けた。

俺は風呂の縁に座り、二人は湯の中にぺたりとアヒルのように座って口奉仕《ほうし》を続ける。こうすれば湯冷めの心配はないし、口内も良い感じに温かくなる。

「それにしても」

二人とも口淫《こういん》は初めてのはずだが姉妹だからか実に息があっている。

クウは恥《は》ずかしがりながらも大胆《だいたん》にしゃぶってくるし、ルウの小さい舌が這《は》いまわるのもたまらない。これから定期的に姉妹で奉仕してもらうのもいいな。

クウの口が竿を横から咥《くわ》える。

「んっ！　硬い」

ルウの口が根元から先端までとチロチロと舐め上がる。

「んん……大きい」

一つだけ残念なのは二人ともまだ慣れていないせいか口の開き方が甘《あま》くて奥までがっぽりと咥えこんでもらえないことだ。

「もっと練習させて喉《のど》まで咥え込んでもらいたいものだ」

言いながら両手で二つの頭を引き寄せる。

自分勝手な言い草に文句の一つも出るかと思ったが、二人は奉仕に夢中になっているせいか、聞こえるのは熱い吐息《といき》と舌が這う粘着質《ねんちゃくしつ》な音だけだ。

更に顔を引き寄せたせいで近くなった二人の舌同士が不意に絡《から》まり、そのまま唇まで合わせてしまう。

「きゃっ！　つい！」

「ご、ごめんなさいお姉ちゃん！」

二人は慌てて唇を離《はな》して照れ合う。この光景こそ姉妹、親子を並べて抱《だ》く醍醐味《だいごみ》だと思う。

「わわ……なんか一回り大きくなったよお姉ちゃん」

「満足そうな顔してるし……母さんがいるのに本当にスケベすぎるわ」

二人は仕置きとばかりに指先で先端をつついてから再び口を寄せてきた。

奉仕は続く――二人の奉仕は不慣れかつ、舐めて吸うだけの弱い刺激だったが、たっぷり三十分も続けば姉妹奉仕の素晴《すば》らしい光景も相まって限界が近くなってくる。

そろそろだと訴えるように男根が不規則に跳ね始め、先端から大量の先走りが湯に垂れる。

「もう出るぞ。両側から吸い付いてくれ」

俺は姉妹の頭を抱えるとやや強く肉棒に押《お》し付けて天井《てんじょう》を仰《あお》ぐ。

「ルウ……吸お」

「うん……お姉ちゃん」

二人は長い口奉仕で発情し、湯に浸かりっぱなしでのぼせ始めてもいたのだろう。トロリとした目を合わせ、熱に浮《う》かされたような口調で頷きあう。

二人は震《ふる》える男根の先へ、両側から同時に強く吸い付いた。

絶頂まで秒読みの段階でこれをやられて耐えられる男はいない。

玉から熱いものが一気に噴《ふ》き上《あ》がって来る。

「おうっ！」

俺は低く呻いて腰を持ち上げる。

尿道《にょうどう》が開き、大量の精が噴き上がった。

「きゃっ！　すごい！」

「いっぱい出たぁ……」

二人は噴き出す精液の量に驚《おどろ》いて口を離してしまう。

「やめるな。もう少し舐めていてくれ」

俺は姉妹の頭を抱え込んで竿に押し付ける。

二人は頷き、脈動して精を吐《は》き続ける男根をチロチロと舌で舐めてくれた。

黄色がかった濃《こ》い精が何度も何度も噴き上がり、天井に当たり、湯に落ち、クウとルウの顔にも大量に張り付いていく。

弱い刺激《しげき》で長く攻《せ》められた末の絶頂だからか射精の時間も長い。更にクウとルウの舌が這いまわる快感も乗って出続ける。

「おお、止まらん」

最初は強弓《ごうきゅう》のような黄色い精が天井まで噴き上がり、徐々に高度を下げながら湯や姉妹の髪《かみ》に落ち、やがて薄《うす》く透明《とうめい》になり勢いを無くして垂れ落ちる。

「あぁ……とても……良かったぞ」

ドクンと最後の一打ちを終え、全てを出し切った男根は硬度《こうど》を無くして垂れ下がり、俺もまたぐったりと脱力《だつりょく》してズルズルと湯に沈む。

「うう顔中ベタベタ……髪にも重くなるぐらいかかってる……」

「天井までとんでる……ひゃっボトッて頭に落ちて来たぁ！」

クウとルウも顔と髪が種まみれになり、俺の隣で浸かり直すようだ。

性の時間が終わり、ゆったりとした寛《くつろ》ぎの時間が流れる。

しばしゆったりとした後、俺が先に上がる。

「外は寒いからな。お前達は好きなだけ入っとけよ」

二人は湯から出た俺にそういえば、と声をかけてきた。

「脱衣所《だつい》にエイギルさんの服がなかったですよ。だから誰もいないと思ったのに」

あぁそりゃそうだ。

「全裸で来たからな。ノンナ達を抱いてそのまま」

女を抱くと色々な汁《しる》にまみれるからな。

「……それで帰りも全裸なの？」

「これからセリアを抱くからな」

さすがに他の女の汁にまみれたまま他の女の所に行くのはマナー違反《いはん》だ。

「…………」

あきれる姉妹の視線を浴びながら脱衣所を出る。どんな形でも女の視線を浴びるのはいいものだな。


クウ、ルウ姉妹との温かい交流からしばし後。

「冬季の間は農作業が出来ないので労役《ろうえき》に人が集まって――」

「へぇ、それはいいな」

今日も寒い一日だ。

「弓騎兵《ゆみきへい》は基礎的《きそてき》な訓練を終え――」

「そうか、それもいいな」

寒い日は熱々のスープが実に旨い。

依然《いぜん》私軍への志願者は増えていますが人口とのバランスから――」

「ほう、それならばいいな」

更にあえて体を冷やしてから熱い風呂に飛び込む。これぞ至福の瞬間《しゅんかん》。

「「聞いてないでしょう！」」

アドルフとセリアの声に叩《たた》き起《お》こされる。

あまりに退屈《たいくつ》な報告なので夢の中で風呂に入っていたようだ。

「では許可は頂きました」

レオポルトは二人のように文句こそ言わなかったが勝手に許可を得たと判断して立ち去る。

「要は特に変化無くて、いつもの延長なのだろう？　わざわざ報告しなくてもいい」

「そういうわけには参りません。そもそもハードレット様が勝手にフィリッチ商会への預け金など作るので物資購入先《こうにゅうさき》の自由度が」

アドルフの話は一々長い。そもそも内政官と言うのは全体的に無駄話《むだばなし》が多いのだ。特にそれが説教や文句とくればたまらない。

「いいですか？　物資購入《こうにゅう》と言うのは多方面に分散することで遮断《しゃだん》のリスクを減らし……」

その時、廊下《ろうか》から大きな足音が響《ひび》いてくる。そして執務室《しつむしつ》の扉《とびら》がノックも無しに開かれた。

開いたのはピピでもカーラでもなくメイドの一人で、挨拶《あいさつ》も無しに大声を上げる。

「メル様が産気づかれました!!」

「アドルフ。話は後だな」

「仕方有りません」

セリアも異存はないのか小走りに俺の後ろをついて来る。

居間に向かうとメルがメイドとセバスチャンに抱《かか》えられて寝室《しんしつ》に向かう所だった。

既に出産の時期が来ているので邸内《ていない》には産婆《さんば》を常駐《じょうちゅう》させている。

「エイギル様……いよいよ赤子が……ううっ今にも産まれそう！」

「無理に話さなくていい。付き添《そ》うか？」

だがメルは冷《ひ》や汗《あせ》を垂らしながら首を振《ふ》る。

「いえ子を産む時、女は獣《けもの》になります。見られるのは嫌です」

「そうか。ならここで待っているから頑張《がんば》って来い」

メルは無理に微笑《ほほえ》んでから寝室に入っていく。

扉が閉められて部屋の前は異様な静寂《せいじゃく》に包まれた。

見れば同じく大きな腹を抱えたカーラも心配そうだ。ノンナも目を閉じてどうか無事にと祈《いの》っているし、イリジナとセリアもどこか落ち着きが無い。イリジナはいつもないか。

出産は命がけの大仕事だ。全員が緊張し、長丁場に備えてリタが水や軽食を用意しようとした矢先だった。

『おぎゃあ』と赤ん坊《あかぼう》の声、メルが寝室に入ってまだ十分も経《た》っていない。

「ん？　産まれたのか？」

「え？　部屋に入られたところでは」

リタがまさかと振り返《かえ》ったところで扉は開かれ、産婆が俺を迎《むか》え入《い》れる。

「元気な女の子にございます。神のご加護か信じられない程《ほど》の安産にございました」

あまりにストンと生まれたもので産湯《うぶゆ》すら少しばかり待たねばならない程だった。

「メルお疲れ――と言うべきなのかな」

「うふふ、正直全然疲れておりません。赤子は健康ですか？」

メルは強がりでもなく平気な顔をしていた。

「あぁ元気だ」

「よかった……また女の子ですね。女が四人も揃っては将来とてもにぎやかでしょうね」

赤子を抱いてニコニコと笑う彼女《かのじょ》に軽くキスをして退室する。産婆によると安産であっても産後はなるべく他の者と一緒にいないほうがいいそうだ。

「女の子ですか。それにしても四人もすごいです」

「母さん無事でよかったぁ」

「うむ。では名前を考えないといかんぞ」

「そこは正妻たる私が案を出します。エカチェリーナはいかがでしょう？」

「クウ、ルウ、スウときてエカチェリーナ？　調和を考えなさいよ。センス無いわね」

女達は緊張を解いて姦《かしま》しく騒《さわ》ぎ、あげくいつものようにノンナとカーラが取っ組み合う。

名前なんてどうでもいい、メルも赤子も無事ならそれで満点だ。

「むぎゃ！」

ノンナがカーラに転ばされて騒ぎも収まった。祝いに使用人達に酒でも振《ふ》る舞《ま》うかと思ったとき、うめき声が聞こえ出した。

「ううう……痛、痛い！　なにこれ、お腹がぁ……」

見ればカーラが蹲《つくば》って腹を押《お》さえている。

ノンナは私じゃないとアピールするも、すぐに陣痛《じんつう》と気付いてカーラを支える。

「「「カーラさんも⁉」」」

全員が一斉《いっせい》に顔を見合わせた。

どたばたと全員が走り回り、産婆がメルの下《もと》から呼び出されて今度はカーラを連れて行く。

同日に産気付くとは思っていなかったので部屋の準備が出来ておらず、メイドたちもシーツや何やと持って慌てて走り回っている。

「まさか同日に産まれるとは。となればあいつらを重ねてヤった時、一緒に種がついたのだな」

「こんな時に下品なこと言わないで下さい！」

ノンナに背後から頭突《ずつ》きを見舞《みま》われる。全体重を乗せて来るから結構効いた。

「メルと違ってカーラは初産《ういざん》だから苦労するかもしれないな」

などと備えていたのだが、産婆が女の赤子を抱いて出てきたのはそれから三十分後だった。

「お産まれです。これまたスポンと……もちろん母子ともにまったく健康です」

本当に初産かと疑いたくなるほどの安産で、産婆も拍子抜《ひょうしぬ》けだったらしい。

「赤子の道が随分《ずいぶん》と広がっていましたので楽に通れたようです」

ノンナとリタも顔を見合わせ、俺の股間《こかん》をちらりと見てから頷き合う。

「まぁ赤子の頭ぐらい……ありますよね」

「それが毎回ズコズコ出入りしていますからねぇ」

何はともあれ、俺の家族は新たに二人増えることになった。

メルの子はミウ、そしてカーラの子はエカチェリーナ――お前らやっぱり仲いいだろう。

「まだです……まだ私にも世継《よつ》ぎを産む機会は残されています！」

ノンナもいよいよ目の色を変え始めたようだ。


そして大変なのはその後だった。

子が産まれたと吹聴《ふいちょう》して回るつもりはなかったのだが、セバスチャンが近しい知り合いには文を出すのが一般的《いっぱんてき》と言うものでエイリヒにだけは出してみたのだ。

すると数日置いて来るわ来るわ。名前も知らないような貴族や商人から祝いの言葉や品が次々届く。

変り種では生誕祝いの歌や生まれた日に蔵《くら》に入れたワインの権利書などから、自分の三歳《さい》の息子《むすこ》と縁談《えんだん》をなどと抜《ぬ》かす奴《やつ》から、更にひどいのになると、まだ胎の中なので息子だったら婚《こん》約《やく》をという大馬鹿者《ばかもの》まで居た。

「生まれてすぐに結婚《けっこん》相手を決めるのはそう珍《めずら》しいことではありませんが？」

そんな奴らの馬鹿《ばか》っぷりをノンナに話すとあっけらかんと返される。

「俺は貴族社会とやらにはついていけないかもしれん」

そもそもエイリヒが言いふらしたのが悪い。今度会う時にまた困らせてやろう。

「その今度まであんまり猶予《ゆうよ》はないのです」

セリアが俺の隣からにょっきり顔を出す。可愛《かわい》いので顔と頭を念入りに撫で回《まわ》す。

「わぁっ！　髪が滅茶滅茶《めちゃめちゃ》です！」

セットしていたのか、悪いことをしてしまった。

セリアは綺麗な櫛《くし》で髪を直しながら更に続ける。

「この前、使者が来たではありませんか。春に召集がかかっております。春の大演習があるので手勢を連れて王都へ上れと王直々の命令です」

そうだった。そろそろ季節は春となる。

手勢を連れろと言われれば弓騎兵達《きへいたち》にも招集をかけねばならない。

「面倒臭《めんどうくさ》いが王都で久々にメリッサとマリアにも会える。エイリヒを困らせるのは後でいいか」

第二章　春季大演習

「全軍、進軍開始‼」

俺の号令一つでラーフェン郊外《こうがい》に集結した軍団が一斉に北に向けて進み始める。

王の求めに応じて春季演習に参加するため王都へと移動するのだ。

この時ばかりは町中で行われている作業が止まり、大人も子供も押し合《あ》うように高所に登って出立する軍勢を見送っていた。

町に残すのは少数の警備隊のみだ。

「不在の間に仕掛けられたらひとたまりもないんじゃないのか？」

ふとレオポルトに聞いてみる。

「盗賊《とうぞく》ならば不完全ながら街壁《がいへき》もありますので問題なく防げましょう。トリエア軍だとすればとんでもない愚行《ぐこう》となります。ゴルドニア全軍が王都に集結している時に仕掛けるなど大愚《たいぐ》を超《こ》えて狂人《きょうじん》の所業ですな」

国としてはそうでも俺は町を焼かれたら大損失だ。産後のカーラとメルも残しているのに。

するとレオポルトの反対側、そこにいたセリアを押し退けてルナの馬が並んできた。

「族――いえ子爵《ししゃく》様の土地が危なしとならば、我らの戦士が風となりて駆《か》け付けます故《ゆえ》、ご安心召《めし》されませ。お子と奥方様《おくがたさま》は我《わ》が同胞達《どうほうたち》が身命賭《と》して守り抜きましょうとも！」

ルナはムンと胸を張る。言葉がやや古風なのはご愛敬《あいきょう》、押し退けられたセリアが騒いでいるのもご愛敬だ。

出立した後でうじうじと悩《なや》んでも仕方がないし山の民を信じるしかないか。

セリアが俺の前に回り込もうとするも、そこに大型馬車が入り込んでくる。

「メリッサ達に会うのは久しぶりです」

「私も彼女達《かのじょたち》には世話になったし……」

馬車から顔を出したのは産後のカーラとメル以外の女達、彼女達も同行させていた。

というのも今回の演習は単に軍事的な目的だけではなく、普段《ふだん》は領地にいる領主達を王都に集めて互《たが》いの顔を合わせることも目的となっていた。

当然、演習にはそれなりの時間をかけ、夜は晩餐会《ばんさんかい》だ舞踏会《ぶとうかい》だと忙《いそが》しい。

ならば一人で帰るより家族も丸ごと連れていくことにしたのだ。

「前にノンナ達を領地に移動させた時はとんでもないことになったけどな」

「ピピは知らなかった！　ピピのせいじゃないぞ！」

背後から回り込もうとしたセリアを遮《さえぎ》るようにピピが馬を寄せてくる。

「ははは、分かっている。責めた訳じゃないさ」

あの時は山の民の襲撃《しゅうげき》を受けてしまったが今や彼《かれ》らは味方だ。

「それにこんな数に仕掛《しか》ける者などいない！」

今、俺達《おれたち》が引き連れている兵は八千に届く。

その軍隊のど真ん中にいるのだから町にいるよりも安全かもしれない。

「むぅぅぅ！」

後ろでセリアの唸《うな》り声《ごえ》が聞こえた。

シュバルツが振り返り、首を伸《の》ばしてセリアの襟《えり》を咥えあげた。

猫《ねこ》の子のように運ばれて来たセリアを俺は両手で抱き上げる。

「エイギル様、今回の部隊をまとめました。演習の時に把握《はあく》して無かったでは恥《はじ》をかかれますからしっかり覚えておいて下さいね」

セリアは手足を縮こめて俺の腕《うで》に収まりながら綺麗にまとめた編成表を差し出してきた。

「ほう。こりゃ見やすいな」

さて文章のまとめ方にも個人差があって面白《おもしろ》いものだ。

レオポルトの書類は必要最低限しか書いておらず『この程度説明しなくても分かれ』という雰囲気が文全体から漂《ただよ》ってきてとにかく腹が立つ。

それとは対照的にアドルフの書類は細かい部分まで丁寧《ていねい》に説明してくれる。一方で内容一つ一つの詳細《しょうさい》、解説、今度の予想などつらつら書き連ねているのでとにかく長い。ついでに俺の細かいミスや不手際《ふてぎわ》までしっかり指摘《してき》してくるので結局腹が立つ。

クラウディアの手紙は九割が無駄《むだ》文で中身はほぼ無い。腹は立たないがやる気を削《そ》がれる。

「ノンナも最近そういう傾向《けいこう》があるよな。子供のことで焦《あせ》っているのかクラウディア化してきていないか心配だぞ」

そう考えるとセリアの文は程よく詳《くわ》しく、程よく省略し、変な皮肉も入れてこないので腹も立たずに読めるのだが、たまに肝心《かんじん》な所が抜けていることがある。

「後一歩と言う所だな」

「？　何がですか？」

セリアの頭を撫でながら編成表を眺《なが》める。む、誤字だ。


〰〰〰〰〰〰〰〰〰〰〰〰〰〰〰〰〰〰〰〰〰〰〰〰〰〰〰〰〰〰

東方独立軍
兵数２０００
　歩兵１２００　弓兵３００　槍騎兵《やりきへい》３００　重装騎兵２００
私軍
兵数３０００
　歩兵１５００　弓兵５００　槍騎兵７００　重装騎兵３００
弓騎兵
兵数３０００
輜重隊《しちょう》
　弓騎兵３０００
　大型馬車50台

総兵数　８０００

〜〜〜〜〜〜〜〜〜〜〜〜〜〜〜〜〜〜〜〜〜〜〜〜〜〜〜〜〜〜〜〜〜〜〜〜

我ながら辺境領主にしては結構な数と兵科だ。

八千と言う数もそうだが、並の領主ならほぼ全《すべ》て歩兵でお供の騎士団《きしだん》が数十と言うのが普通《ふつう》ではなかろうか。騎兵や馬車が入り乱れる領主軍は中々見たことがない。

「まあ弓騎兵なんて兵科はそもそも見たことがないが」

実はその弓騎兵の動員に際しては一悶着《ひともんちゃく》あった。山の民《たみ》の長達が演習の意味を理解できなかったのだ。

「演習？　なんですかそれは？」

「出撃《しゅつげき》とあれば戦いと略奪《りゃくだつ》ではないのですか？」

俺《おれ》がどう説明したものかと考えているとこちらの生活に慣れてきたピピが代わりに説明してくれる。

「草原には族長様の他にも沢山《たくさん》の戦士を従える者がいる。彼らが集まって戦の稽古《けいこ》をする。連れて来る戦士が少ないと弱い族長として馬鹿にされる」

長たちが一斉に立ち上がる。

「なんと！　それはいかん！」

「ならば老人から赤子まで一族ことごとく引き連れて我らが族長の偉大《いだい》さを示しましょう

ぞ！」

やめてくれ。王都に民族大移動をされたら兵が少ないより数倍の恥をかく。

「その必要はない。数だけではなく優秀《ゆうしゅう》な戦士を連れていくことに意味がある。訓練し、装備も与《あた》えた三千も居れば、十分だ」

「そうでしょうか……」

「戦士だけでも根こそぎ引き連れればその倍は出せますが」

ありがたいが鎧《よろい》が揃《そろ》わず、毛皮を着て走り回る戦士たちを連れてはいけない。

「三千連れて行っても普段の狩《か》りには困らないか？」

山の民の戦士は同時に獲物《えもの》を取る狩人《かりゅうど》でもある。あまり動員してしまうと彼らの日常生活に支障が出るのだ。

「族長様から屑馬《くずうま》と引《ひ》き換《か》えに頂けている食料もあります。飢《う》えることなどありません」

「半分残ればなんとでもなります」

よし、ならば決定だ。

長達は納得《なっとく》して座《すわ》ったかと思いきや、再び何かに気付いて立ち上がる。

「演習とやらに侍《はべ》らせる女は百人程でよろしいでしょうか？」

「馬鹿者、力ある者達が集まるのだぞ！　三百はいないと格好がつくまい！」

「若い娘《むすめ》はもちろん、熟女から幼女までずらりと従えて族長様の器《うつわ》の大きさを示そうぞ！」

三百人の女に囲まれて王都に行ったら蛮族《ばんぞく》王と噂《うわさ》されるだろうが。

こんなやりとりがあった後、なんとか長達を治め、戦士を連れて出発にこぎつけたのだ。

「それにしてもあの女、幸せそうだった」

ピピがひょいと自分の馬から跳《と》び、俺とセリアの間に割り込んでくる。

セリア、本気の殺気を出すんじゃない。

「きっと次代の族長になる」

ピピの言うあの女とは俺の首の性感帯を見つけてくれた女のことだ。

動員の要請《ようせい》に訪《おとず》れた時、彼女は大きな腹を抱えて走り寄って来た。

あれだけの壮絶《そうぜつ》な性交と射精をしたのだから孕《はら》まない方が不思議ではあるが。

彼女が子供の名前を決めて欲《ほ》しいと言うので男と女それぞれ言ってやったら大喜びで戻《もど》っていった。

「ピピも族長様の子が欲しいぞ」

ピピがセリアと押し合いながらニッコリ笑う。

「私にもやや子を頂きとうございます」

ルナも顔を寄せて来る。

「戦士として買って頂けるのは無上の喜びですが、やはり女としても……」

ルナはピピよりも戦士として優秀かつ、統率力《とうそつりょく》にも優《すぐ》れているので弓騎兵を束ねさせていた。

山の民は俺以外の部外者の命令を聞かないし、さすがにピピが隊長だと色々支障をきたす。

そして東方独立軍は直轄《ちょっかつ》で俺が率い、私軍はイリジナが隊長になっている。だがこれらは実

際には混成で運用するのでほとんどは俺が直接面倒《めんどう》を見る。

参謀《さんぼう》としてレオポルトを置き、セリアは副官、これが俺の軍の編制だった。

俺は無表情のまま馬に乗る参謀と、今度はルナを押しのけようとしている副官に目をやる。

随分と大げさな役職がついたものだと笑いながら歩を進めていく。

さて歩兵にあわせて行軍するため、俺の領地から王都への道のりには結構な時間がかかるのだが、エイリヒ領の中程辺りで整備された街道《かいどう》に乗ると一気に行軍がスムーズになった。

「街道がもうここまで延びてきていたのか」

「整備された街道が我らの領までくれば物流も一気に加速するでしょうな」

レオポルトは専門外だからと、それ以上語ることはなかったが、この街道が繋《つな》がればいよいよ鉄の搬出《はんしゅつ》も現実味を帯びてくる。

最近はクレアが毎日のように『道を延ばせー』『王家に働きかけろー』とせっついてきている。

「それにしてもエイリヒの領内は大丈夫《だいじょうぶ》か？」

俺は押し合うセリアとピピの頬《ほお》と尻を撫でながら、街道の脇《わき》で農作業をしている民へと目をやって言った。

トリエア側から流れてきた流民達《たち》ほど悲惨《ひさん》ではないが、言葉少なく小麦畑の雑草をむしっている民の表情は明るくないし体も痩《や》せていた。

セリアとピピは押し合いに夢中なのでレオポルトに視線を向けてみる。

「致《いた》し方《かた》ないでしょう。皆《みな》がハードレット卿《きょう》のように資金に恵《めぐ》まれているわけではありません。

例の御夫人《ごふじん》からの借金と略奪で得た金を抜いて見て下さい」

うむ、かなりのマイナスだな。俺も本来なら労役に給金を出している場合ではないのか。

「警備隊の士気もあそこまで低いとは」

そもそもエイリヒの領内には軍と呼べるものはない。ゴルドニア軍の重鎮《じゅうちん》たるエイリヒが領地に自分の私軍を置くのは指揮系統を混乱させると言うのが理由だった。

故に盗賊団や蛮族への対処など軍隊が必要な時は代わりに俺が当たることになっている。

それでも日々の犯罪や数人の賊《ぞく》などまで俺が一々面倒を見られる訳はないので、警備兵程度の者達はいるのだが……。

「さっき俺たちを見るなり槍《やり》を捨てて両手を上げたぞ」

演習に向かう味方に降伏《こうふく》するとは滑稽な話だが笑ってはいられない。

もし本当に俺たちが敵だったとしたら、数からして戦うことは無理でも周囲に知らせに走るなりをしなくてはならないのだ。

「子供が産まれたのを言いふらした腹いせだ。これをネタに何か言ってやろう」

「先の紛争《ふんそう》時の件で倍になって帰って来るだけだと思いますが」

レオポルトに言われるとなんとも言えないイライラ感がある。

俺の前でセリアと揉《も》みくちゃになっているピピを掴《つか》みあげて頭と頬と顎下《あごした》を撫で回す。

「にゅあ！　族長様、顔をこね回してはダメだ。元に戻らなくなる！」

ピピがジタバタ暴れ、小さな尻《しり》も一物の上で跳《は》ね回る。

「ふむ」

ピピやルビー達、山の民は体が引き締《し》まっていて素晴らしい。いつか機会があったら長達の勧《すす》めるように百人と乱交して種を撒《ま》き散《ち》らすのもいいかもしれない。

そんなことを考えていると思わず股間に血が入ってしまった。

「あ、族長様がムクムクしてきた」

ピピが振り返り、まだまだ子供の顔に微《かす》かな女の表情を浮かべる。

「うおっっほん！　エイギル様、西方向から何やら向かってきます」

気づいたセリアが俺とピピの間に無理やり顔を突っ込んで言った。

俺はまるで愛玩犬《あいがんけん》のような仕草に笑いながら、なんだろうかと西に目をやる。

はて西からはど派手に着飾《きかざ》った騎士《きし》が数人、ドテドテ重そうな馬蹄《ばてい》の音と共にやってくる。

「演習に参加するゴルドニア貴族の方とお見受けする！」

当たり前だろ馬鹿、演習に参加しない他国の軍隊が歩いていたら一大事だ……と言いたいが余計なことを言うと余計な手間が増えるのは分かっているので自重しよう。

「ハードレットだ。そちらは」

騎士達《きしたち》は俺に礼をすると大げさに息を吸い込んでから口上を述べる。

「我らはオルドーヌ子爵の騎士！　我らもまた、王都へ向かう道中に有り、先触《さきぶ》れとして駆けて参った。我らの兵が先に街道を使うのでしばしこの場で待機願い……」

その時、後方から弓騎兵の集団が両側から小走りで俺と騎士を追《お》い抜いて行く。

道が良くなったので特に足の速い弓騎《ゆみき》兵隊《へいたい》を前方にまとめようと指示を出していた。

移動するのはざっと千騎《き》程《ほど》、その馬蹄の音たるや凄《すさ》まじく騎士の口上も聞こえない。

「敬礼！」

俺の横を通り過ぎる時、弓騎兵達は一斉に剣《けん》を掲《かか》げて行く。

その後も千騎《き》が通りすぎるまで轟音《ごうおん》が続き、数分たってようやく全員が通過していった。

「すまんな。で、なんだったか？」

「……王都までご無事に往《ゆ》かれますよう」

騎士は呆然《ぼうぜん》と口を開いたまま先程《さきほど》の半分以下の音量で言い、他の者と共に去っていく。

「なんだあいつら？　まったく意味がわからんぞ」

呟《つぶや》きを聞きつけたのか滑《すべ》り込むように馬車が止まりノンナが窓から身を乗り出した。

「ここは私が説明……わっきゃあ⁉」

「あんたは重心が極端《きょくたん》に前にあるんだから乗り出したら危ないでしょうが！」

勢い余って落ちかけて、カーラに引っ張り上げられるのもご愛敬だ。

「おっほん。どちらが道を譲《ゆず》るか、貴族家はそういうことにもこだわるのです。家柄《いえがら》や家の力、後《うし》ろ盾《だて》の強さも関《かか》わる結構大事なことなのです。先に行く方は得意げに胸を反《そ》らし、待たされる方は屈辱《くつじょく》に身を震わせるのです」

ノンナはそう言いながら騎士達に向けてこれでもかと胸を反らす。あんまり豪快《ごうかい》に反ると服が破れて乳が飛び出るぞ。

「そういうことなら奴らには悪いことをしたな」

俺はどっちが先でも気にしないから譲ってやっても良かったのだが、と考えながら街道脇に寄って複雑な顔をしているオルドーヌ子爵の兵達を追い抜いて行く。

擦《す》れ違《ちが》い様、悪いなとばかりに手を上げて挨拶したら先ほどの騎士達が苦虫を噛《か》んだような顔をしている。

「無駄に煽《あお》るのは上策ではないかと」

レオポルトが俺と、限界まで胸を反らせもう胸しか見えていないノンナに言う。

煽っているつもりはないのだが。貴族は下らないことに拘《こだわ》るんだな。俺には向かん。


数日後、王都ゴルドニア。

「よくぞお戻りなさいました旦那様《だんなさま》」

「久しぶりメリッサ、マリア。堅苦《かたくる》しい挨拶はしないでくれ」

玄関前《げんかんまえ》で迎えるメリッサの尻を撫《な》でて唇《くちびる》を奪《うば》う。

「もうっ！　せっかく貴族の愛妾《あいしょう》っぽく上品に挨拶したのに！」

怒《おこ》るメリッサにくっついているマリアにも濃厚《のうこう》なキスをして尻を撫でる。

豊満で色気を放つメリッサの尻と、小さく可愛らしさを感じるマリアの尻、二つ並べるとより素晴らしいが撫でるだけでは終われない。マリアには女同士の愛に完全に落ちないよう男を思い出させる必要があるのだ。

尻を撫でていた手がふくらはぎまで降り、スカートの裾《すそ》から入り込んで再び脚を這《は》い上がる。

「あっ」

手はスカートの中で正確に下着を摘《つ》まんで膝《ひざ》まで引き降ろし、肌《はだ》の温かさを感じながら尻の割れ目を撫でて前へと移動していく。

咄嗟《とっさ》に足が閉じられるも、悲しいかな女の股《また》はどれだけ閉じても大事な場所への侵入《しんにゅう》は防げないものなのだ。

俺の指は薄い襞《ひだ》を広げながらまだ湿《しめ》り気《け》のない洞窟《どうくつ》へと……。

「あっ！　だ、だめ……そんな強引《ごういん》に入ったら……噴いちゃう！」

そこでセリアからストップがかかった。

「エイギル様、先に王宮に行かねばならないのでは？」

「そうだった」

兵を駐屯地《ちゅうとんち》に入れた後、俺はすみやかに王宮へ演習参加の挨拶へ行かねばならない。

エイリヒにも絶対に家で一発やってから……などと思うなと釘《くぎ》を刺《さ》されている。

「では私達は一足先にゆるりとしておりますね。服を着替《きが》えませんと」

「あたしは昼寝《ひるね》するわ。久しぶりに屋根の上で寝《ね》よっと」

「……顔を晒《さら》せないのは重々承知ですが黒い麻袋《あさぶくろ》を被《かぶ》せるのはあんまりでしょう。逆に通報されると思うのですけれど」

ノンナとカーラ、続いて麻袋を被《かぶ》ったカトリーヌが家に入っていく。

俺は仕方なくシュバルツに乗る。何故《なぜ》かセリアが自分の馬ではなくシュバルツに乗っていた。

王宮につくと貴族達が言葉通り、わらわらと集まっていた。謁見《えっけん》の間に通されるのを待っているのだろう。

その中にエイリヒを見つけた。

「ラッドハルデ卿。ちょっと言いたいことがあるのですが」

子供のことを言いふらしたと文句を言おうと話しかけるも強い調子で言葉を被せられる。

「ハードレット卿、貴様やりすぎだ」

「は？」

また何か言われるのか。

「兵数の話だ。八千も連れて来る奴があるか！　辺境伯《はく》でもいいとこ三千、お前は子爵なんだから余り無茶《むちゃ》をするな。見たところ東方軍もそのまま連れているが、治安は大丈夫なのか⁉」

子どものことで責めるどころか怒涛《どとう》の言葉攻《ぜ》めを喰《く》らってしまった。

さてどうしたものか。まあ説明はいるよな。セリア、間違《まちが》ってたら指摘してくれよ。

「問題はありません。王軍は演習に参加させるために連れて来ましたが、領地に残した予備兵力だけでも十分治安維持《いじ》に対応できます。先日蛮族制圧の作戦を行い、彼等《かれら》の脅威《きょうい》は減退しました」

本当は予備兵力とはその蛮族達《ばんぞくたち》だが。

アドルフ、レオポルトと話し合った結果、蛮族を従えたことは報告しないことにしたのだ。

クレアを抱《だ》いた翌日のことだった。

『アドルフさん、山の民の領域に有望な鉄鉱山があるらしいですわね。しかも彼らを従えてもうかの地にはなんの障害はないとか。このお話、あまり方々で話すのはお互いの利益になりません。今後お気をつけられてはいかがでしょう』

『どこでその情報を……ってあの方しかいませんよね』

と釘を刺されたそうだ。

クレアにしてもライバルが増えるのは望ましくないのだろう。

「ははは、問題はありませんよ」

エイリヒに嘘《うそ》は言っていない。

山の民の全てを取り込んだわけではなく、奥地《おくち》には俺に従わない部族も少数いるはずだ。よって完全に制圧してはいないはずだ。そういうことにしておこう。

「まだ予備兵力があるのか。陛下から自由に私軍を増やして良いとは言われていたが限度と言うものがある。戦でも領地経営でもお前は限度を知らんからうんぬん……」

エイリヒの小言は続くが、神妙《しんみょう》に返事をしつつ聞き流し、こっそり手を伸ばして隣《となり》のセリアの尻を撫でよう。

「あうっ……」

声を出せないセリアは真っ赤になって耐《た》えている。悪いことをしているようで興奮する。

「そういえば来る途中《とちゅう》、ラッドハルデ卿の領民が随分と困窮《こんきゅう》していたように見えたのですが」

ちょっとした意趣《いしゅ》返しに指摘してみる。

押《お》し黙《だま》ると雰囲気《ふんいき》も悪くなるし、何よりセリアの尻を撫でまくる音が聞かれてしまう。

「はっきりと言う奴だな。まぁ間違いではない。戦乱の混乱から未《いま》だに立ち直っていないのだろう。苦しいのは知っているが、必要以上に税を軽減することもできない」

「代官が好き放題にやっているのでは？」

エイリヒは悩ましいとばかりに目を閉じて唸る。

好都合だ。息を荒《あら》らげ内股《うちまた》になって背伸《せの》びするように動くセリアに気付かれていない。

「前の奴は余分な税をとって私服を肥やしていたから処断したのだが……後任も程度の差はあれ不正をやっているのかもしれん。何分、俺は王都から離《はな》れられんから目が届かん」

「それほど多忙《たぼう》なのですか？」

一歩踏《ふ》み出《だ》しながら指をセリアの中に入れる。

セリアは気付かれまいと袖《そで》を噛んで耐える。

「お前の起こした紛争と後始末も一因だぞ」

これ以上突っ込むと余計なことを言われるかもしれない。エイリヒの領民達には気の毒だが、こいつが少しでも領内に目を配ってくれることを祈ろう。

「ラッドハルデ卿、ハードレット卿、王がお会いになられます。お通り下さい」

大臣の一人に呼ばれて入室を許可される。せっかくもう少しでセリアが達せたのに。

俺は濡《ぬ》れた穴から指を引き抜いてエイリヒに続く。

恒例《こうれい》になった王への挨拶、らしくも無い言葉を使って頭を垂れる。

まずは率いた兵の多さに驚《おどろ》かれ、次いで蛮族への勝利を称《たた》えられ、最後に身分に不相応な兵の数に釘を刺される。まとめればまあそれだけのことだった。

「領主達が揃い次第《しだい》、本格的な演習を開始する。言わずとも分かると思うが今回の演習は軍事的な意味よりも周辺国と民草に軍の力を見せ付けるのが主だ。醜態《しゅうたい》を晒さぬように頼《たの》むぞ」

「「はっ！」」

俺達は声を揃えて返事してから退室する。

ふと振《ふ》り返って見た王は心なしか疲《つか》れた顔に見えた。

領地貴族の中には広大な所領を持ち、血縁《けつえん》などを通じて中小貴族を束ねているような強力な者も多い。彼らを王都に呼びつけておいて『みんなまとめてよろしくな』では済まない。

一人一人呼びつけて挨拶《あいさつ》を受けねばならないし、その順番や同日に呼びつけて良いかどうかも深慮《しんりょ》しなければならない。もちろん晩餐会や舞踏会も毎日開かれる。

前王に比べれば王の権限は遥《はる》かに強化されているが、それでも面倒臭いという理由だけで儀《ぎ》礼《れい》を省いて有力貴族と喧嘩《けんか》する愚《ぐ》は犯《おか》せないのだろう。

「俺だったらそれほど愚《おろ》かだろうけどな」

挨拶なんて名前の順でやるか、それも面倒くさければ全員を広間に集めて大声で一声挨拶すればいい。晩餐会には俺の服を着せたセリアを替《か》え玉《だま》として派遣《はけん》しよう。

「何の話ですか？」

馬鹿なことを考えているとセリアが可愛らしい足音を鳴らして隣に並ぶ。

「なんでもないさ」

さあ帰って、メリッサやマリアも交えてやりまくろう。カトリーヌはそろそろ辛抱《しんぼう》出来なくなっているだろう。

「ハードレット卿!!　先日はお子が生まれたそうで何よりです！」

俺は大股《おおまた》で一歩踏み出した姿勢で固まる。

「いやぁ偶然《ぐうぜん》お会いできてよかった。実は今夜我が家《や》で晩餐会を開くのです。久々に王都にこられたのですから何卒親睦《なにとぞしんぼく》を深めましょう。ラッドハルデ伯もハードレット卿は今夜ご予定がないので是非《ぜひ》にとおっしゃって――」

咄嗟に腹痛を発症《はっしょう》しようと脇腹《わきばら》を押さえるもセリアに撫でられて完治してしまう。じっとこちらを見る目がちゃんとして下さいと言っている。招待状も勝手に受け取ってしまった。

俺も結局愚かになりきれんようだ。


その夜。

晩餐会の帰り、夜風を浴びたくなった俺はノンナだけを馬車に乗せて歩いて帰ることにした。

最初はノンナも一緒《いっしょ》に歩くと言ったが、王都とは言え彼女《かのじょ》のような美女に夜道を歩かせるべきではないと諭《さと》したのだ。

もちろん街娼《がいしょう》を探そうなどと思ってはいなかった。

「あぁん、すごい！　こんな逞《たくま》しくて荒々《あらあら》しい貴族様は初めてですぅ！」

「ふふふ、ならここを擦ったらどうなる？」

だから路地裏で後ろから突《つ》きあげているのもちょっとした成り行きに過ぎない。

「大槍が天井《てんじょう》を擦ってます！　奥《おく》過ぎて苦しいっ！　でも太くて硬《かた》くて気持ちいいっ！」

目についた娼婦《しょうふ》が必死に買ってくれと視線で訴《うった》えるので情が移ってしまっただけなのだ。

「そろそろ出そうだ。中でいいか？」

「中は困っちゃうわ。でも銀貨一枚追加してくれるなら」

最後まで言わせずに銀貨を胸元《むなもと》に捻じ込み、腰《こし》を突き上《あ》げて射精する。

女の足が浮《う》き上がり、肉棒の律動に合わせて全身を震《ふる》わせる。

「ああ、ドロドロの濃《こ》い種が流れ込んで来る……巨根の貴族様に孕まされちゃったかも」

うちの女は美人揃いだが、たまには外で摘《つま》み食《ぐ》いも悪くない。女は多ければ多い程良《ほどよ》いのだから。

発射を終えたモノを引き抜くと女がへたりこんでしまう。

「うぅ、腰が抜けて立てないわ。私の長屋まで運んでぇ」

俺は二つ返事で女を抱き上げる。

「おうとも。お前のような良い女がこんな所でへたり込んでいたら朝までに二桁《けた》の男に乗られてしまうだろうからな。いやもしかすると三桁かもしれない」

「娼婦にお世辞なんて言っても何も出ないわよ。せいぜい口で出させてあげるぐらい」

最高じゃないか。

娼婦を自宅まで送り、口で一物《いちもつ》を綺麗《きれい》にしてもらってから通りに出る。

「ふむ。思わぬハプニングが起きて遅《おそ》くなってしまった」

早く帰らないと皆を心配させてしまう。朝帰りなんぞした日にはノンナを筆頭に総スカンを食《く》らうだろう。

さて急ごうと走り始めた時だった。

「やめて!! いやぁぁぁ!!」

女の悲鳴と布を破る音、そして何かを殴《なぐ》りつけるような音が聞こえる。

最初は俺と同じように娼婦が裏路地で客をとっているのかと思ったが悲鳴が尋常《じんじょう》ではなく、その声もやがて口を押《お》さえられたのかくぐもったような声に変わる。

「犯されているな」

聞いてしまった以上、通り過ぎることはできない。

俺は足を止め、表情を厳しくして大股で声のした方に歩く。

「やめろ！ 姉さんを放せ！」

「うっせえクソガキ、もう一発殴られてぇか！」

「んむー！ むぐぅ！ むーー！」

「くぅ～気持ちいいぜ。こいつの穴、柔《やわ》らかいくせに良く締まってたまらねぇ!!」

万が一そういう遊びだったなら気が悪いだろうから音を立てずに覗《のぞ》き込むと、四人の男が二人の女に乱暴していた。

妹であろう一人はうつ伏《ぶ》せに地面に倒《たお》されて背中を踏みつけられていた。顔には殴られた跡《あと》も見える。

もう一人、恐《おそ》らく姉の方は仰向《あおむ》けで足を開かされ、男に乗られ犯されていた。

「へへ、突き込む度に喚《わめ》きやがる」

「この泣き顔がそそるぜ。もっとガツガツ犯せよ」

妹を押さえ込んでいる奴《やつ》以外は腰を振る男を囃《はや》し立《た》てている。

残念ながら遊びではないらしい。

「おい」

「あん？　ぎゃっ！」

姉を犯している男の髪《かみ》を掴んで後ろに思い切り引っ張る。

小さな一物が女から抜《ぬ》け、男はそのまま後ろの壁にぶつかった。

俺の手の中には大量の毛髪《もうはつ》が頭皮ごと残っていた。

「すまんな。禿《はげ》にしてしまった」

俺は汚物《おぶつ》を捨てる時の手つきと目で血塗《ちまみ》れの頭皮を投げ捨てる。

「なんだてめぇ！　何しやがる！」

「ぶっ殺されてぇか！」

残る三人が悪態をつくも路地裏でコソコソと、それも四人がかりで女を犯すような輩《やから》の言葉に気圧《けお》されるなどあり得ない。

「その子から足を離してさっさと消えろ」

俺は妹を踏んでいる男を睨《にら》みつける。

俺は警備兵ではないから街の治安を守る義務はない。何より女達の手当てをしてやりたいから、大人しく逃《に》げ散れば禿になった男に免《めん》じて許してやる。

「「ふっざけんなぁ!!」」

だが男の内の二人が愚かにも懐《ふところ》からナイフを取り出した。

剣に比べれば玩具《おもちゃ》のようなサイズだが、刃物《はもの》を出したなら本気で相手をしてやる。

「おい、こいつ……このなりは貴族じゃないのか?」

妹から未だに足をどけていない男がやや不安げに言う。

「その通りだ。さっさと消えれば許してやるぞ」

別に奴らを叩《たた》きのめす意味はない。権威《けんい》を振りかざしてみるのもいい。

「へっ! こいつは丸腰《まるごし》だ。殺して捨てちまえばわからねぇよ! やっちまえ!」

ナイフを持つ二人の男が飛《と》び掛《か》かってくる。

確かに殺して溝《みぞ》にでも捨てればわからないかもしれない。だがその動きでは無理な話だ。

刃物を持つ相手に遠慮《えんりょ》はいらない。

飛び掛《か》かって来た男の顔面を全力で殴りつける。拳《こぶし》は鼻先に命中し、鈍《にぶ》い音を響《ひび》かせながら壁《かべ》まで吹《ふ》き飛ぶ。

それに気を取られたもう一人の方はナイフの持ち手を掴んで動きを封《ふう》じる。

「おっおい……さっさと立てよ！」

掴んだ男が吹き飛んだ男を急《せ》かす。

「無理だろうな」

吹き飛んだ男が揺《ゆ》れた。

しかしそれは意志を持った動きではない。脱力《だつりょく》した頭が垂れさがり、陥没《かんぼつ》した鼻と薄《うす》く開いた口、ついでに耳からも黒い血を垂れ流し、白目を剥《む》いて動かない。

「ひいっ！　死んでやがる！」

鼻をめり込ませた上に骨を砕《くだ》いた手ごたえもあったからな。

だが人のことを心配する余裕《よゆう》はないぞ。

掴んだ手に力を込めて行く。

「痛てぇぇぇやめろろぉぉぉ‼」

ナイフが地に落ちるが俺は力を緩《ゆる》めない。

「やめろぉぉぉぉ‼　あぁぁぁぁぁ‼」

手首がミシミシ音を立て、最後にベキリと大きく鳴って男が絶叫《ぜっきょう》する。

手を押さえて倒れ込んだ男はもう戦えまい。

「これだけの大声だ、すぐに人が来る。さっさと散れ」

だが最後の男が妹の背中に乗せた足をどけようとはしない。

この期《ご》に及《およ》んでもまだ女を苦しめるかと腹が立ち、前蹴《げ》りで男を跳ね飛ばす。

「ちがっ……足が……すくんで……動け……ゴブ……ゲボ」

なんだ、仲間がやられて脅《おび》えて動けなかったのか。それは悪いことをした。

胃が破れたのか血反吐《ちへど》を吐《は》きながらのた打ち回る男に心の中で軽く詫《わ》びて妹を抱き起《お》こす。

幸い、顔が殴られて腫《は》れている他は擦り傷《きず》程度だ。

「僕《ぼく》より姉さんを！　お姉ちゃん！」

姉思いの良い子だ。汚《きたな》いものを見せられた後だけに癒《いや》されたように感じる。

「あんたも大丈夫か？」

姉は地面にペタリと座って呆然と俺を見ていたが、妹の声に気を取り直し布切れにされてしまった衣服を必死に集めて体を隠《かく》し始めた。

外傷はなさそうだが残念ながら犯されてしまっている。こちらの方が深刻だろう。

俺は姉に上着をかけてやり、絶叫を聞いてようやく駆《か》けつけた警備隊の相手をする。

「何の騒《さわ》ぎだ！　名を名乗れ！」

複数の松明《たいまつ》を突きつけられ、眩《まぶ》しさに目を眩《くら》ませながらも声を張る。

「王国子爵《ししゃく》ハードレットだ」

警備兵は俺の服装と顔を確認《かくにん》して慌《あわ》てて敬礼する。

「失礼致しましたハードレット卿！　……してどういった状況《じょうきょう》なのでしょうか？」

「無法者が女性を乱暴していた。止めに入った俺にも襲《おそ》い掛かってきたから殴り倒してそこに転がしてある。二人は息があるはずだ」

手首を砕いた者と禿《はげ》は死んでいないと思う。

妹を足蹴《あしげ》にしていた奴は血を吐いてのたうった末にぐったりしている。もうだめかもしれん。

「貴族様の言うとおりで、僕達《ぼくたち》助けてもらって……」

妹が必死に訴えてくれるが兵はあまり聞いてはいない。

「倒れている奴らを拘束《こうそく》しろ！」

「ん。後は任せる。俺とこちらの女は帰ってもいいな？」

「はっ！　状況から見てこいつらに非があるのは明白です！　お送り致しましょうか？」

話が分かる奴で助かる。『一応事情を』などと言われていたらたまらなかった。

「必要ない。ナイフが出るとは王都も夜は物騒《ぶっそう》なんだな」

「面目《めんぼく》次第《しだい》もございません」

警備兵は責められていると思ったのか頭を下げて元凶《げんきょう》の男達にきつく当たっている。

「余計なことをしやがって！　歩けこの禿！」

自業自得《じごうじとく》だ、せいぜい辛《つら》い目に合うと良い。

俺は後のことを警備兵に任せ、女を家まで送る。

「大丈夫か？　種を入れられてしまったのなら湯のある宿に行ってもいいぞ」

落ち着いて姉を見てみると胸も大きくおっとりとした雰囲気の美人だった。これは力ずくでモノにしようと思う男がいても不思議ではない。

反面妹は胸もなく、体も貧相で情欲はそそらない。短く切られた髪も手入れされていない。道理で犯されなかったわけだ。

「出される前に助けて頂けましたから大丈夫です。あの、家はすぐそこなのでもう……」

遠慮がちながらも拒絶《きょぜつ》を感じる。犯された直後だ、男が傍《そば》に居るのは嫌《いや》なのだろう。無理もない。ここは素直《すなお》に去るとしよう。

「あのっ！」

妹が俺の前に出て頭を下げる。

「ハードレット様格好良かった！　僕と姉さんを助けてくれてありがとう！」

「おう。これからは夜遅《よるおそ》く出歩くなよ」

深々と頭を下げる姉妹。

特に妹は俺《おれ》を熱く見つめてくる。ならば少しだけお礼をもらうことにしよう。

俺は妹の顎に手を添《そ》えて優《やさ》しく唇が触《ふ》れるだけのキスをする。

「ふへっ⁉」

「えっ……ええっ⁉」

混乱する妹、姉も口に手を当てて驚いていた。

「おっと嫌だったか？」

「嫌……じゃないけど、なんで？　僕、僕は——」

嫌じゃなかったなら良かった。

俺は妹の頭を撫でてその場を立ち去る。良いことをすると気分がいいものだ。

帰宅した俺はこの善行をノンナに自慢《じまん》したのだが、酒が入っていたせいでうっかり娼婦とのやりとりまで語ってしまい、頭突《ずつ》きを浴びる羽目になった。うまくいかないものだ。


数日後、大演習が始まった。

中央軍の各部隊、そして集結した各諸侯《しょこう》軍の指揮官たちが吼《ほ》える。

「第二騎《き》兵《へい》中隊前へ!!」

「各部隊に分かれて進撃《しんげき》せよ」

「アーナフ騎《き》士爵《ししゃく》を進ませろ」

「重マロフ騎《き》士《し》団《だん》よ。その力を見せるのじゃ!」

俺達《おれたち》は圧巻の光景に目を見開き……そして溜息《ためいき》交じりに首を振る。

「これはひどい」

隣に並ぶセリアとレオポルトも憮然《ぶぜん》とした表情を崩《くず》さない。

エイリヒの中央軍は連邦《れんぽう》式の編成――二百人の単一兵科による中隊単位を基準とし必要に応じて分割《ぶんかつ》や合流させる方式をとっている。

俺の私軍も東方独立軍と共に運用することからこれに準じており、更《さら》に家族単位で動いていた弓騎《ゆみき》兵達《へいたち》にも出来る限りの訓練と再編成を行ってなんとか形にしつつあった。

ここまでは良い。一部では指揮官が妙《みょう》な指示を出して遅《おく》れていたり、兵が焦《あせ》って先走っていたりで隊列が乱れている部隊もあるが、これは練度の問題でいずれは解決されていくだろう。問題は諸侯軍の方だ。これは練度とかそういう問題ではない。

「ここまで好き勝手だと逆に気持ちの良いものですな」

「他人事《ひとごと》ならな」

レオポルトが笑《え》みさえ浮かべて皮肉を垂れる。

それほどに諸侯軍の編成はやりたい放題だった。

小規模なものでは領主自らが部下を直接率い、騎兵も弓も槍も混在した団子隊列で進んでいる者も居る。

全隊五百人を二個の部隊で構成しているのに指揮官の身分差からか百人と四百人に分けられていることもあった。勿論騎《もちろんき》兵《へい》も人数通り一対四で割《わ》り振られている。

言い出したら問題点は限りないがどうにも気にかかるものがもう一つあった。

「おぉ、ハードレット子爵ではありませんか！　さすがの大軍勢にございますな。しかし我《わ》が兵も負けてはおりませぬぞ」

現れた中年男は以前舞踏会《ぶとうかい》で見た気がする。

ノンナによると新貴族に〝理解ある〟伝統貴族で胸ばかり見るスケベ印がついていたはずだ。

「ご覧ください！　アークランド戦争にも従軍し鬼神《きじん》のごとき活躍《かつやく》を見せた我が鳳凰雷撃烈風《ほうおうらいげきれっぷう》豪槍騎士団《ごうやりきしだん》にございます」

「色々と凄《すご》そうですね」

セリアが無表情で褒《ほ》め称える。そしてレオポルトは聞こえないように鼻で笑いやがった。

どの辺りが雷撃《らいげき》で烈風《れっぷう》なのかはわからないが、鳳凰《ほうおう》を鎧《よろい》についた真っ赤なひらひらの布で表現しているのだけはわかった。

「いやいや我が黄金稲妻《いなずま》騎《き》士《し》団《だん》も負けてはおりませぬぞ！」

この騎士団に到《いた》っては黄金でもないし、稲妻《いなずま》どころが重装備過ぎて駆け足《あし》もできていない。

演習に参加する貴族のほとんどが大なり小なり自作の騎士団を連れてきており、往々にして長ったらしい上に意味のわからない名称《めいしょう》がつけられている。

「やはり軍事演習と言うよりは貴族たちを集めてのお披露目《ひろめ》会に近かったか」

他の奴らに聞こえないように言う。

「かもしれませんな。だからこそ大軍を連れて来た意味もあったというもの。領地に居ては中央での影響力《えいきょうりょく》が薄れがちです。適度に存在を示しておくのはプラスに働きます」

レオポルトと言葉を交《か》わしていると、演習地をまとまりなく駆け回《まわ》る各諸侯軍を押しのけるように雲霞《うんか》のような大軍が何陣《じん》にも分かれて押し寄《よ》せる。

ゴルドニアの主力、エイリヒ麾下《きか》中央軍の本隊だ。

「騎兵三列横隊、歩兵は方陣《ほうじん》を組みつつ進路を空けよ」

大軍でありながら統率《とうそつ》が取れており、一糸乱れぬ見事な行軍を見せている。

今まで嬉《うれ》しげに自分の軍を見せびらかしていた貴族達は押しのけられる形になったので不快

そうな表情を浮かべている。

「無秩序《むちつじょ》な諸侯軍と統率された中央軍を対比して圧倒《あっとう》、王の権威を高める意図でしょうか」

レオポルトが囁《ささや》き、セリアがうんうんと頷《うなず》く。

「そこらの奴らはイラつきこそすれ、圧倒《あっとう》されているようには見えないが」

「彼我《ひが》の違いもわからない阿呆《あほう》は最初から問題にもなりません」

そういうものか。

「あ、あれほどの数の戦士がいようとは……草原の大族長恐るべし！」

同伴《どうはん》しているルナが中央軍を見て目を丸くしている。

山の民《たみ》は全員が揃《そろ》っても一万そこそこ、対して中央軍は七万近い。全《すべ》てが集結しているわけではないが、それでも圧倒的《あっとうてき》な光景だ。

「ハードレット卿《きょう》、事故はないか」

軍を並べ終えるとエイリヒが俺の部隊の方にやってきた。

その顔は今までの個性的諸侯軍を見せられていたせいかやや疲れている。

「問題ありません」

「はう！」

ルナは俺が頭を下げるのを見て衝撃《しょうげき》を受けたように固まっている。あまり見せないほうがよかったか。

「ん？　そっちは……また女を増やしたのか。女を囲うぐらい好きにすれば良いが愛妾を軍に同行させるのは褒められんぞ」

「ルナは指揮官として優秀《ゆうしゅう》です。女として連れ込んだのではありません」

ルナは自分に視線が集中するのを見て慌てて馬を降りる。族長の俺よりも高位の人物にどう対処していいかわからないのだろう。

「演習中だ、馬上で良い」

しばらくワタワタとした後、エイリヒに促《うなが》されて馬に飛び乗る。

「ふむ、軍馬に飛び乗るなど並の婦女子に出来ることではない。唯《ただ》の愛妾ではなかったか」

そう言っているじゃないか。

しかしながら、戦場で俺が傍に置いている男はレオポルトだけだ。そして女はセリア、イリジナ、そしてルナ……これだけ並べればそろそろ女好きの噂《うわさ》を否定しがたくなってきた。

俺が考え込んでいるとエイリヒが部下となにやら話し込んでからこちらに向き直る。

「ハードレット卿、貴殿《きでん》も部下も色々とうんざりしていたように見える。鬱憤《うっぷん》晴らしではないが本格的な実戦演習をやってみないか？」

エイリヒが提案したのは同じく新貴族として領地を受けた男爵《だんしゃく》との実戦形式の訓練だった。

「数は相手と同数の六百で兵科は歩兵のみだ。見たところ騎兵が多いようだが、さすがに騎兵の実戦訓練は事故が起きるだろうからな」

歩兵六百のみとなるとレオポルトでは役不足か。あるいは俺がやっても良いが……。

「セリア。お前が指揮しろ」

「ええっ⁉」

セリアは驚いて目を丸めるが、そろそろこの程度《ていど》の指揮は任せてもいいと思う。

イリジナは既《すで》に同数程度の指揮はやっているから新鮮味《しんせんみ》がないしな。演習なのだから失敗したってどうってことはない。

「お前が適任だ。やりたくないか？」

「いえっ是非やります！　やらせて下さい‼」

よしよし可愛《かわい》い奴だ。

見ればエイリヒが目を丸めている。

「ハードレット卿、相手はお前ほどではないがそれなりに戦いに優《すぐ》れた奴だ。女の相手をさせられる程呆《ほどほう》けた奴ではないぞ」

いいじゃないいか、面白《おもしろ》そうだし。

それにセリアなら正直良い所まで行くのじゃないかと思っている。勝率を上げるためにももう一押《ひとお》ししてやろう。

「セリア、もし勝利出来たら今晩は一対一でたっぷりと可愛がってやる」

可愛い彼女は顔を真っ赤にしながら矢のように飛んでいく。

「訓練開始！」

俺達が櫓《やぐら》の上から観戦する中、共に六百の歩兵隊が前進していく。

そして一定まで近づいたところで弓隊からの射撃《しゃげき》が行われ、互《たが》いの頭上に矢が降り注いだ。

矢や槍《やり》の先には分厚く布が巻かれ、殺傷することがないように配慮《はいりょ》されているがそれでも当たれば痛いし転んで踏まれれば死ぬこともありえるが、あくまで実戦を模した訓練なのだからその程度の危険は覚悟《かくご》しなければならない。

「それで出なかったのですな？」

「うむ」

俺が出て頭でも殴られたらカッとなって相手を叩き殺してしまいそうだからな。自慢になるが俺が本気で殴りつけたら布を巻いてようが相手は死ぬ。

「おお、動いたぞ」

エイリヒが面白そうに声を出す。

矢の放ち合いの中、先に崩れたのはセリアの方だった。矢が集中する中心部分の兵が耐えかねたのか下がり始め、踏みとどまった両翼《りょうよく》に対して陣形《じんけい》が窪《くぼ》んでしまっていた。

当然相手はこの機を逃《のが》すまいと中央に攻撃《こうげき》を集中し、分断して一気の撃破《げきは》を試みるだろう。

「「これは……」」

レオポルトとエイリヒの声が被る。

俺の目にも不自然に思える。いくらなんでも崩れるのが早すぎるし崩れ方が大きすぎる。

案の定、相手が一気に中心に攻撃を集中するも、崩れかけていたのが嘘のようにセリア部隊の中心部はそれ以上一歩も下がらない。

更に左翼《さよく》と右翼《うよく》の部隊が相手を包み込むように動き、側面からの攻撃を開始した。

「半包囲になったぞ！」

エイリヒが大きな声を上げる。なんだかんだでこいつが一番楽しんでいるな。

どんな陣形も正面の敵以外に側面から攻撃されれば難しい戦いを強《し》いられる。

まして半包囲は両側面から攻撃を受けることになり部隊は急速に消耗《しょうもう》していく。

半包囲に陥《おちい》ったならすぐに側面への援護《えんご》か撤退《てったい》かを行わなければ瞬《また》く間《ま》に部隊は崩壊《ほうかい》する。

相手は両翼の部隊に攻撃を加えてなんとか打開しようと試みるもセリアは部隊を小刻みに前後させ、後衛と入れ替えながら半包囲を維持し続けた。

相手部隊は次第に疲弊《ひへい》していき、遂《つい》に攻撃を諦《あきら》めて部隊を下げ始めた。

だがセリアはこれで良しとはしないだろう。

横に広がる防衛的な陣形がたちまち鋭角《えいかく》に変わっていく。

「おお即座《そくざ》に追撃《ついげき》に移ったぞ！　女が率いているとは思えんな」

エイリヒは心底楽しそうに言う。

指揮能力と言うよりも性格的な問題かもしれない。セリアは元々攻撃的《こうげきてき》な性格だ。守勢に回る必要がなくなればすぐにでも前に出る。

セリア隊は右翼により多くの兵を配した偏《かたよ》った陣形を取り、相手部隊の周りを回転しながら攻撃を加える。

相手は攻勢《こうせい》失敗から絶え間なく続く戦闘《せんとう》に兵の疲労《ひろう》もあってかことごとく後手に回っているように見える。

何よりセリアの兵はほぼ全ての兵が入れ替わりながら敵と交戦しているが、相手は回転の反対側に居る兵士のほとんどが交替《こうたい》の機会もなく遊兵となってしまっている。

「しかしこれは失策です。一番疲労した中心部の兵を左翼の兵と交替させながら攻勢に出れば一気に崩せたでしょう」

レオポルトに言わせればまだまだらしいが、それでもセリアの隊は相手を圧倒していく。

そして指揮官として一人だけ馬に乗ったセリアが剣《けん》を掲《かか》げて大声を上げた。

それを合図にたちまち陣形が変わり、綺麗な凸型陣形《とつがたじんけい》が出来上がった。

「おお突撃陣《とつげきじん》だ！　一気に勝負をつけるつもりだぞ！」

エイリヒは本当に楽しそうだ。実は指揮を部下に投げてこっちに遊びに来ただろう。

相手部隊も対応して方陣を組もうとするがセリアの突撃《とつげき》命令が一歩早かった。

未完の半端《はんぱ》な陣形に弓が降り注ぎ、気勢をあげての総突撃。演習とわかっていても兵達が叫《さけ》んで突進《とっしん》する様を見ていると血が高ぶる。

戦術書通りの攻撃で相手の部隊は引《ひ》き裂《さ》かれ中央突破《とっぱ》を許して大混乱に陥った。

「ここまでだな」

エイリヒの指示で音の鳴る矢が飛ばされ訓練は終了《しゅうりょう》、セリアの勝利となったのだ。

「青い果実を性処理に困っているかと思ったがとんだ狼《おおかみ》だったな」

エイリヒは面白いものを見たと満足げに笑いながら去っていく。

俺の可愛いセリアが褒められると自分のことよりも嬉しいな。

俺がほっこりしているとセリアがレオポルトに何か言われている。

「最後の突撃、あの状況では綺麗に陣を整える必要はない。味方の統制よりも敵の混乱の方が重要なのだからより早く突撃を開始すべきだった」

「……」

セリアは憮然としながらもセリア帳にメモをとっているようだ。

前に居眠《いねむ》りの隙《すき》をついて見てみたが、あの手帳には国家機密のような外交情報分析《ぶんせき》から街の美味《おい》しいお菓子《かし》情報までが混在している。

ちなみにセリアが下痢《げり》だった日のページにはインクがぶちまけられ、真っ黒になっていた。

「セリア、よくやった」

レオポルトと違《ちが》って俺は手放しに褒めてやる。訓練とはいえ戦い、要は勝てばなんでもいいのだ。これからはセリアにも兵を任せて良いかもしれない。

「ありがとうございます！　そ、それで……ですね」

ちらちらと上目使いに俺を窺《うかが》うセリア。もちろん約束は忘れていない。

「明日は休養日にしておけ、腰が立たないぐらいに可愛がってやる。どういうのがいい？」

セリアは何も言わずに抱《だ》きついてくる。こうしていると指揮官などと思えない可愛い俺のセリアなのだが。

「実は私、やりたいことがあるのです。例のアレなのです」

セリアの体温が一気に上がるのが分かった。アレなら他の奴に聞かれると変態扱《あつか》いされるから秘密にしないとな。


背徳の夜。

俺とセリアは全裸《ぜんら》になって絡《から》み合う。

「あぁぁ！　気持ちいいよぅ！　とんじゃいますぅ！」

演習用天幕の中に据《す》えられたベッドの上、俺は仰向けになったセリアの足を大きく開かせ、股《また》の間に顔を入れて性器を徹底的《てっていてき》に舐《な》める。セリアは恥《は》ずかしいのか可愛い悲鳴をあげながら枕《まくら》を抱きしめて顔を隠していた。

だが遠慮はしない。引き締《し》まった細い太ももをがっちりと掴《つか》み、穴に舌を入れながら唾液《だえき》を送り込む。隙を見て尻《しり》の穴にも舌を伸《の》ばして舐め上げる。

「あっお尻は汚いです！　やめて下さい！」

必死に暴れるので一旦《いったん》口を離《はな》すも女の洞窟《どうくつ》からは蜜《みつ》が溢《あふ》れ、尻穴もわずかだが開いている。

明らかに体は嫌がっていなかった。

「いやか？　こんなに潤《うる》んでいるのに」

「恥ずかしいです……それにエイギル様に一番汚い所を舐めさせるわけには……あうっ」

俺はセリアの両穴に指を差し込みながら問う。

「今日、俺はお前のなんだった？」

「えっと、その……父さんです」

「ふふふ、その通りだ。娘《むすめ》の体に汚い場所などない。全身舐め回してやるぞ」

もちろんそういう遊びだ。遊ぶ以上は全力でやらないと詰《つ》まらない。

俺は両穴から指を抜き、緩んだ尻の穴を舐め回す。今度は抵抗《ていこう》はなかった。

「父さん気持ちいいです！　パパに舐められてお汁《しる》垂れ流しちゃいます！」

セリアも吹《き》っ切れたのか尻を舐める俺の頭を押《お》さえつけて一際《ひときわ》大きい嬌声《きょうせい》をあげる。

父さん、パパと呼ぶたびに穴が締まって体温は上がる。

このままでは茹《ゆ》で上がってしまうと心配になった時、セリアの腿《もも》が内股《うちまた》にギュッと締《し》まり、次いで腰を突き出《だ》しながら思い切り開かれた。絶頂直前のサインだ。

俺はセリアの穴を強く吸い、ついでに鼻を赤く腫れた肉の芽にこすりつける。

吸引に合わせて細い腰が一度、二度と跳《は》ねまわり、三度目に思い切り跳ね上がる。

「あっ……ああっ！　あぁぁーー!!」

セリアは全身で反り返り、俺の頭を全力で押さえながら激しく痙攣《けいれん》して絶頂した。

口の中に熱い潮が流れ込んでくる。断続的に勢い良く、何度も何度も凄い量だ。

セリアは叫びながら潮を噴《ふ》き続け、やがてぐったりと脱力する。

「はぁっ……はぁっ……ごめんなさい。父さんの口の中に思い切り潮吹いちゃいました。今度は私がお返しします」

セリアは絶頂の余韻《よいん》を残したまま四つんばいになり、硬くなった俺の男根に両手を添えて口を開いた。

「むぐぅ」

口奉仕《ほうし》をしようとするセリアだがまず先端《せんたん》を咥《くわ》え込むのに一苦労だ。

こうして見ると俺の男根に対してセリアの可愛い口はあまりに小さい。そもそも顔と比べても長さが二倍以上ありそうだ。

「お前の口は小さいから無理して咥えなくてもいい。それより全体を舐めてくれ」

「むぅ、わかりました。いつかメリッサさんみたいにがっぽり咥え込んでみせます」

セリアは卑猥《ひわい》な目標を立てつつ尖《とが》らせた舌で丁寧《ていねい》に肉棒全体を舐めていく。

最初は股の間に座《すわ》ってペロペロと奉仕をしていたセリアだが、次第《しだい》に男根が勃ちあがり、脈打ち始めるにつれて自分も興奮したのか密着度が上がってくる。

「どんどん硬く大きくなります。父さんの太ももに乗ってもいいですか?」

微笑《ほほえ》んでやるとセリアは右の太ももを跨《また》いで腰を落とす。

奉仕は激しさを増し、水音と吸引の音が続く。たっぷりと塗《ぬ》り付《つ》けられた唾液《だえき》と先走りは竿《さお》から玉を伝ってシーツを濡《ぬ》らしていく。

そして俺の太ももにもセリアの愛汁が垂れ落ちる。無意識なのかセリアは口奉仕しながら体を小刻みに揺らして肉豆をこすりつけ感じているのだ。

舌と吸引だけのゆるゆるとした口奉仕だが、セリアの可愛さもあって次第に快感は高まり、先走りの処理にセリアが喉《のど》を鳴らさなくてはならなくなったところで肩《かた》を押して身を離させた。

「気持ち良くなってきた。さあ立って体を全部見せてくれ」

「はい！」

セリアはベッドの脇《わき》に立ち、足を肩幅《かたはば》に開いて俺に全てをさらけ出す。しなやかな手は頭の上で組まれ、体を隠すものは何もない。

セリアはゆっくりとその場で回り、前も後ろも全てが見える。

「どうですか？　おかしい所、ありませんか？　股間《こかん》の毛は全部剃《そ》った方がいいですか？」

「剃らなくていいさ。銀の毛は綺麗だよ。ああ随分《ずいぶん》育った……胸も立派に女、腰《こし》つきもいやらしくなってきた」

セリアは俺に褒められた胸を突《つ》き出し腰もくねらせて強調する。

「エイギル様用です。全部エイギル様に捧《ささ》げるため、そのために私はいやらしくなったのです」

呼び方が戻《もど》ってしまった。興奮が高まって設定を忘れているらしい。

セリアの視線が垂直に勃つ肉棒に吸い寄せられる。

「ふふふ、どこを見ているんだ」

ゆっくり肉棒をしごいて見せ付けてやると、たまらなくなったのかセリアは両手を頭から降ろし、荒《あら》い息でこれまたゆっくりと穴を広げて見せつけてくる。もうここまでさせたら入れてやらねばならないだろう。

俺はベッドから立ち上がって一気に距離《きょり》を詰め、正面からセリアを抱いて持ち上げた。

「このまま串刺《くしざ》しにするぞ？」

「はい！　抱きしめあったまま貫《つらぬ》いてください」

俺とセリアは硬《かた》く抱き合ったまま腰の位置を調整し、彼女《かのじょ》の胎内《たいない》に杭《くい》が差し込まれていく。

「そのまま……あぁ入ります！　つ、貫いて下さい！」

セリアは腕《うで》の力を抜き、落下するような勢いで俺とつながった。一気に肉棒が半分まで入り込む。狭《せま》く熱い胎内に男根を捩じり込む感触《かんしょく》は何度味わってもたまらない。

鋭《するど》い悲鳴と硬直《こうちょく》……ここまでがセリアの限界だ。男根が最奥《さいおう》に突き当《あ》たった感触もある。

「もっと欲《ほ》しい！　エイギル様をもっと奥《おく》まで入れたい！　根元まで受け入れたいです！」

「これ以上入れたらお前が壊《こわ》れる。体を揺らして感じていれば気持ちよくなるさ」

俺はセリアを持ち上げたまま前後に体を揺らす。こうすればみっちり入り込んだ男根が体内で揺れて性感帯を刺激《しげき》するだろう。

セリアは俺の肩にしがみ付いて気持ちよさそうに喘《あえ》ぎながらプウと頬《ほお》を膨《ふく》らませた。

「うぅ、体が壊れても、子供が産めなくなってもいいです。エイギル様が傍にいて可愛がってくれるならどうなってても幸せなのに」

「そう言うな、いつかお前に子供を産ませるのも俺の楽しみなんだ」

言いながら前後に加えて上下に揺すって快楽を得る。

セリアの嬌声も大きくなり、再び愛液を撒《ま》き散《ち》らしながら俺への愛を叫ぶ。

その後は立ったままだけではなく、抱き締めたまま座り、壁に押し付け、寝転《ねころ》んで密着し
……色々な体位で攻《せ》め続けた。

快楽にどんどん歪《ゆが》んで行く可愛いセリアの表情を見ながら絶頂の準備は整う。

「そろそろ……」

俺が射精に向かっているのを感じたセリアは俺を更に膨らまそうと首筋に噛《か》み付こうとした。

俺は歯を立てようとした口に指を突っ込み、鼻も摘《つ》まむ。

「こら、前にやって大変なことになっただろ」

セリアは上目遣いで見上げて返す。

「あの時に穴が広がりましたから今回は大丈夫《だいじょうぶ》のはずです」

俺が摘まんだ鼻をくにゅりと動かすとセリアは可愛らしくクシャミした。拍子《ひょうし》に中がギュッとしまる。

「またお前の苦しむ姿を見たら心が萎《な》えてしまう。このまま気持ちよく出させてくれ」

笑いながら鼻を放す。

「……わかりました。いつかもっとガバガバになって根元まで受け入れて見せます」

「ははは、目標がガバガバってのはどうなんだ。……おっともう限界だ。ふむ、どうせなら」

俺は気合を入れるセリアの首筋に逆に吸い付き歯を軽く立てる。血が出るほどではないが、うっすら俺の歯型が残る程《ほど》に噛む。

セリアを支配する感覚が脳内から股間まで駆けおりる。それが最後の決め手となり、男根が心臓のように脈打ち始めた。

「あっこのドクドクは！」

セリアが俺の射精を感じ取り、慌てて抱き締めてくる。

「うむ出るぞ！」

腰は止めたままだったが支配欲が射精を促し、突然膨《とつぜんふく》らんだ一物《いちもつ》が激しく脈動し始めた。

セリアは絶対に逃がすまいと両足を絡め、これでもかと締め付けてくる。

軟弱《なんじゃく》な一物の男なら痛みすら感じただろう強烈《きょうれつ》な締め付けの中、俺の男根は一回り大きく膨らんだ後に大量の精液を噴射《ふんしゃ》した。

「ぐっ！　ぐおぉ大量に出るぞ」

黄ばんだ濃《こ》い精液がセリアの胎内に流れ込んでいく。

「父さん……父さん……」

セリアは設定を思い出したのか耳元で呟《つぶや》きながら、長く続く射精を受け止めて恍惚《こうこつ》とする。

やがて子袋《こぶくろ》に入り込んだ種が腹を膨らませ、逆流した種は入り口から勢い良く飛び出る。それでも射精はまだ終わらない。

「気持ちいいなセリア」

「はい……脈打つたびに熱い幸せが流れ込んできます」

激しい行為《こうい》の中での射精も良いが、見つめ合いながら静かに射精するのも素晴《すば》らしい。

逆流した種を指ですくってセリアの口元に持っていくと、愛《いと》しそうにペロペロと舐める。その可愛らしい仕草に反応して更に大量の種が噴き出していく。

「父さん愛しています。この世界の何よりも、誰《だれ》よりも」

「ああ、俺もだ」

少し心に棘《いばら》が刺《さ》さった気がしたが、激しい口付けと絡み合う舌に思考は溶《と》けていった。

ちなみに俺達の天幕の外には護衛の兵士が立っており、セリアが気づいて真っ赤になるのは翌日のことだ。

◇◇◇◇◇◇◇◇◇◇◇◇◇◇◇◇◇◇◇◇◇◇◇◇◇◇◇◇◇◇

トリエア王国　ロレイル近郊《きんこう》

「建設は順調のようですな」

作業の音が響《ひび》く中、派手な色彩《しきさい》のマントを纏《まと》った貴族が馬上から全体を俯瞰《ふかん》する。

それは王都から離れることは稀《まれ》であるはずのトリエア王国宰相《さいしょう》デュノア侯爵《こうしゃく》その人だった。

「勿論《もちろん》です宰相閣下。当初の計画よりも前倒《まえだお》しで進んでおります」

たっぷりと蓄《たくわ》えた白い髭《ひげ》を撫《な》で付けながら宰相と言葉を交わすのは経験豊富な老将軍であり、北部国境に築かれている要塞《ようさい》の司令官になる予定の人物でもあった。

「飢饉《ききん》が逆手に出たという話は本当でしたか」

「はい。飢饉で食料もなく、かと言って厳しい警戒《けいかい》でもう反乱などできません。ならば占領地《せんりょうち》民《みん》には日々の食料だけは供給される要塞建設の仕事に従事するより選択肢《せんたくし》がありません。囚人《しゅうじん》のみならず食《く》い詰めた者が大量に従事しております」

老貴族は占領地民との呼称《こしょう》を使う。

既にトリエア本国は旧アークランド地域を永続的に支配し利益を得ることを諦めた。今はただ来《きた》るべきゴルドニアとの戦いに向けての緩衝《かんしょう》地帯及《およ》び、労働力の供給拠点《きょてん》としての価値しか見出《みいだ》していない。

「曲がりなりにも反乱せずに生きる道があれば臆病《おくびょう》な者はそちらを選ぶものです」

「ふむ」

しばし二人は言葉を止める。飢《う》え死《じ》にしない程度の食べ物が貰《もら》えるとは言え、要塞建設は反乱者をすり潰《つぶ》す程に過酷《かこく》な作業だ。ほとんどが病気や過労で斃《たお》れることになると知っていた。

二人は話題を変えた。

「見た限り既に要塞としてはかなり完成してきておりますな」

「数十年かけて作り上げた北方の城砦《じょうさい》群に少しばかりの手を加えるだけですからな」

宰相は頷く。

「これだけの要塞であればゴルドニアが十万の大軍を差し向けたとしても突破は出来ぬだろう」

「勿論です宰相。老いたるとは言え私も城の建設にはそれなりの自信があります。重厚《じゅうこう》な城砦を幾重《いくえ》にも堀《ほり》と柵《さく》で結んだ要塞は投石機などで崩れるような代物《しろもの》ではありません。陥落《かんらく》は不可能……などと己惚《うぬぼ》れはしませんが、莫大《ばくだい》な時間と犠牲《ぎせい》が必要でしょう」

宰相はうむと頷く。

既にトリエア国内では徴兵《ちょうへい》も進んでおり、数万の単位で新規兵力を投入できる。経験の浅い者は野戦では頼《たよ》りにならないが、籠城戦《ろうじょうせん》ならば数通りの成果を出す。

間諜《かんちょう》の情報によるとゴルドニアの兵力約八万に対してトリエアは半分の四万。重厚な要塞に篭《こも》ることを考えれば決して不利ではなかった。

「それよりも東方のあやつに関してはいかに対策されるおつもりでしょうか？」

　老貴族が宰相に問う。

「それほどの大兵力では無いと言え、我らの王国軍を複数回破り、たちまち中部まで侵攻《しんこう》した手腕《しゅわん》は侮《あなど》れません。奴《やつ》らにかき回されては肝心《かんじん》の北部での戦いにも支障が出ます」

　宰相は微笑みながら頷き答えた。

「対策は打ってあります。東部の国境地帯には簡易だが堀と柵を中心とした陣地《じんち》を築きます。隣接《りんせつ》する占領地《せんりょうち》は守りきれんでしょうが、守備兵は襲撃《しゅうげき》があればすぐに食料を焼き、井戸《いど》に毒を投げ込んで撤退する手はずですよ」

　東部方面には経験の豊富な司令官が赴任《ふにん》しており、つまらない失敗の心配は薄《うす》かった。

「彼《かれ》らの主力は多数の騎兵、柵と堀の陣地に当たれば優位は消えます。それに水と馬の餌《えさ》は嵩《かさ》張《ば》りますから現地調達するしかありません。村々を焼いて物資を与《あた》えなければすぐに進軍は止まるでしょうな」

　宰相の言葉はほとんど軍人達《たち》から聞いてそのままだった。そもそも宰相たる彼は軍の詳細《しょうさい》について詳《くわ》しくはなかったし、その必要も無いと思っていた。

「最悪、東部地域は荒《あ》らされても良いのです。北部の主戦線が停滞《ていたい》し、周辺国が介入《かいにゅう》してくれば奴も辺境で暴れるどころではなくなるでしょう」

　念のためいざ戦時となればそれなりの部隊を東部国境に張り付けることになっており、彼らが準備された陣地を利用しつつ防戦に徹《てっ》すれば以前のように侵攻出来るとは考えられない。

宰相の頭の中で最優先なのはゴルドニアの主力が南下してくると思われる北部国境に違いなかった。つまり眼前の要塞が持ちこたえられるかどうかで全ては決まるのだ。

「くどい確認《かくにん》になりますが、ゴルドニアの全軍相手にどれだけもたせられるでしょうか？」

老貴族は胸を張る。

「東部を除く全ての兵力をこの要塞に集中して頂けるなら現時点でも一年は楽に、秋まで時間があれば五年攻め続けても陥《お》ちぬ要塞にして見せましょう」

宰相は周辺国を動かすのに必要な時間を半年と見ていた。それだけもてば各国を説得し、ゴルドニアの国内にも不安の芽が出てくるだろうと。ならば一年は十分過ぎる時間と言えた。

「素晴らしい！　しかし念には念を入れ、更に強力な要塞に仕上げてくだされ。資材も資金も最優先で回しましょう」

宰相の喜色に労将軍も笑顔《えがお》で答える。

「感謝致《いた》します。いやはやアークランド健在の折は城にばかり固執《こしつ》するから守勢になると嫌味《いやみ》を言い続けられましたが、ようやく我が力が認められると思えば夢のようです。ところで宰相閣下、この要塞は各城にこそ名前がありますが全体としては無名です。これだけの大要塞をただ『北部要塞』と呼ぶのはいささか寂《さび》しいかと存じますが」

国政の場でもしかめっ面《つら》が多い宰相は珍《めずら》しく笑みを浮《う》かべて答える。

「伯爵《はくしゃく》、この要塞は貴殿が心血を注いだ子供にも等しい。ならばその名をつけるのが道理というもの、我がトリエアを守る無敵の要塞の名は『マジノ要塞』としようではないか」

「おぉ！　永遠に残る護国の要塞に我が名が……これ以上ない光栄にございますとも！」

宰相とマジノ老伯爵は部下に持たせたグラスで乾杯《かんぱい》する。

延々と続く石の壁《かべ》、その威容《いよう》があらゆる脅威《きょうい》から王国を守ると信じぬ者はいなかった。

◇◇◇◇◇◇◇◇◇◇◇◇◇◇◇◇◇◇◇◇◇◇◇

ゴルドニア演習場
数週続いた春季演習も終盤《しゅうばん》に差《さ》し掛《か》かり、華美《かび》な装飾《そうしょく》を見せびらかすように動き回っていた諸侯《しょこう》軍にも疲《つか》れと飽《あ》きが見え始めていた。

「それにしてもお前の軍の編成はおかしいぞ。いくら領地が広いとは言え、全体の半数以上が騎《き》兵《へい》などまともとは思えん」

演習中エイリヒは事あるごとに俺《おれ》の所にやってくる。

他の領主の部隊はほとんど見るに耐《た》えないとは言え、新貴族を中心に使い物になる私軍を持っている奴らもいるはずだが、そんな彼らと比べても俺の所にいる比率が明らかに高い。

セリアやイリジナ達といちゃつきながら演習したいのに、エイリヒが居てはそれもできない。

「歩兵と騎兵を分離《ぶんり》して訓練しているのには理由があるのか？」

さすがエイリヒ、訓練内容から歩兵と騎兵が連携《れんけい》よりも兵科ごとの独立行動を重視していると見抜《みぬ》いたようだ。

「騎兵と歩兵を並べて行軍しては速度が死にます。大規模場な陣地《じんち》攻撃《こうげき》ならばやむを得ませんが野戦ならば独立して運用してこそ騎兵の機動力を有効に機能させることが出来ます」

「ということです」

レオポルトが俺に耳打ちし、俺が語尾《ごび》だけ付け加えてエイリヒに説明する。

呆《あき》れた顔をしないでくれ。同じことを二度言う方が面倒《めんどう》だろうが。

補足するならば普通《ふつう》の騎兵隊《きへいたい》ならば十分訓練された長槍兵が居れば完全に止められてしまうから騎兵だけの編成など出来ない。

だが弓騎兵は長槍兵に対して非常に有効で歩兵の援護が無くとも敵の防御《ぼうぎょ》を突破できる。故に機動力に優れる騎兵だけの編制が可能なのだが、説明したら多分質問が来るのでしない。

イリジナが股間を押《お》さえながらエイリヒが立ち去るのを待っているしな。先ほど大量に中に出してやった汁がドロドロと流れ出してきているようだ。

「まあ実戦に耐えるよう訓練しておいてくれよ。聖光だの烈風《れっぷう》だのはもう勘弁《かんべん》してくれ」

互いに少しだけ笑《え》みが漏《も》れたが、すぐに真剣《しんけん》な表情に戻る。

おっと遂にイリジナの太ももに白濁汁《はくだくじる》が流れて出してしまった。我ながら凄《すご》い量だ。

「ここから先はこの場に居る者だけの話だ」

セリアが慌《あわ》ててメモ帳をしまう。

「お前には説明の必要はなかろうが、トリエアと我が国《わがくに》は遠からず開戦することになる」

俺は黙《だま》って頷く。

「そのトリエアだがどうやら旧アークランド地域の防衛は放棄《ほうき》しているようだ。移住していた貴族や大商人達が次々に本国へと引き上げている。旧王都都市アークランドの城壁《じょうへき》修復作業も中止されたようだ」

「占領《せんりょう》を諦めて本国の統治に専念すると？」

そうやって小さくまとまったほうが内政も治安も安定することは確かだ。

「いや、依然《いぜん》重税と反乱への容赦《ようしゃ》ない弾圧《だんあつ》は続いている。統治を諦めたというより我が国と事を構えるに当たって戦略上の判断だろう」

「トリエア本国の北部には城がありましたか」

「うむ、元々はアークランド相手の城砦群だったのだが、最近それが大規模に改修、増強されているようだ」

完全に守りに入ったということか。

「他にも徴兵を行って軍を増強しているらしいが、これに関しては我が国のほうがペースは早い。だがあの城砦は百年近くに渡《わた》って築城し続けられた重厚な物だ。城同士が連携できるように改修されてしまえばいかなる大兵力とは言え一朝一夕《いっちょういっせき》には抜《ぬ》けん」

「馬鹿正直《ばかしょうじき》に街道《かいどう》を通って行く必要はないのでは？」

いかなる要塞とは言え、無限に続く訳ではない。防御しているのは西部の主要街道と平原地帯だけのはずで東部まで延びている訳ではない。

「それがそうもいかん。まともな街道があるのは西部のみ、東に行けば遠回りの上に原野の行軍などとんでもない時間がかかる。道中に規模の大きい町もなく兵糧《ひょうろう》の調達もままならん」

中央軍は今や七万に届く規模に膨らんでいる。

その食料だけでも調達するにはかなり大きな町を押さえる必要がある。ゴルドニア本国から糧秣《りょうまつ》を輸送するにもまともな街道が無ければ不可能に近い。

「しかし切れ目なく延々と続くものでもないでしょう？」

「それが本当に弱点らしきものは無いのだ。無論切れ目はあるが、沼地《ぬまち》だったり崖《がけ》だったりな。そんな所に突っ込めばそれこそ一網打尽《いちもうだじん》にされる」

トリエアは伝統的に防御的戦術《ぼうぎょてき》が得意と聞いたことがある。こと築城に関しては彼らに利があるようだ。

「となれば兵力を集中して正面突破を？」

「現時点ではそれが最も確実だと思っている。職人を集めて大型の投石機や大弩《だいど》を作らせているが、時間がかかるかもしれん」

そういえば俺の軍に攻城《こうじょう》兵器はほとんど無かったな。例の火を噴く筒《つつ》ぐらいか。後で少し分けてもらおう。

「俺たちの領地の傍《そば》にも奴らは防御陣《ぼうぎょじん》を築き始めていると言う。お前も前回のように易々《やすやす》と突破する訳にはいかんと思うが、なんとか東方から連中を脅《おど》かし、少しでも要塞の兵力を引っ張り出して欲しい」

「わかっています」

国境付近でなにやらちょこちょこやっているのは知っている。

こちらも対抗《たいこう》して防御陣を作ろうと主張する者も居たがどうも守勢に回るのは性に合わない。やられる前にやってしまう方が確実だ。

エイリヒは演習後も状況《じょうきょう》に変化があったら王都に呼び出すかもしれんと嫌《いや》な宣告をして去っていった。

セリアはやり取りを頭のメモ帳に記載《きさい》中らしく目を閉じて考え込んでいる。イリジナは俺の種が流れ出てドロドロになった足を拭《ふ》きながら真っ赤になっている。

「レオポルト、今の話どうにか出来るか？」

「はい、細かい戦術はこれからですが大まかには」

なら全部任せよう。

「強力な攻城兵器は必要か？」

必要ならエイリヒに駄々《だだ》をこねて貰ってこよう。

「必要ありませんが、あっても困らないので貰ってきて頂きたい」

なんだそりゃ。俺が頭を下げるのはタダだとか思ってないだろうな。

「そもそもですが、いくら強大とは言え動けぬ要塞が動く軍団に勝てぬのは自明の理。大巨人でも動かぬなら小人にでも殺せます」

これだけ自信満々なのだからなんとかなるのだろう。安心してルナの穴に精を注ぐとしよう。

余談（小さな悩《なや》み）。

「「「乾杯」」」

演習は終了し、俺たちは打ち上げだと王都の酒場に繰《く》り出した。

さすがに兵全員を呼ぶわけにはいかないので、酒場に呼んだのは一部の指揮官のみで、兵向けには駐屯地《ちゅうとんち》に酒を届けておいた。女ぐらいは自分の金で買えということだ。

「族長様どうぞ一献《いっこん》」

「悪いな」

ルナが俺の横について酌《しゃく》をしてくれる。

ちなみにセリアとイリジナは先に帰らせていた。

酒に弱いセリアは言うまでもないが、ザルのイリジナに飲ませたら店の酒がなくなる。それにあまり多くの女に囲まれていると新しい出会いもなくなってしまうからな。

「どうぞ」

「いやぁ悪いねぇ。姉ちゃんいいケツしてんなぁ。一発どうだい？」

クリストフは一兵卒なので本来駐屯地にいるべきなのだが、昔の誼《よしみ》で同席している。

俺の私軍では指揮官が不足気味なので、適性のある者は身分など関係なく次々と隊を任せていた。それにもかかわらずクリストフが未《いま》だに一兵卒なのはそういうことだ。

「はいはいあんがと。お尻を撫でたいならせめて自分のお金で呑《の》みなさいね」

酒場の女にも袖《そで》にされたようだ。

クリストフががっくりと肩を落とした所で酒場の中心、それなりに立派な舞台《ぶたい》に数人の女が上がって余興の踊《おど》りを始めた。

露骨《ろこつ》に裸体《らたい》を晒《さら》す訳ではないが、露出《ろしゅつ》が多い上に切り込みが深く入った服を着て大胆《だいたん》に踊る様は情欲を煽《あお》る。そしていつの間にか店の隅《すみ》には踊り子と同じような服を着た女……恐《おそ》らく娼《しょう》婦《ふ》が何人も待機しており、男達が辛抱《しんぼう》出来なくなるのを待っている。

「乳だ！　乳首《ちくび》を見せてくれぇ！　もうしっおぉぉぉ毛が見えたぞぉ！」

席を立ち舞台にかじりついて叫ぶクリストフ。

「……下賤《げせん》な」

「うっひょーー！　ぷりっぷりのケツだ！　しゃぶりつきてぇ！」

普段《ふだん》人を悪く言わないルナがクリストフを蔑《さげす》む。俺も上品ぶるのは好きではないが、さすがにこれは酷《ひど》すぎる。

「ふぉぉぉぉ！」

地面に膝《ひざ》をつき、両手を広げて叫ぶクリストフはもう放っておこう。

「あの、ハードレット子爵《ししゃく》様で宜《よろ》しかったですか？」

クリストフの席に先ほどの酒場の女が座る。

「あぁ、そうだが」

「今夜はうちを使って頂いてありがとうございます。父も一月分の売り上げが出たって喜んでました」

別に何か特別な理由があった訳ではない。王宮での報告の後に一番近そうな店だっただけだ。

「代金も前払《まえばら》いで貰えてハードレット様は本当にいい貴族様ですね」

貴族が酒場の代金を踏《ふ》み倒《たお》すのはもはや定例行事だ。特に軍上がりで庶民《しょみん》向けの酒場に行きたがる新貴族にその傾向《けいこう》が強いとエイリヒが嘆《なげ》いていた。

「酒の代金を払《はら》うのは当然だろう。中々雰囲気《ふんいき》もいいし、こちらこそ良い店を選んだよ」

娘は中々の美人で胸も大きい。印象を与えようと恰好《かっこう》をつけてみる。

「うおおおーーーー!!　乳首が見えたああーーー!!　次は前！　前も見せてくれぇ！」

決め台詞《ぜりふ》が台無しだ。あのアホ放《ほう》り出してやろうか。

その後、踊り子に色欲の目を向けている男達には娼婦が次々と声をかけているが、クリストフは無視されていた。さすがの娼婦も抱かれる男は選びたいようだ。

俺も誰かと席を立ったところで腕に軽く手が添《そ》えられる。

酒場の娘が他の客に向けるものと質の違う淫靡《いんび》な笑みを浮かべていた。

「ねぇハードレット様。もし宜しければ二階の部屋で特別なお礼を致したいのですけど」

ちらりとルナを見ると小さく頷《うなず》いてくれる。彼女は女遊びに寛容《かんよう》で気にしていないようだ。

俺は酒場の娘の腰に手を回してそのまま階段へと連れて行く。

「ふふ、実は私結構遊んでるんです。たくましい男をたっぷり味わわせて下さいね」

望む所だ。


「ひぎぃぃぃぃ！　じ、死ぬぅぅぅ!!」

酒場の娘が凄《すさ》まじい声をあげて跳ね上《あ》がる。これで十五回目の絶頂だ。

「もう……らめ……意識が……かふ……」

もうまともに会話ができない。

「ううむ、遊んでいると聞いたから激しくしたらのびてしまった。おおい、そろそろ出したいのだが良いか？」

反応はない。ここで中止はあまりに辛《つら》い。

「避妊薬《ひにんやく》は使っていなかったが、まあ彼女から誘《さそ》って来たのだから良いか」

俺は脱力《だつりょく》した娘を後ろ向きにして腰を振《ふ》り、一声呻《うめ》いて種を放出する。意識の無い女の中に出すのは罪悪感もあるが仕方ない。

豊かな胸を揉《も》みながらたっぷりと中に出して体を放す。

「む、抜けないな……入る時も相当狭かった。短小としか遊んだことがないのかもしれない」

やや強引《ごういん》に引《ひ》き抜くと大量の精液が逆流した。

「はひゅ……しゅごい……しゅごしゅぎる……」

娘はうつ伏《ぶ》せになってがに股に足を開き、うわ言のように声を漏らしていた。

「では俺は帰るよ。最低三十ｃｍはないと男じゃないから今後はしっかり選ぶんだぞ」

完全に意識を失ってしまった娘の隣《となり》に十分な量の金貨を置き、キスをして部屋を出る。

階段を降りると既《すで》に宴《うたげ》は終わってしまっているようだ。男達は駐屯地へ寝《ね》に帰ったか娼婦を連れてどこぞの宿にしけ込んだかなのだろう。

「お帰りなさいませ。お疲れ様《さま》でございました」

ルナだけは待ってくれていたようだ。他の女を抱いてお疲れ様と言われると調子が狂《くる》うな。

「待たせて悪かったな。俺たちもそろそろ引き上げ……」

その前に気になるものを見てしまった。

「……」

宴の後で散らかっている店の隅に座って静かに酒を煽っている小さな少女。

見知らぬ顔なら拳骨《げんこつ》の一つでも落として子供が酒なんて飲むなと言う所だが、あの子供のような女性はれっきとした大人と知っている。確か二十歳《はたち》だったか。

「ナタリー。こんな時間に何してるんだ？」

彼女は変態ダンディ、アンドレイの妻ナタリーだ。いつ見ても十を超《こ》えたぐらいにしか見えない。

「あ、ハードレット様。こんな所で会うなんて」

「演習終わりの宴会《えんかい》だ。そっちこそこんなところで何してる？」

ナタリーは何も言わずに俯《うつむ》く。これは少しばかり話を聞いてやる必要がありそうだ。

樽《たる》から勝手に酒を取ってナタリーの横に腰掛《こしか》ける。

待ってくれていたルナには悪いが埋《う》め合《あ》わせを約束して先に帰ってもらおう。あまり人を集めてする話ではなさそうだ。

「俺は一晩ここで飲んだくれるから気が向いたら話すと良い」

そう言ってナタリーの前に酒を置いた。

最初は挨拶《あいさつ》や社交辞令が多かったナタリーも酒が入るにつれ少しずつ本音を語り出す。

「家に居場所がないんです……。あの小さな子、リリーにも子供が生まれて、新しくオレリアさんも同居し出して……」

リリーはアンドレイの店で働いていた従業員の妹、オレリアは援助《えんじょ》していた孤児院《こじいん》の娘《むすめ》だ。

特にリリーはドン引きの年齢《ねんれい》で奴の毒牙《どくが》にかかって妊娠《にんしん》してしまった。

当人が幸せそうだから良いが、セリアとアンドレイを二人で合わせる時は帯刀させている。

「マスターの変態は置いても、奴はあんたに相当惚《ほ》れていただろう」

ナタリーは黙って首を振る。

「騒動《そうどう》があってからほとんど口を利いていませんから。他の二人が夫と仲良くしていると逆に私が浮いてしまって……何か言われた訳ではないですけれど居づらいです」

それで自分の家の酒場ではなくこんな遠くまで来たわけか。

見れば目には涙《なみだ》が浮《う》かんでいる。

ナタリーの幼すぎる見た目のせいで子供が泣いているようにしか見えないが内容は随分と複雑だ。

「マスターを許してやるわけにはいかないのか？　あいつは……少女好きだがそれに目を瞑《つぶ》れば悪い奴じゃないだろう」

目を瞑るには大きすぎる欠点なのはあえて流す。

ナタリーは下を向いて黙ってしまう。

困ったな、夫婦《ふうふ》の問題だけに俺に任せろとも言えない。

「勇気を出して直接言ってみろ。何かあったら俺も助けてやるから」

こう言うのが精一杯《せいいっぱい》だな。

「ほんとうに……助けて下さいますか？」

ナタリーは俺の懐《ふところ》に入り、涙を溜《た》めた目で上目遣《うわめづか》いに見上げてきた。

雲行きがおかしくなって来たと思っている間に転がるように状況が変わる。

ナタリーは俺の腕を掴《つか》んだまま店を出る。

二人で夜の街を歩き、見るからに毒々しい外装の宿に入る。

ナタリーを見て一瞬驚《いっしゅんおどろ》き、俺を軽蔑《けいべつ》する目で見る店主に金を投げて部屋に入る。

露骨な性臭《せいしゅう》のするベッドの前でナタリーが全裸《ぜんら》となる。

「私だけ恥《は》ずかしい。そっちも脱《ぬ》いで下さい」

「……どうしてこうなった」

それなりに酒の入った頭を振りながら服を脱ぎ捨《す》て、ナタリーを抱《だ》き上げてベッドに放る。

ナタリーの胸に膨らみはまったくなく、経産婦だけあって色の濃い乳輪の中心に乳首だけがピンと立っている。股間は無毛……剃り跡《あと》もないので元々生えていないのだろう。割れ目は一本筋を引いただけ……子を産んだはずなのにまるで幼女のような外観だった。これで二十歳とは世の不思議を感じる。

ナタリーは恥ずかしそうにした後、俺の股間を見て俯《うつむ》く。

「すまんな」

女の全裸を見ているのに男根が勃ちあがらない。

「こんな体色気ないですよね。やっぱり変態にしか好かれない体なんです」

ナタリーはまたも涙ぐんでしまう。どうも幼女を泣かせているようで決まりが悪い。

こうなったら無理にでも勃ててやるしかないだろう。

「ナタリー、口で出来るか？」

「ええ、あの人に仕込まれましたから」

アンドレイの妻だと実感して少しの罪悪感は感じるがここで放り出《だ》したらナタリーは自棄《やけ》になり他の変態の餌食《えじき》になるかもしれない。

ここは覚悟《かくご》を決めて慰《なぐさ》めてやろう。

「口で頼《たの》む」

ナタリーを股《また》の間に座《すわ》らせて男根を握《にぎ》らせる。

どう見ても変態的な光景だが彼女は二十歳なので問題はない。そう思い込む。

「ふぇ、すごい大きさ……それとも夫のが小さいのかな」

ナタリーの小さな体相手では勃っていない俺のモノでも抱《かか》えるようになってしまう。

「では舐《な》めますね」

小さなナタリーは肉棒を抱きしめるようにしてこれまた小さな舌を這《は》わせる。

「ここ、どうですか？」

小さな舌が先端《せんたん》から裏の良い場所を巡《めぐ》り、顔の向きを変えながら右に左にと這い回《まわ》る。

さすがに人妻、男根を舐めることに躊躇《ちゅうちょ》はないようだ。

「もう少し下を頼む」

「こうですか？」

舌が浮き始めた血管に沿って下がり、根元に吸い付いた後、左右の睾丸《こうがん》にキスをする。

「おお……玉に来たか。舌が小さいだけに刺激が集中するな」

ナタリーの口奉仕《ほうし》は幼い外見うんぬんを置いても単純に慣れていて気持ち良い。

巧《たく》みな技術で攻められれば自然と男根はは勃ちあがってしまうものだ。

ナタリーは硬度《こうど》を増す一物を見て嬉《うれ》しそうに微笑《ほほえ》むも、止まらない膨張《ぼうちょう》にやがて口を離《はな》して目をぱちくりさせてしまう。

「こ、こんなモノ入る女がいるんですか⁉」

うちの女は全員入るが、ナタリーにはさすがにどうだろうか。

「大きすぎてこんなの……いえ何もかも、忘れさせてください」

ナタリーは俺の胸元《むなもと》に飛び込み静かに目を閉じた。

「んっ！」

唇《くちびる》が合わさり、舌を絡《から》めあう。

ナタリーの舌は体同様小さかったが、キスには慣れているのか器用に俺の舌に絡み、唾液《だえき》を飲んでいった。やがてどちらからともなく唇が離れ、彼女《かのじょ》はベッドに横になって足を開く。

「力を抜いていろよ」

小枝のように細い足を摘むように持って限界まで開き、性器にキスをして唾液を流し込む。愛撫《あいぶ》と言うよりは潤滑《じゅんかつ》液を押《お》し込む感じだ。

正常位の体勢で肉棒を割れ目だけの女穴に押し当《あ》てる。

片手でナタリーのすべすべの肌《はだ》を撫で、もう片方で肉棒を擦《こす》り続ける。常に刺激《しげき》を与えていないと子供を抱いているように感じて萎えてしまうのだ。

「どうぞ遠慮《えんりょ》なく、ズドンと下さい。忘れさせてください」

「ん……」

ぐっと押し当てるが到底《とうてい》入りそうにもない。

ナタリーは痛みが出たのかシーツを噛《か》み締《し》める。

「よっ」

もう一度更《さら》に力を入れて押し付《つ》けてみる。ギチリと音がし、先端が僅《わず》かにめり込む。

「あぐぅうう!!」

ナタリーは限界なのかシーツを噛んだまま声が出た。

このまま押し込んだらきっと彼女の性器は俺のサイズに広がり、元には戻《もど》らないだろう。

「ナタリー、マスター……アンドレイに抱かれた時を思い出してみろ」

「な、なんですかいきなり。それよりも早く入れてください」

俺は目を閉じたまま余裕《よゆう》なさげに言うナタリーの髪《かみ》を撫でる。

「いいから思い出せ、あいつに初めて抱かれたのは新婚《しんこん》初夜か？」

「そうですけど、今はそんなことどうでもいいじゃないですか」

イラついた声で言うナタリーの腰《こし》を持ち上げ、仰向《あおむ》けに寝《ね》る彼女からも互《たが》いの性器が丸見えになるような体位にする。

「俺のでかいモノが入ったら完全に浮気《うわき》だ。俺達《おれたち》はアンドレイを裏切ることになる。二度と抱いてもらえないかもしれない。それでもいいのか？」

「……最近はもう全然抱いてもらってません」

「じゃあこのまま押し込むぞ？　穴が広がって俺の形になる。それでもいいんだな」

俺は見せ付けるようにゆっくりと肉傘《にくかさ》をめり込ませていき、あと少しでも力を入れたら先端が完全に入ってしまうところで腰を止めた。

ナタリーの顔には動揺《どうよう》と怯《おび》えが浮んでいる。

「ナタリー、お前を俺の女にする。穴も拡《ひろ》げてして俺専用にするからな」

今までより強く細腰《ほそごし》を掴み、深い挿入《そうにゅう》を予感させる。

ナタリーの手が俺の胸を押した。

「いやぁ！　やめてぇぇ!!」

彼女の非力な腕《うで》など物の数では無いが、俺はゆっくりと体を離す。

「やだぁ……私、アンドレイの奥《おく》さんで居たいよ……」

ベッドに座り込んでしくしくと泣き始めたナタリーに布団《ふとん》をかけてやる。

なんとかうまくいったようだ。『このまま奪《うば》って』とか言われたらどうしようかと思った。

心の底にある愛を自覚したならば夫婦の仲も少しはうまくいくだろう。

「ほら服を着て出るぞ。アンドレイに何も言ってないんだろ。きっと心配してる」

だがナタリーは動かない。

「私のことをちゃんと考えてくれてたんですね」

嫌がる女は抱かないだけだ。

「アンドレイへの気持ちを思い出しました。本当にありがとうございました」

ベッドの上で頭を下げるナタリー。そして彼女は仰向けに足を伸《の》ばす俺の上に座ってきた。

「ん？　なんだ？」

「膨《ふく》らませたまま出るわけにはいかないじゃないですか。ここまで大きいと服も着れませんよ」

ナタリーは大きく膨らんだ一物《いちもつ》そのものに乗るようにして両手でゴシゴシこする。

「あはは、こうしているとまるで私に生えてるみたい」

精を吐《は》かせるためだけに強く擦られる肉棒はビクリと跳《は》ね、その度にナタリーも動く。

「本当に大きい、これってやっぱり男の人の中でもとんでもなく大きいんですよね」

「どうだろか。他の男と見比べるような気持ち悪いことはしないが、でかいとは言われるな」

「ですよね……だって私の腕より太いし、男の人の平均ってどれぐらいなのでしょうか？」

それこそ知らん。自分以外の肉棒など見たくも無い。

「ちなみにアンドレイはビンビンになってこのぐらいです」

ナタリーは中指を見せ、少し考えて人差し指に変えた。

アンドレイ……お前が少女にこだわるのは悲痛な理由があったのだな。あの見た目でナタリーの中指か……そうか……。

俺が悲しみに浸《ひた》っている間もナタリーはゴシゴシと肉棒を擦り続け、肉棒はいよいよ発射態勢に入った。

「わっ、動き出した。もう出ます？」

「あぁ、もう出るぞ。悪いが胸を揉ませてくれ」

返事を待たずナタリーの薄い胸に手を伸ばし乳首を摘《つま》む。

そして野太く呻きながらナタリーを乗せたまま腰を突《つ》き上げ、射精を開始する。

挿入が無く焦《あせ》らされた分勢いは強く、今日は一度しか射精していないこともあってかなりの量が飛び出していく。

「ひいっ！　天井《てんじょう》に！　部屋中に撒《ま》き散《ち》らして……なんでこんなに出るのぉ」

びゅうびゅうと音を立てて部屋が汁《しる》まみれになって行く。

天井まで飛んだ精はナタリーにも落下し、彼女の顔に男の匂《にお》いを染み付けた。

呆然《ぼうぜん》とするナタリーの顔を拭き、服を着せて部屋を出る。

入《い》れ替《か》わりで掃除《そうじ》に入った中年女が悲鳴を上げていたので足早に逃走《とうそう》することにしよう。

「ナタリー！　無事だったか！」

「アンドレイ……ごめんなさい」

ナタリーを固茹亭《かたゆでてい》まで送るとカウンターを飛《と》び越《こ》えて来たアンドレイが彼女を抱き締める。

他の女二人も心配そうに顔を出す。

「夫婦の不仲も程々《ほどほど》にしておけよ」

俺はアンドレイの胸を小突《こづ》いて背を向ける。

「すまん世話になった」

「ありがとうございました」

アンドレイ夫婦に頭を下げられるとなんだが心がむずむずする。

マスターは俺が自棄酒《やけざけ》飲んでいるナタリーを見つけて送っただけと思っているが、実際には唇を奪い肉棒を舐めさせた上に全裸に剥《む》いて射精を手伝わせ顔にも種を飛ばしたのだ。まあ挿入していないので浮気ではないが。

さて屋敷《やしき》に戻ろう。

色々あって明け方近い帰宅になってしまったが、それでも女達はうつらうつらしながらも待ってくれていた。

これは礼をしなければとノンナの巨乳に顔を埋めて、メリッサに喉《のど》まで肉棒を咥《くわ》えさせる。

そして両手でカトリーヌとリタの胸を掴む。後ろからはルナとセリアが競《きそ》い合うように尻《しり》の穴を舐めてくる。やはり女は淫《みだ》らで色っぽい方が良いな。

後日ナタリーに聞いたことだが、この日の夜は夫婦の間に久しぶりかつ濃厚《のうこう》な営みがあり、それ以降三人でマスターに仲良く抱かれているそうだ。

ちなみに他の二人もアンドレイしか男性経験がないので男根は指ぐらいの大きさと信じているそうだ。

彼《かれ》のユートピアに触《ふ》れることはすまい。

第三章　魔物退治

「幽霊《ゆうれい》だと？」

「一応警備隊に来てもらったみたいだけど、大勢だと出ないいんだって」

メリッサは俺の横に全裸で横たわっている。体中に多数の口付け跡が残り、股の間からは種汁が垂れ落ちる。情事の後のゆるゆるとした会話だ。

「手ごわい魔物というならともかく、見えない幽霊ならどうにもならないな」

「家族の人も怖《こわ》がってただでさえ微妙《びみょう》な関係がますますぎくしゃくしているとか……」

話題はアゴールが購入《こうにゅう》した中古の家だった。しっかりした一戸建ての割りに代金が安いと飛びついたらとんだおまけがついていたらしい。

「エイギルさんは幽霊とか苦手じゃないんですか？」

「別に平気だ」

人を殺すと幽霊になるならば俺の肩《かた》には山のように乗っているに違《ちが》いない。それなのに今まで一度も見たことがないのだから居ないのだろう。

もし居たとしても何もしてこないなら放置しておけばいい。汚《きたな》い分ネズミや虫の方が問題だ。

「それならアゴールさんに力を貸してあげたらどうかな？」

メリッサは一応この王都屋敷の主人代理となっているので王都にいるアゴールやその女と度々《たびたび》交流があるそうだ。

ちなみにアゴールの女は王都で手籠《てご》めにした未亡人とアークランド戦争時に連れ帰った元メイドの二人であり、互いの仲はかなり悪いらしい。

「あいつとは浅い仲でもないし構わんが……そう時間も取れないしな」

この屋敷にはもうノンナ達《たち》もレオポルトもいない。

演習の終了《しゅうりょう》にあわせてレオポルトには隊の指揮を任せて領地へ帰らせ、ノンナ達の馬車も同行させた。大軍の中に置いておくのが一番安全だからな。

歩兵交じりで鈍重《どんじゅう》な行軍になっているから俺は後からシュバルツで出発しても追い付ける。しかし王都であまりだらだらしているとあっちが領地に先に着かれてしまうだろう。そうなれば山の民《たみ》の解散やその他が面倒くさいし、レオポルトがきっと文句を言いやがる。

「一日ぐらいならいいか。確認《かくにん》してやって出て来ないなら仕方ない」

「きっと喜ばれるよ。警備隊二十人を呼ぶより頼《たよ》りになるって」

そう言われると悪い気はしない。明日にでも行ってやろう。

「それで、あの……そろそろやめてあげませんか？」

メリッサが困ったように視線を落とす。

「どうした？」

「ですから、マリアがもうひどいことに……」

視線を下に戻すと組み敷《くし》いたマリアがとても人には見せられない顔で失神していた。

メリッサと話しながら腰を動かしていたのでやりすぎてしまったらしい。

さっきから定期的に温かくなっていたのは気を失ったマリアから噴《ふ》き出《で》る潮だったようだ。

「そうだな、休ませてやるか。むっ！」

最後に腰を激しく動かし、ぐったりとしたマリアを抱き締めながら射精して種を送り込む。

腰を押し付けながら、だらしなく緩《ゆる》んだマリアの顔中にキスを降らせる。

細身のマリアの腹部は俺《おれ》の肉棒が跳ねる度に動いているようにも思えた。

「うわぁ……黄ばんだ濃《こ》いのがたっぷり出てますね。そろそろマリア妊娠しちゃうかも」

「早くそうしてやりたいな」

痙攣《けいれん》するマリアの下腹部をさする。気絶しながらも彼女の中は俺の種を子袋《こぶくろ》へ吸い込むように蠢《うごめ》いていた。

「カーラとメルさんの子供も見たいなぁ。よいしょっと」

マリアの上で射精する俺に胸を押し付けてくるメリッサ。

俺は発射を終えるとまったく硬《かた》さを失わない肉棒を引き抜き、二人分の体液にまみれたソレを掴んでメリッサに圧し掛《か》かっていった。

ちなみに唯一《ゆいいつ》残ったセリアはメリッサの策略かそれとも好意だったのか、夕食に出た酒を飲んで引っくり返ってしまっていた。

翌日の朝、俺はメリッサに約束した通りアゴールを訪ねる。酔《よ》い潰《つぶ》されたとプンスコ怒《おこ》っているセリアも一緒《いっしょ》だ。

「ここが新居か？　なかなかしっかりした家じゃないか」

「はっ！　それだけになかなか諦《あきら》めがつかず……お手数をおかけします」

アゴールの買った家は一般《いっぱん》市民向けでそう大きくはなかったが石造りで屋根もしっかりと造られており、粗悪《そあく》なレンガで造られた家も散見される平民住宅街の中では高級と言って良い住まいだった。

「外は特に邪悪《じゃあく》な感じでもないが……中は血みどろなのか？」

「いえ、中も整っております。まだ何も手を加えていません」

まあせっかく来たのだから中も見ないと始まらないな。

アゴールとセリアを伴《ともな》って幽霊の出る屋敷とやらに踏み込む。

ドアを開けて中に入るがアゴールの言ったとおり別に露骨に荒《あ》れている訳でも血が飛んでいる訳でもない。少々埃《ほこり》っぽいが売りに出ていた家と考えれば特に不思議でもない。

「おっと」

全員が入るとドカンと大きな音を立ててドアが閉まる。はて今日は風が強かったかな。

「え、エイギル様……ドアが開きません」

セリアがドアノブを掴んで何度か引いた後に青くなる。

「今から中を調べるのだから開け直さなくても良いだろ」

さあ探索《たんさく》しようじゃないか。

家の中は窓が全《すべ》て閉まっているので昼間なのに薄暗《うすぐら》い。開けようとしても開かないので仕方なくランプに火を灯《とも》す。

「窓が一つも開かないぞ。玄関《げんかん》といい建付けが悪すぎる方が問題じゃないのか」

「前に来た時は問題なく開いたのですが……おかしいですな」

「幽霊などいないです。絶対にいないのです」

セリアが何やらぶつぶつ言っている。

玄関から廊下《ろうか》を通って台所に入る。

台所は綺麗《きれい》に掃除されており小奇麗《こぎれい》なテーブルまで置かれていた。

「もう家具を入れているのか。なら終わったら何か軽い物でも食おう」

軽く言ってみたがアゴールの返事が鈍《にぶ》い。

「まだ家具は何も入れておりません。昨日までこんなテーブルはありませんでした」

そんな馬鹿《ばか》なと振り返《かえ》る。テーブルは無く、床《ゆか》には埃が積もり、竈《かま》に蜘蛛《くも》の巣が張っていた。

「おかしいな。全部揃《そろ》っているように見えたのに。昨夜ヤり過ぎて疲《つか》れたかな」

「は、はぁ」

「私は何も見てない。見てても見間違《みまちが》いです」

アゴールとセリアの声が小さく硬くなる。ぶつぶつと何を言ってるんだ？

続いてリビングに入るとボロボロのテーブルと椅子《いす》が置かれていた。壁際《かべぎわ》には目立つ大きな絵と古ぼけた燭台《しょくだい》が置かれている。

絵は肖像画《しょうぞうが》で、やや不気味に見えるがクラウディアが持って来た代物《しろもの》よりはずっとマシだ。

「随分傷《ずいぶんいた》んだ家具だな」

「入れ替えようとしたのですが……出来ませんでした」

何故《なぜ》出来ない？　この程度なら俺が担《かつ》いで外に放り出してもいいぞ。試《ため》しに椅子に座ってみると軋《きし》むこともなくまだまだ使えそうだ。

このまま置いてもいいんじゃないかと言おうとした時、部屋がにわかに明るくなる。

「うおっ！」

「ひいっ！」

燭台に火が灯ったのだ。これでわざわざランプを持ち運ばなくても良くなった。

「蝋燭《ろうそく》を持っていたならさっさと付けてくれよ。ランプだけじゃ視界が悪くて困っていた」

「つけておりません。それに燭台一つでこんな明るくなるはずがありません！」

「……いやです。いやですぅ」

アゴールが冷《ひ》や汗《あせ》を垂らし、セリアは頭を抱えて震《ふる》え出した。

確かに蝋燭一本にしては随分《ずいぶん》明るいが、良く見えていいじゃないか。

どれどれと燭台に近づいてみるが、綺麗な大きい蝋燭が据《す》えられているだけだ。部屋をぐるりと一周見回しても特に怪《あや》しいものは無い。

さてどうするかと考えていると部屋の真ん中にあったはずの椅子が足元にあった。

「持ってきてくれたのか、悪いな」

椅子に座って伸びをするがアゴールは真っ青になり、セリアはぶるぶると震えている。

「ひとりでに椅子が動いて……」

「ガクガク……ブルブル……」

セリアがこんなになるのは珍《めずら》しい。戦場に慣れても幽霊は怖いとは可愛《かわい》いじゃないか。

「次は寝室《しんしつ》をみよう」

やけに足の遅《おそ》くなった二人を先導して寝室に向かう。

比較的《ひかくてき》大きな寝室にはベッドも残っておらずガランとしていた。

ポツンと化粧台《けしょうだい》らしき物だけが残っていたが、鏡が割れてしまって使い続けることは出来ないだろう。

セリアは背筋をピンと張り、俺にぴったりくっ付いて離れない。

その時部屋の壁《かべ》からバンと大きな音がした。

「はひゅん！」

セリアが奇声《きせい》を発して俺に飛びつき、アゴールは剣《けん》に手をかける。

数秒の静寂《せいじゃく》の後、今度は同じ音が続けざまに三度鳴る。

セリアは俺の頭まで這い上《あが》り、アゴールが剣を抜《ぬ》き放つ。

その様を見た俺は声をあげて笑ってしまった。

「ははははは、大げさな。壁に鳥でも当たったたんだろ」

「四回もですか⁉」

セリアが俺の頭にしがみ付いて叫《さけ》ぶ。

「じゃあ近所の悪ガキが石でも投げたのか。後で引っぱたいてやれ」

俺は笑いながらセリアを床に降ろして鏡の方を見る。そして素早《すばや》く振り返った。

「な、なんでしょう……」

なんでもないとセリアの頭を撫《な》でる。

「見間違えだ。割れた鏡を見たらお前の後ろに女が映っていたんだが居なかった」

「ふんぎゃあ！」

セリアが再び跳躍《ちょうやく》して俺の体をよじ登る。

だから見間違いと言ってるじゃないか。ん、また映ったな。

天井からぶら下がっていて、まるで首でも吊《つ》っているみたいに見えるが、昼間に暗い場所に来たせいで目が慣れないだけだろう。

俺は一通り部屋を見回して苦笑《くしょう》する。

「ここも白だ。引っ越しで過敏《かびん》になっていて見間違えただけかもしれないぞ」

「なんでですか⁉　全部屋真っ黒じゃないですか！」

セリアが大声で叫ぶ。

とはいえ、実際に目の前に出てきてくれないとどうにもならない。

たちの悪い魔物の可能性も考えてデュアルクレイターを持ってきたが、いない敵は切れない。

「大勢で押しかけると出ないらしいが、四人でもダメならお手上げだな」

「警備隊を入れた時には窓も開きましたし妙《みょう》なことは一つも起こらなかったのです」

「そうですね。もう何もないです。さあ。帰りましょう。そして二度と近寄らないのです」

アゴールは困った顔、セリアは帰りたいようで腰をグイグイ押して来る。

「せっかくここまで来たんだから。全部の部屋を見て置こう」

残る部屋は寝室や客間など三部屋、手分けして一気に見てしまおう。

「絶対嫌《いや》です！　私はエイギル様から離れません！」

セリアが俺に抱きついて離れなくなった。

「そうダダをこねるなよ。アゴールの女だって怖がってないんだ。十分強いお前が恐《おそ》れることは無いだろう」

「へ？」

セリアがアゴールを見てはてなと首を傾《かし》げる。可愛い仕草だ。

「私の女とはなんでしょうか？」

アゴールが強張《こわば》った顔で声を出す。

「何を言ってるんだ。お前が連れて来た女だろ、例の未亡人か？　随分顔色が悪いがちゃんと食わせてやっているんだろうな」

その女は最初からお前の後ろにぴったりくっ付いていたじゃないか。

「わ、私の女達は幽霊が退治されるまで絶対にこの家にはこないと言っておりまして……」

「う、うしろ……」

二人がゆっくりと後ろを向き、例の女と目が合った。

女は愛想《あいそ》をしたのかニタリと微笑む。

「おわぁぁぁーーー!!」

「ぎゃあああああーーー!!」

アゴールは飛びのいて頭を打ち、セリアはその場で泡《あわ》を吹《ふ》いて失神してしまった。

いくらなんでも失礼過ぎる。詫《わ》びようとすると女はいつの間にか俺の後ろにいた。

(帰れ　出て行け)

何も聞こえていないのに、はっきりと声が頭に響《ひび》くへんてこな感覚だった。

女の顔が見る見る変化していく。目は黒い空洞《くうどう》のように抜け落《お》ち、歪《ゆが》んだ表情に恨《うら》みや憎《にく》しみの感情が見て取れた。

こいつが幽霊だったのか。

(殺す　殺す　憎い　殺す)

頭に響く声は意味をなさない罵倒《ばとう》に変わっていた。

よくよく見れば顔は歪んでいるが原形は悪くない。青白い肌だがスタイルもなかなかだ。服をしっかりを持ち上げる胸はそれなりの大きさだろう。

「そう顔を歪めるなよ。美人が台無しじゃないか」

(憎い　憎い　殺してやる)

女は歪んだ顔のまま一気に近づいて来て俺の首に手を回す。

そして耳元まで裂《さ》けた口で笑いながら首を絞《し》めてくる。

「こらこら」

一瞬《いっしゅん》苦しく感じたが気を張ればなんともなくなった。こいつは幽霊で物理的に絞められている訳ではないようだ。

「ふむ。俺は触れるのだろうか」

試しに幽霊の肩に手をやってみるとしっかりとは掴めないが曖昧《あいまい》に触れている感触《かんしょく》がある。

ならばと鬼《おに》の形相で首を絞める女幽霊の肩を掴んで唇にキスをしてみる。

おお、確かに触れた感覚があったぞ。

(!?)

女幽霊が一気に距離《きょり》をとった。信じられないという顔をしている。歪んだ顔よりはずっと綺麗だぞ。

「そういう顔をしていれば怖がられることもないだろうに」

(うるさい！)

ちゃんと会話が通じるようになったので今度はこちらから近寄って更《さら》にキスをしようとする。

(来るな！)

女は壁をすり抜けて逃《に》げ回るも、どうやら家の外には出られないらしい。

ならば狭《せま》い家の中でいつまでも逃げられず、ついに寝室の一つで手を掴むことに成功した。

近くからよく見るとやはり相当の美人だ。垂れ下がった髪を整えれば更によくなるだろう。

(呪《のろ》って！　んむっ！)

すり抜けられないようにがっちりと掴んでキスを繰《く》り返し、胸と尻を撫でる。

うーむ、変な感覚のせいで女体《にょたい》の感触があまりよくわからない。

だが幸運にもこの部屋にはベッドがある。ゆっくりと話が出来そうだ。

女幽霊をベッドに押し倒《たお》してキスを繰り返しながら顔を撫でる。

幽霊は呪いだの怨念《おんねん》などと頭に呼びかけて来たがしばらくキスを続けていると何も言わなくなった。

止めとばかりに十秒程《ほど》キスをして唇を離すともう逃げようとはしなかった。

「さて、なんで幽霊になったのか聞かせてくれないか？」

女はボサボサの髪で顔を隠《かく》したまま、再び頭に声を送り込んでくる。

(捨てられ……裏切られ……首を吊って……離れられない)

まとまりのない慟哭《どうこく》が次々と頭の中に送り込まれてくる。

「ふむふむ、なるほどな」

要約すると、それなりに裕福《ゆうふく》な平民の娘《むすめ》だった女はある男と恋《こい》に落ちた。

だが男の狙《ねら》いは実家の財産で家が潰れるまで貢《みつ》いだ女はあっさり捨てられ、絶望と家族への罪悪感からこの家で首を吊って自殺した。

そして自分の怨念に縛《しば》られたのか死後もこの家から離れられなくなったらしい。

(最近自分がわからなくなる　このままだと完全に魔物に)

死んで直《す》ぐの頃《ころ》は人としての意識もはっきりしていて、無意味に人を脅《おど》かすようなことはしなかったらしい。

だが最近は気を抜くと自分が何をしているかわからなくなってきている。

（こうして話せているのはキスされた衝撃《しょうげき》で理性が戻ったみたい）

女はデュアルクレイターに手を伸ばす。

（その剣で私を消して）

少しだけ鞘《さや》から出ていた刀身に触れると女の半透明《はんとうめい》の手が火傷《やけど》したように爛《ただ》れ始めた。

デュアルクレイターはミスリル製、そしてミスリルには魔《ま》を払《はら》う力がある。幽霊にも効果があるのは初耳だったが。

（魔物になる前に消えたい）

怨念を残して死んだ人の霊《れい》が憎しみを抱えたまま彷徨《さまよ》い続けると、やがて厄介《やっかい》な魔物になると聞いた覚えがある。この女もそうなりかけているのだろう。

だが一方で美人をこのまま消してしまうのは余りに勿体無《もったいな》い。

女はくたびれたワンピースを着ており、首にくっきりと縄《なわ》の跡《あと》がある。自殺した時のままになっているのだろう。

「わかった。ならば貫《つらぬ》いてやろう。最後に名前を聞かせてくれないか？」

（ケイシー）

ケイシーはベッドに横たわったまま胸の前で手を組み、目を閉じた。最後の瞬間《しゅんかん》を待つ彼女の顔には人としての笑《え》みが浮《う》かんでいた。

俺は位置を調整して彼女を一気に貫く。

(ずわぁぁぁ！　いったぁぁ！)

ケイシーが間抜《まぬ》けな悲鳴と共に跳ね起《お》きる。

デュアルクレイターはベッドの横に立てたままだ。

俺は剣の代わりに肉棒を取り出し、裾《すそ》を捲《まく》り上《あ》げてケイシーの穴に挿入したのだ。

「うーむ、やっぱりふわふわとした感触だな。だがこれも悪くない」

(なんでよ！　抜いて！　こんなの強姦《ごうかん》よ！　出るとこ出て訴《うった》えてやるから！)

幽霊とは思えない大音量で騒《さわ》ぎまくるケイシーは先ほどよりも更に人間味が増している。

俺は腰を動かしながら騒ぐ彼女に語りかける。

「女より金を選ぶようなつまらない男しか知らず消えるのは悲しいだろう」

(それとこれとは別よ！　裁判よ！　絶対泣《な》き寝入《ねい》りしないんだから！)

生前の彼女は勝気な性格だったらしい。俺の顔を指差して怒鳴《どな》りまくる。

「もう入ってしまったから仕方ないだろ。せめて気持ちいい場所を教えてくれ」

(うー入り口近くの浅い所)

「任せろ」

ケイシーの胸元をはだけさせ、予想通り大きめの乳を触《さわ》りながらゆっくりと腰を動かす。

今気づいたが彼女の体は幽霊だけあって半透明で差し込んだ一物が透《す》けて見える。柔《やわ》らかく

撫でられる様な独特の感触と相まって不思議な気分だ。

試しに力を入れて突き込むと一物が腹を突き破《やぶ》ったように飛び出した。どうやら彼女の体はふわふわした何かで出来ているらしい。

（何この丸太！　まさか貴方《あなた》のアレなの？　まるでお化けみたいな大きさじゃない！）

目を丸くして騒ぐケイシーを包み込むように抱《だ》き締める。

ケイシーは抱かれている間中「犯《おか》された」だの「ひどい男だ」だのと連呼しながらも包み込むように手足を回してくれる。

普段《ふだん》はあまり乱暴にしてしまうと女を壊《こわ》してしまうと思って控《ひか》えているが、幽霊相手ならその心配もないので遠慮なく豪快《ごうかい》に腰を使う
（激しい　彼とは比べ物にならない腰使い　お腹《なか》突《つ》き抜けそう　って本当に突き抜けた！）

正常位で突けば膨れ面《つら》で首に手を巻き付け、後背位で荒々《あらあら》しく突けば強姦だと騒ぎ、両足を抱《かか》えて持ち上げると恥《は》ずかしいと顔を隠す。

コロコロ表情の変わるケイシーは感情豊かで抱いていて楽しい。

ふわふわした体内は刺激が弱いものの、ケイシーの反応を楽しみながら抱いている内に絶頂感が駆《か》けあがってきた。

「なあケイシー。前の男なんて忘れて俺の女になれ。そうすれば怨念もなくなるだろう」

（強姦しておいて自分の女になれって言うの？　でも男らしい所は嫌《きら》いじゃないから……いいよ貴方の女になる）

よしとばかりに俺はケイシーを抱き締めて激しく腰を振《ふ》って絶頂に向かう。

「中に出すぞ！」

（お好きにどうぞ）

「うおおお！」

叫びながら腰を叩《たた》き付け、男根を根元まで差し込む。

ケイシーの体に底はなく、半透明な体を通して男根が腹を通《とお》り越して胸の下まで入り込むのが見えた。

そこで男根が震え、大量の精液を噴き上げる。

（ぎゃあ！　貫通《かんつう》してきた！）

射精の勢いが良すぎたのか、精液はケイシーの体内を駆け上がり、なんと胸の谷間から外へと噴き出《だ》してしまった。

（わぶっ　顔にかけたぁ）

精液はケイシーの顔面を汚《よご》し、ベッドだけでなく壁や床にも豪快に飛び散る。

アゴールには秘密にしておこう。

最初の数度の後、やや勢いを減じた精はケイシーの体内に収まる。

肉棒が震えるごと半透明の胎内《たいない》に精液が溜《た》まっていくのが見えるのは新鮮《しんせん》な体験だ。

（うわぁものすごい量　妊娠《にんしん》しちゃうかも）

幽霊が妊娠してたまるか考えながら精を出しきり、埃だらけのベッドに倒れ込む。

するとケイシーは自分中に溜まった大量の精液に騒ぎながら俺の腕を取る。

（ねぇ　どうせならここで死んでいかない？　貴方と一緒に居れば魔物にもならなそうだし）

「馬鹿言うな。こんな所で死んだら俺が怨念になる」

（でも私ここから出れないし　今となっては消えたくもない　貴方と一緒にいたいよ）

なら出ればいいじゃないか、変な奴《やつ》だな。

俺はケイシーの手を引いて玄関を開け放つ。彼女《かのじょ》の体が玄関を出る刹那《せつな》、引っ張るような抵《てい》抗《こう》を感じたが、力任せに引っ張り出すと、それもたちまち掻《か》き消えた。

そうら出られたじゃないか。

腕を放すとケイシーはポカンとした顔で空を見上げ、地面を踏《ふ》みしめ、宙返りしようとして転倒《てんとう》し、気を取り直してコロリと前転する。

そして満面の笑みで両手を広げた。

（出れた！　出れたよ！　お日様の光　いつぶりだろう！）

ケイシーは猛烈《もうれつ》な勢いで飛び回る……飛び回る？

「ぎゃあああ！」

表を歩いていた中年の女性が引っくり返って泡を吹く。外に出るのは夜にしようか。

「これでお前は自由に生き……生きてないか。ともかく好きに出来る。さあどうする？」

（決まってるわ　貴方にずっと憑《つ》いていきます！）

こうしてアゴール新居の幽霊事件は解決した。

奴にはとても感謝されたが、ケイシーは見える人間にはわりとはっきり見えるらしく、自宅に連れて帰るとミティとアルマが失禁、反対に見えない人間にはまったく見えないらしく、メリッサとマリアは首をかしげるだけだった。

セリアも涙目《なみだめ》でこちらを睨《にら》むので仕方なく少しの間は地下の倉庫にいてもらうことにした。彼女は長い間一人きりだったこともあって数ヶ月程度放置されてもなんともないらしい。

何か用があったり寂《さび》しくなったりしたら普通《ふつう》に出て来るしな。

そして俺は領地へと出発する。

「あのお化けは連れていきますよね⁉　お家に残ってないですよね⁉」

ミティ、アルマが必死に訴えるので一声かける。

「いるか？」

（いるよ）

ケイシーが荷物の中からにゅっと顔を出す。出すのは良いが仰《の》け反《ぞ》ったまま、頭を下にして出るなよ。傍目《はため》には割と怖いぞ。

「「ひぎっ」」

ほら、二人がまた漏《も》らしたじゃないか。

「まったく表で漏らすなんてだらしないです」

セリアもアゴールの家で盛大にやっただろう。床に水溜《みずた》まりができる程大量失禁したはずだ。

「じゃあ領地へ戻《もど》ろうか」

「はい！」

（うん）

シュバルツに乗る俺の後ろにケイシーが抱きつく。

嬉《うれ》しそうな嘶《いなな》きが上がった。

お前は女なら幽霊にも発情するのか。本当に見境のないエロ馬だな。

「今回はお手間をかけました！　ところで寝室の壁に黄ばんだ異臭《いしゅう》の液体がへばり付いていたのですが、あれは幽霊退治の時の聖水か何かですか？」

アゴールの声は無視していざゆかん。


そして数日の旅程の後、セリアとケイシーを連れて領地に帰った俺を待っていたのは産後の体調も戻ったカーラとメルだ。

「ほら、パパに抱っこしてもらいなさい」

「こら、パパの指を噛《か》んじゃだめでしょ」

「アントニオ、絨毯《じゅうたん》の外は汚いからね。ハイハイするならふかふかの所だけになさい」

カーラの娘エカチェリーナを抱き上げ、メルの娘ミウに指を噛まれながら、カトリーヌの息《む》子《す》《こ》アントニオが四《よ》つん這《ば》いで動き回るのを見守る。

こいつらが全部俺の種から出来ていると思うと不思議な気分だ。

（可愛いねぇ）

「なんかぞわぞわするわ。肩の辺りに何かがいるような気がする」

カーラが振り返って首をひねる。

ケイシーがカーラの肩に顎《あご》を乗せて赤《あか》ん坊《ぼう》を見ているのだ。

本当に見えない奴にはまったく見えないようだ。どういう基準なんだろうか。

(臆病《おくびょう》というか細かいことを気にする人には見えるみたい)

なるほど、俺は案外臆病だったらしい。

(貴方は特別　私に触って……無理やりエッチするなんて他の人に出来るわけない)

何を言う。お前も受け入れたのだからあれは和姦《わかん》だ。

だが細かいことを気にする奴には見えるというのは本当だろう。現にセリアにはばっちり見えているしミティやアルマにも見えていたようだ。

帰宅した時にレオポルトとセバスチャンも凝視《ぎょうし》していたように思う。

そういえばアドルフにはまだ見せてないな、夜に脅かしてやるか。

(私は玩具《おもちゃ》じゃないよ)

ちょっとした悪戯《いたずら》ぐらいいいだろう。アドルフがちびったら最高に面白《おもしろ》いじゃないか。

それにしても考えるだけで会話できるのは便利だな。

「エイギル様！　子供の相手もいいですが私の新しいドレスも見て下さい！」

ノンナが胸の大きく出たドレスを着て乱入してくる。構わなかったのが不満だったんだな。

「お前の巨乳が際立《きわだ》って素晴《すば》らしいが、その格好を他の男に見せるのは妬《や》いてしまうかもな

「……どうしたノンナ？　突《つ》っ立《た》ってないでこっちに座《すわ》れよ」

ノンナが俺を見て硬直《こうちょく》している。いや俺の後ろを見ているのか。

（この人も見えてるよ）

「ぎょわあああ！　おふん」

慌《あわ》てて逃げ出そうとして身の軽くないノンナはこけてしまった。そして胸の巨大《きょだい》なクッションが弾《はず》む。彼女は前向きに倒れたなら怪我《けが》はしなさそうだ。

あんまり怖がらせるのも良くないから説明しておこうか。

「――というわけで色々あって憑いて来た。宜《よろ》しくしてやってくれ」

（よろしくね）

「よろしくと言ってます」

ケイシーの声は見えない人には届かないのでセリアが代弁する。

「よろしくって！　幽霊ですよ！　透けているんですよ！」

ノンナは大騒《おおさわ》ぎするが他の女達はきょとんとしている。

『見えないが幽霊つれてきたから宜しく』と言われても困惑《こんわく》するのは当然だろう。

セリアは帰り道で慣れたようでもうケイシーとの会話にも抵抗が無い。並べて抱いてやったのがよかったな。

「ちなみに彼女はもうエイギル様に抱かれてます」

（照れるね）

「幽霊まで犯したのですか⁉　一体何考えてるんですか！」

ノンナが吠《ほ》え、他の女達が顔を見合わせる。

「見えないですけど」

「美人だったのね」

「穴があるならありえるわね」

やはり見えないとうまく紹介《しょうかい》も出来ない。

「ケイシーなんとか皆《みな》に見えるようになる方法はないのか？」

（うーん　もっと怨霊《おんりょう》っぽい時は大抵《たいてい》の人に見えてたみたい　ちょっとやってみるね）

ケイシーは頭に手をやってぶつぶつと呟《つぶや》き始めた。

（あの男に捨てられて　絶望　首に縄　椅子から　苦しくて　恨み　憎しみ）

ケイシーの顔が音を立てて歪み始め、首に縄の跡が浮《う》き出る。

見開かれた眼球が黒く溶《と》け落ち、肌《はだ》の色が失《う》せて、顔全体から血が滴《したた》り落ちる。

同時に見えていなかった女達の顔色もみるみる青くなって行く。可視化に成功したようだ。

（私はここにいるぞ！）

「「「ぎゃあああああ!!!」」」

「「「びえええええ!!」」」

女達が絶叫《ぜっきょう》し、赤ん坊は泣き出す。

メルは子供を抱えて亀《かめ》のように丸まってしまい、リタはテーブルに倒れてティーポットを盛大に壊す。

カーラが咄嗟《とっさ》に投げつけたカップが的を外してカトリーヌに命中、ノンナはその場で気を失って頭から床に倒れこみ、セリアがなんとか支える。

地獄《じごく》絵図になってしまった。

狂騒《きょうそう》は俺がケイシーにキスをして元の姿に戻すまで続き、女達《たち》は全員トイレに行ってしまう。床にはいくつもの水あとが尻《しり》の形に広がっていた。

結局、女達全員の意見でケイシーの可視化は却下《きゃっか》され、彼女が物を持てることを利用して常に大きめのヌイグルミを持ち歩かせることになった。

ケイシーも快くこれを受け入れ、知らないうちに傍《そば》に居られる気持ち悪さはなくなった。

ぬいぐるみがふわふわと屋敷内《やしきない》を移動する光景は最初こそ使用人達に不気味がられたが悪さをするわけでもないので次第《しだい》にみんな慣れていった。

但《ただ》し、ぬいぐるみを勝手に持ち帰ったりすると毎晩枕元《まくらもと》に女が立ち、「返して返して」と言われる悪夢を見るので手を触《ふ》れないことが不文律となっているらしい。

ケイシーの件では一騒動《ひとそうどう》あったが、その後は開発や訓練以外に特にすることはなく、平凡《へいぼん》な日々が流れていく。


それから一ヶ月が過ぎた。

「ああっ!!」

「むん！」

カーラを押《お》さえつけ、肉棒を根元まで叩き込んで射精する。

激烈《げきれつ》な刺激《しげき》に悶《もだ》えるカーラを抱き締《し》めながら俺達《おれたち》はズルズルとベッドから滑《すべ》り落ちる。もちろん腰《こし》は密着したままだ。

出産を経験したカーラの子袋は入り口を広げ、肉棒を押し込むことができるようになった。

「おお、最高だ……まだまだ出る」

「すごいわ……一滴《てき》もこぼれてこない。直接中に溜められちゃったら絶対孕《はら》むぅ」

擬似的《ぎじてき》に妊婦《にんぷ》腹になったカーラを解放する。

途端《とたん》に両方の乳から母乳が噴出《ふんしゅつ》して寝室に甘《あま》い香《かお》りが漂《ただよ》った。

「もったいない」

俺《おれ》はカーラの両乳房《ちぶさ》を寄せて吸い付いた。

「あうっ！　そんなにちゅうちゅう吸われたらエカチェリーナの分……っていくらでも出るわ」

カーラは母乳の出が極《きわ》めて良い。子供にたらふく与《あた》えてもまだ余り、乳が張って大変なので俺が毎日飲んでいるのだ。

「メルもパンパンに張って痛いらしいから飲んで上げてね」

「明日の飯の時にでも頂こうかな。ベッドに呼べないとつい吸うのを忘れてしまう」

カーラは乳を吸う俺の頭を優《やさ》しく撫でながら返す。

「エイギルが容赦《ようしゃ》なく抱いたせいでしょ。子供産んで半年なのにまた孕ませるなんてひどいわ」

メルは月のモノが止まったので念《ねん》のために行為《こうい》は控えている。彼女自身の感覚としては多分種がついたらしい。

「メルもすごいわよね。もう三十八なのにさ。ああいう孕み易《やす》い女もいるのね」

やることが無かったので昼間から酒を呑《の》み、女でも欲《ほ》しいなと思ったタイミングでメルが乳が張るので吸ってくれと部屋に入って来た。

こうなれば乳吸いだけで終わる訳はなく、力任せに肉棒を叩き込み、子袋《こぶくろ》の中に入ったまま何度も何度も射精した。

酔《よ》いもあった俺はそのままメルの上で眠《ねむ》ってしまい、彼女は腹を膨《ふく》らませる程の種を腹に入れたまま肉棒で一晩栓《せん》をされて一晩過ごした。これで孕まない訳がない。

メルの他人どころか家族にも見せられない蕩《とろ》け顔を思い出す。

「こらーあたしの上でメルのこと思い出してるわー。ふふん私もどうせすぐに仲間入りよ」

「種が出てるのわかるか？」

腰を動かすと新しい刺激に反応して追加の精が飛び出す。

「わかるわよ。あたしの中で特大のがドックンドックンしてるんだから。でも凄《すご》いのは大きさだけじゃなくて石のような硬《かた》さよね。それに木の根っこみたいにゴツゴツ……」

カーラはゆっくりと腹を撫でる。

「最初に抱かれた時とは比べ物にならないぐらい大きくなって、何より女の汁《しる》を吸いまくって黒くなってきたわ。一目で歴戦ってわかるひどい男根」

嬉しいことを言ってくれたカーラを抱き締め、互《たが》いの顔中にキスを繰り返す。

カーラとじゃれ合っていると恨めしそうな声が聞こえる。

「ぬうう……」

床で絡《から》み合《あ》いながらいちゃつく俺達をベッドの上からノンナが見下ろしている。

「貴女達《あなたたち》はぽんぽん孕むのに何で私に子が出来ないんですかぁ！」

ノンナはベッドの上から俺達二人の上にダイブする。巨大な乳が覆《おお》いかぶさった。

「デカ乳重いっての！　あんたの腹には卵がないんじゃないの！」

「だまりなさい馬鹿《ばか》カーラ！　こうなったらこれから一週間ずっと繋《つな》がりましょう。種をずっと胎の中に溜めておけば絶対に孕みます！」

ノンナを抱えたまま生活するのは面白そうだが、領主夫婦《ふうふ》変態の誹《そし》りは免《まぬが》れ得まい。

「種ー！　とにかく種を下さい！」

ノンナは俺を押し倒して上に飛び乗るも、素晴らしいタイミングでカーラが肉棒の位置をずらして悪戯、男根は愛する正妻の胎内ではなく肛門《こうもん》に頭を突っ込みノンナは悶絶《もんぜつ》。

「痛、こ、この……アホカーラ成敗してやる！」

尻の穴に俺を突っ込まれたままノンナはカーラに襲《おそ》いかかる。

「突っ込んだまま暴れたら尻が切れるぞ」

さて今日も沢山《たくさん》女を抱いた。明日ぐらいは軽く領主の仕事でもしようかな。

「軍の拡大はひとまずここまでですな。これ以上は短期とは言え維持《いじ》能力を超《こ》えます。以後は訓練によって戦闘《せんとう》能力を高めることと致《いた》しましょう」

レオポルトの報告を受ける。装備もほぼ全《すべ》て行《い》き渡《わた》ったから上出来だ。

「春の人頭税は概《おおむ》ね問題なく徴収《ちょうしゅう》しました。しかし去年の秋以降に流れてきた民《たみ》からは取りようがないので免除《めんじょ》しております。計算しても大した収入にはなりませんからね」

アドルフの報告を受ける。最初から流民からの税など最初から期待していない。一方で人手が増えたのは確かなので今年の収穫《しゅうかく》はいい感じになるかもしれない。

「まとめると……だ」

俺は二人を前に結論を求める。

「急ぎ達成すべきことはなくなりました。トリエアに関しても彼等《かれら》自身か王都の動きが無ければこちらから仕掛《しか》ける訳には参りません」

レオポルトが答える。

「内政も同じくですね。治水や街道《かいどう》の整備を労役《ろうえき》として続けるのみです。あえていうなれば例の商会がうるさいぐらい鉄鉱山とラーフェンを繋ぐ道を作れと言って来るぐらいですか」

アドルフが答える。

「あの商会の本店建屋も完成したらしいな。クレアも街でよく見るが本店に住んでるのか？」

商会の名前は覚えていない。この前、客の前でフリッチン商会と言ったらアドルフにもう『あの商会』と呼んでくれと言われたのだ。

「いえ。定住してはいませんね。毎日のように東に西に忙《いそが》しく出入りしてますよ」

こんな辺鄙《へんぴ》な所に何度も来ても仕方なかろうに。用事があれば呼ぶからその時来ればいいものを。

これで俺のすることは無くなった。仕事が無いのは嬉しいが暇《ひま》だと何かしたくなるものだ。

「よし、俺が直接訓練でも「おやめ下さい。怪我人《けがにん》が出た方が面倒《めんどう》ですので」

「建設現場の視察でも「おやめ下さい。女だけに特別報酬《ほうしゅう》などばら撒《ま》かれては混乱しますから」

腹の立つ言い方をする奴らだ。

「いいさ。セリアかピピを探して撫でている」

俺はフンと拗《す》ねて二人に背を向ける。露骨《ろこつ》な安堵《あんど》の溜息吐《ためいきつ》きやがって……覚えていろよ。

廊下《ろうか》中を無意味に走り回っていたピピを見つけて捕《つか》まえ、膝《ひざ》にのせて顔を揉《も》み解《ほぐ》していると、街の外周、門の近くが騒がしくなってきた。

事故でも起きたのか。まあどうせアドルフが処理するだろうとピピの首筋を撫で続ける。

「族長さまぁ。なんだかぞくぞくする」

子供に近いピピの褐色肌《かっしょくはだ》はすべすべで触り心地《ごこち》が素晴らしい。つい触り過ぎてしまうな。

頬《ほお》を撫《な》でれば顔が緩《ゆる》み、首筋を撫でればゾクゾクとして肩甲骨《けんこうこつ》が寄る。脇腹《わきばら》をくすぐれば身をよじって笑い、内股《うちまた》を撫でれば足がばたつく。そしてヘソの下を軽く押すと……。

「んん」

幼いピピが一瞬だけ女の顔になった。もう一度押《お》すと口が開き、もう一度押すと足が開き始める。更にもう一度押すと――。

「ハードレット様、今南部の村から急使が来ました。村が魔《ま》物《もの》の襲撃《しゅうげき》を受けたそうです」

至福の時間は長く続かなかった。先ほど別れたアドルフが部屋に入って来たのだ。

「ふむ、そうか」

珍《めずら》しくもない。領内は最初に大掃除《おおそうじ》したが細かな魔物や盗賊《とうぞく》は小バエのように湧く。領地が広いと常に確認《かくにん》し続けることも不可能で出てから叩くしかない。そのために兵がいるのだし村ごとに自警団もいる。

「それが、どうにも数が多いらしく村人が何人か殺されたと、なんとか撃退《げきたい》したそうですが近くに巣があるのか何度もやってくるので兵を派遣《はけん》して欲しいと懇願《こんがん》しております」

ふむ。自警団で対処不能かつ人死が出るとは巣の規模が大きいのかもしれないな。木っ端《こっぱ》魔物《もの》は害虫みたいなものだし早めに叩かないと増えてくる。

「レオポルトに言って何十人か兵を……待てやっぱり奴には言うな。兵はすぐに派遣する」

知らせのあった村は新しく建てた村でラーフェンから近い、馬なら一日だ。

ピピの頭をぽんぽんと叩いて立ち上がる。いい暇つぶしになりそうじゃないか。

「……先にレオポルト殿《どの》に伝えるべきでした」

アドルフの溜息《ためいき》を背に受けながら甲冑《かっちゅう》を着込み、鼻歌を歌いながら槍《やり》を持つ。

「族長様と一緒《いっしょ》に戦うのは久しぶりだ。ピピも魔物退治は出来る。頑張《がんば》る」

ピピもついて来るつもりのようだ。

だがアドルフの前で平気で着替《きか》えるな。そもそも下着を穿《は》けと言っているだろう。


翌日。


「ほんの数日で片付く。無理についてこなくても良かったんだぞ」

兵をまとめている所をセリアに見つかり彼女はそのままついてきた。軍務、内政と色々と首を突っ込んでいる彼女には色々な仕事があったはずだが。

「エイギル様に随伴《ずいはん》するより重要な職務などありません。それに、です」

セリアは俺にじゃれつくピピを見る。

「二人きりで行かせたら戻る時にはピピも非処女です。エイギル様が性交可能な女を子供として放置するはずありません」

ピピにまだ俺のモノは入らん。風呂場《ふろば》で見た感じでは先っちょが限界だ。

セリアは二人きりと言ったがもちろん家族の話だ。実際には俺とセリアを先頭に私軍から五十騎《き》程度の騎兵《きへい》を連れてきている。いくらなんでも三人で救援《きゅうえん》に乗り込む程愚《ほどおろ》かではない。

この程度の数ならば勝手に連れ出しても訓練に支障は出ないはず、故にレオポルトに文句を言われることもないだろう。

我ながら各方面に配慮《はいりょ》した計画だと満足げに頷《うなず》いているとピピが膝に乗って来た。

「騎乗《きじょう》中に器用だな」

頬を撫で、ヘソの下を軽く押す。最近ピピはこのヘソ押しが気に入っている。押す度に女っ気が増しているような気がする。

「見えてきました！　あの村です！」

じゃれ合う俺とピピに青筋を立てていたセリアが怒鳴り気味に言う。

近場とはいえ、丸一日歩いたのだが着いたらゆっくり休もうと思っていたのだが。

「どうやらそうもいかない」

村では警鐘《けいしょう》が鳴《な》り響いていた。

「右を守れ！　右だ、左は俺がやる！」

「一匹《ぴき》入ったぞ！　こっちは手一杯《ていっぱい》だからなんとかしろ！」

「女達にも何か持たせろ！　数が多い、手が足りない！」

村人達がクワや斧《おの》でゴブリンの集団と戦っている。

距離があるので詳《くわ》しくは見えないが、楽には戦えていないようだ。

ならばやるべきことは一つ。

「全隊突撃陣形《とつげきじんけい》」

よく訓練された私軍は俺の一声で瞬《また》く間《ま》に突撃陣形を完成させる。

だが俺はそれすら待たず単騎《たんき》で村へと突進《とっしん》する。

「畜生《ちくしょう》、数が多すぎる！　もたないぞ！」

「このままじゃ……皆殺《みなごろ》しに……」

眼前に村人三人にゴブリンは十匹、俺は文字通り横槍《よこやり》を入れた。

「シュバルツ、弾《はじ》き飛《と》ばせ」

俺の声に応《こた》えてシュバルツは蹄《ひづめ》で小鬼一体を踏み潰《つぶ》し、二体を蹴《け》り飛ばす。同時に俺が振り抜《ぬ》いた大槍で三体の腹から上が千切れ飛ぶ。

村人もゴブリンも呆然《ぼうぜん》とする中、一度振《ふ》り抜いた槍を大上段から振り下《お》ろし、残る二体を潰れたイチジクに変える。

ゴブリンとは群れることしか能のない一m程度の小さな魔物だ。こちらが武装していれば恐《おそ》れるような相手ではない。

「危ない後ろ！」

村人達が叫《さけ》ぶ。残った一体が汚《きたな》い声と共に飛び掛《か》かって来たようだ。鳴いてくれるとわかりやすくていい。

俺は振り返《かえ》らないまま、飛び掛《か》かるゴブリンを槍の柄《がら》でかちあげる。薪《まき》を割ったような乾《かわ》いた音と共にゴブリンは空高く跳《は》ね上がり、村の中心に落下した。

村の女達の悲鳴が上がるがさすがに生きているはずがない。それにしてもよく飛んだ。

十体を皆殺しにした所でセリアが指揮する兵達が追いつき、村の他の場所に押し寄《よ》せていたゴブリン達を駆逐《くちく》していく。

クワや斧の農民と、甲冑を着て二mを優に超える槍を持つ槍騎兵《やりきへい》では戦闘力《せんとうりょく》が違《ちが》いすぎる。

ゴブリン達はほとんど何も出来ずに殺されていき、僅《わず》かに残った個体は手に持った木製の槍らしきものを捨てて南の林へ逃《に》げ散って行く。

「追撃《ついげき》は不要！　村の周囲を警戒《けいかい》せよ！」

セリアのよく通る声に導かれ、村の周囲に兵達は打《ぶ》ち漏らしがいないか確認する。

「領主様の軍隊だ！　助かったぞ！」

「なんてことだ、ご本人までいる！」

「これでもう安心だぁ……腰が抜けたぁ」

家に隠《かく》れていた女や子供達も現れて歓声《かんせい》を上げる。

これで当座の危機は去ったが、村に来る敵を撃退していても埒《らち》が明かない。ゴブリン共が逃げた南の林まで追いかけて巣を壊す必要があるだろう。

「とはいえ、もう陽《ひ》が落ちる。一晩休んでからだな」

兵達からも安堵の声が漏れる。丸一日歩き続けてすぐに連戦は嫌《いや》だったようだ。

いそいそと進み出るのは村長……以前にどこかで見た覚えのある顔だな。

「この度は見事なご活躍《かつやく》、まさか御領主様《ごりようしゆ》自ら――」

「礼は不要だ。被害《ひがい》と奴等《やつら》の詳細《しようさい》を教えろ」

ゴブリンを何体すり潰した所で自慢《じまん》にもならず、賞賛されても嬉しくない。

「死者が六人、重傷で動けぬ者が十人、それと……女三人が犠牲《ぎせい》になりました」

この村の人口が百に満たぬと考えると甚大《じんだい》な被害と言っていい。

「自警団には鎧《よろい》や武器もあったはず、何故《なぜ》ここまでの被害が出た？　大物でもいたか？」

まともな男なら武芸の心得がなくてもゴブリンには勝てる。鎧や武器があれば尚《なお》のことだ。

「いえ、今のところ少し大きい個体もいましたがゴブリンだけでした。しかしその数は信じられないようなものでして最大の被害を出した襲撃では数百の数で押し寄せて参りました」

なるほど、いかに弱くとも数百も来れば数人程度の自警団では圧倒《あっとう》されてしまったか。

「しかしわかりませんね。ゴブリンは小虫のごとく湧《わ》きますが、それほどの大群が急に湧くのは尋常《じんじょう》のことではありません」

セリアも首を捻《ひね》っている。

それほどの大集団が居たならば以前領地内を掃除《そうじ》した時に気付きそうなものだ。打ち漏らした少数が二年ぐらいでここまで大群になるものだろうか。

「いずれにせよ、こちらは武装して戦の経験もある兵だ。数倍程度の数なら遅《おく》れはとらん。予定通り明日、林に踏み込んで巣を破壊《はかい》してやろう」

「兵にも伝えてきます」

セリアがさっと立ち上がって走っていく。腰が軽くて大変結構。

「巣の位置はわかっているのか？」

「いえ……何分防戦一方でして。とても奴等の本拠《ほんきょ》を探《さぐ》る余裕《よゆう》はありませんでした」

それもそうか。まあ林に踏み込めば向こうから出てくるかな。

その時、隣家《りんか》から絹を裂《さ》くような女の悲鳴が聞こえる。

「いやあぁぁぁ！　もう殺して！　私を殺してよぉぉ！」

尋常でない声に俺達は外に飛び出る。見れば他の村人も集まってきていた。

家の中では女が悲鳴を上げながら暴れ陶器《とうき》が割れるような音が連続する。それを夫らしき人物が必死に宥《なだ》めようとし、最後には業《ごう》を煮《に》やしたのか押し倒《たお》して口を塞《ふさ》いでしまった。

「何事だ！」

痴話喧嘩《ちわげんか》にしては女が鬼気迫《ききせま》り過ぎている。

後ろから村の代表が耳打ちする。

「彼女は先の襲撃で逃げ遅れまして幼い子供を喰《く》い殺されたのです。彼女自身も何体ものゴブリン共に犯され……気がふれてしまったようで」

「女三人の犠牲とはそういうことか」

俺は拳《こぶし》を握《にぎ》り締め、殺気と怒気《どき》を噴出させた。

ゴブリンの分際で女を犯すとは贅沢《ぜいたく》な奴らだ。追い散らすだけでは温《ぬる》い、皆殺しだ。

一方で疑問も残る。

「奴らは性欲よりも食欲を優先させる下等な魔物だ。女だけ食わずに犯すのは少し妙《みょう》だな」

「三人の女はいずれも犯《おか》された後、巣に運ばれかけている所をなんとか助けたのでございます」

ゴブリンの大きさは一m前後、非力な女であっても抵抗されれば運べないので先に殺してしまうのが当たり前だ。そうならなかったことは幸運ではあるが。

「申し訳ありません。これ以上は私の浅知恵《あさぢえ》では考えが及《およ》びません」

深々と頭を下げる村長。まあただの村長に全部わかるならレオポルトは要《い》らない。

さてこうなると、ピピとセリアを連れて来たのは賢明《けんめい》ではなかったかもしれない。マックとクリストフにすればよかった。

筋肉達磨《だるま》相手ならゴブリン共の性欲も失せるだろうし、万が一クリストフのケツが激しく犯されてしまっても「気の毒だった」の一言で済む。

「ケイシーが居れば見てきてもらえるんだが……ふふ、あれは酷《ひど》かった」

実はラーフェン出発の前、様子を見てきてくれとケイシーを先行させたのだが、それなりの時間が経《た》ったにも関わらず、街から少しも行かない場所で膝を抱えて半泣きで座っていた。

（向かい風で前に進めないの）

ケイシーは空を飛べるが、その速度は普通の娘《むすめ》が歩く速度と変わらず、体重がないので風に吹《ふ》かれると戻ってきてしまう。これはもう幽霊《ゆうれい》というよりは凧《たこ》に近い。

仕方なく馬に乗せて行こうとも思ったのだが、野宿は暗くて怖《こわ》いし背中が痛くなるから幌《ほろ》付きの馬車でないと嫌だとごね出したのだ。本音は街の外に出たくないらしい。

嫌がるうち、首筋にうっすら縄《なわ》の跡《あと》が浮《う》かんできたので兵達の士気のためにも連れて来るのを断念したのだ。今後も野戦でケイシーに協力してもらうことは難しそうだ。

「たかがゴブリンの群れだ。出たとこ勝負の力押しでもなんとかなるか」

「くれぐれも気をつけて下さいね」

「ゴブリンでも油断すると死ぬぞ！」

セリアとピピの言葉を笑って聞き流しながら俺は床《とこ》に入った。

そして翌朝、村を襲うゴブリン共の巣があると思われる南の林へと向かう。

「本当に近いですね。これではいくら撃退しても意味がありません」

セリアの言うとおり村と林の距離《きょり》は徒歩でもわずか。馬で向かえば三十分とかからない。

ゴブリンが住み着く前は木を切って材木にしたり、薪として行商人に売ったりと村にとって大事な場所だったらしい。

「こんな近距離《きんきょり》に巣があるのに大群になるまで気付けなかったのか」

「短時間で一気に大繁殖《はんしょく》したのでしょうか」

「む、一匹見つけたぞ」

見張りらしきゴブリンが草むらから顔を出して俺達に気付き、一声鳴いて逃げようとする。

勿論《もちろん》そんなことは許さず、ピピの放った矢が後頭部のど真ん中に突き立つ。

「それ二匹目、これで三匹目だ！」

高速で逃げ回《まわ》る狼《おおかみ》や鹿《しか》を獲物《えもの》としてきたピピにとって、がに股《また》で不細工に走るゴブリンなど物の数ではない。

「いいぞ、帰ったら射止めた数だけ撫でてやる」

ピピの活躍もあってかゴブリンの集団が出てくるより前に林に到達《とうたつ》することに成功した。

「エイギル様どうしましょうか。それほど植生も濃《こ》くないので騎乗のまま侵入《しんにゅう》することも不可能ではありませんが」

木の上や穴など上下に気を配らないとならない林ではどうしても騎兵は対応力で劣《おと》る。

だが俺は下馬の命令を出さなかった。

「このまま行こう。相手はゴブリンだからな、馬の高さはそれだけで有利だ」

ゴブリン達の身長は一m程度だ。これなら木の上からの攻撃《こうげき》にさえ気をつければなかなか馬上には届かない。

「わかりました。全員騎乗のまま林に進入、縦隊で早足」

僅か五十騎《き》でも蹄の立てる音はなかなかのものだ。それほど感覚が鋭敏《えいびん》でないゴブリンも聞《き》き逃《のが》すことはないだろう。すぐにでも大群が来ると思ったが特に変化はない。

「林の中はゴブリンまみれかと思ったが案外そうでもないな」

先ほどから何体かがこちらを見つけて慌てて逃げて行くが、村長が言うように何百といるようには思えない。

「はい、妙に静かですね」

「おかしいぞ。鳥も獣《けもの》もいない。まるで土地が死んでるみたいだ」

ピピが不安げな表情を見せる。

シュバルツが他の馬より高いせいで俺の顔に枝が当たり、音に慌ててセリアが抜刀《ばっとう》する。彼《かの》女《じょ》も落ち着かないようだ。

「痛いぞシュバルツ。もっと身を屈《かが》めて歩け。気の利《き》かん馬だ」

シュバルツが無茶《むちゃ》言うなと言いたげにブルンと嘶く。

こいつめ、随分《ずいぶん》長く一緒にいるのに俺への配慮が足りない。

「ところで屋敷《やしき》の馬車馬孕ませたのはお前だろ。妙になついていると思ったら手の早い」

シュバルツの腹を脚で蹴りながら無駄話《むだばなし》をする隙《すき》を狙《ねら》ったつもりだろうか。

「ギィッ！」

汚い鳴き声と共に木の上から黒い塊《かたまり》が降ってくる。斜《なな》めに切った竹の槍を持つゴブリンだ。

「鳴いてくれるのは本当に助かる」

木から跳《と》んで来たそいつを空中で串刺《くしざ》しにしてポイと後方に捨てる。

「ギィー！」

それを合図にしたかのように木の上から次々とゴブリン共が飛び降り、四方から襲いかかってくる。

「隊列そのまま！　速度駆《か》け足《あし》、前方十人隊は前、それ以外の者は交互《こうご》に左右へ対処せよ！」

森での奇襲《きしゅう》ぐらい十分に訓練している。慌てるようなことではない。

襲撃に泡《あわ》を食って停止してしまえば囲まれて不利になるが、馬で移動し続けていればゴブリンの足で包囲するのは不可能だ。

隊の先頭は立ちふさがる奴《やつ》を踏《ふ》み潰しながら移動、隊列の中間にいる兵は左右から寄せてくる奴らを突き伏《ふ》せて行く。

「ざっと百ちょい。溢《あふ》れていると言うにはまだ数が足りないな」

「はい、こいつらは音に気付き慌てて出てきた奴らでしょう。大半は巣にいるはずです」

セリアは言いながらも剣《けん》を振《ふ》るい、ゴブリンの頭を叩《たた》き割《わ》り、腹を裂く。

ピピも襲い来る敵に動じることなく次々に矢を射る。

見た目は可憐《かれん》な美少女達だが、場慣れしているのがはっきりわかる。

「ほいっと」

俺も負けずにゴブリンの頭を槍で刺《さ》し貫《つらぬ》いて持ち上げる。そこに現れたもう一体も同じく串刺し、最後に現れた盾《たて》を持つ少しばかり大きい奴も盾ごと貫き、三つ重ねたゴブ団子が出来た。

「族長様、これだけ数が居ればきっと手ごわいホブゴブリン――なんでもないぞ」

「すごいゴブリンなんているのか。気を付けないといけないな」

族長様はすごいと言ったきり前を向いてしまったピピの台詞《せりふ》をセリアが引《ひ》き継《つ》ぐ。

「多分ですが、槍の一番先に刺さっているのがそれかと」

「こいつかよ。そういや他よりでかいし、防具を持っていたな」

盾ごと貫かれて息絶えている奴を改めて見ると、人と同じぐらいの身長があった。

槍を振って三体とも投げ捨てる。所詮《しょせん》はゴブリンだということだ。

槍騎《やりき》兵達《へいたち》も順当に掃討《そうとう》を続け、こちらの被害はほとんどないまま、ゴブリンの死体が積みあがる。

「ギギッギー！」

いつも襲撃している狩人《かりゅうど》や村人とは違うと感じたのか生き残った個体が逃走《とうそう》を始めた。

「よし追え、巣に逃げ帰《かえ》るぞ」

但し、追い付いてしまわない程度にと付け加える。

これで林の中を捜《さが》し回る手間が省けるというものだ。


「なんて楽にいけると思ったんだがなぁ」

肩《かた》を落とす俺の前に出てきたのは深そうな洞窟《どうくつ》だ。ゴブリン達が逃げ込むのも確認した。

「この林は素直《すなお》に巣を作るには拓《ひら》けすぎていたのでしょうね」

洞窟だと馬は勿論入れないし槍の使い方も難しくなる。おまけにゴブリンの巣なんて尋常でなく臭《くさ》くて汚いに決まっている。

「はぁ……全員馬を下りろ。徒歩で行くぞ」

だが巣を放置して帰っては何の意味も無い。

山のような油でもあったら流し込んでやるのだが、現状では徒歩で踏み込む以外に無い。

「先頭は松明《たいまつ》を持て。槍を構えつつ、飛び込まれたらすぐに剣も抜けるようにしておけ！」

セリアの指示で兵達が次々と洞窟に進入して行く。

「洞窟の中で増えていたから気付かなかったのだろうか」

「かもしれません。見たところ人の手で掘《ほ》られたようには見えません。運悪く天然の大洞窟に居ついたのかと」

運良く理想の豪邸《ごうてい》に行き着いた訳だ。実に忌々《いまいま》しい。

おまけに入ってすぐに横合いから一体が飛び出し、反射的に殴《なぐ》り殺《ころ》したら変な汁がついた。

ゴブリンは不潔で体液も臭い。こんなことならレオポルトに任せれば良かった。

不満ありありで入った洞窟だが深いわりに構造は単純で迷いそうにないのは幸いだった。

入り口から人が二人並べないほど狭《せま》い通路を降りて行くと、地下に円形の大空洞《くうどう》が広がる。

その空洞に隣接《りんせつ》した部屋のように、いくつかの小さな空洞が存在していた。

そして大空洞にお待ちかねの光景が広がっている。

「ざっと五百です。木の無い場所で逆に良かったですね」

セリアも兵もその数にやや圧倒されている。

「ギギーーー!!」「ギイイィ!!」

汚い声が洞窟中に響《ひび》き渡り、飛び散る唾液《だえき》の悪臭《あくしゅう》も併《あわ》せて実に不愉快《ふゆかい》だ。

「族長様、いくらなんでもこれは……多すぎる……」

ピピが弓を構えながら俺の傍によってくる。

「なぁにこれぐらいでちょうどいい」

ここまで来て待っていたのが百体ぽっち、一人二匹ずつ潰しておしまいでした——ではあまりに張り合いがないではないか。

「ピピは後ろに下がって弓で援護《えんご》だ。セリアはピピを守ってやれ」

「しかし、それでは！」

槍を振り上《あ》げる。大空洞の天井《てんじょう》はそれなりに高く天井を擦《す》ることはなさそうだ。

「全力で振り回すから距離を取るのだぞ」

ニヤリ笑って槍を両手で持つと近場の兵が慌《あわ》てて距離を取った。敵に背を見せてまで俺を避《さ》けることはないだろうに。

「一人十体、行け、殲滅《せんめつ》しろ」

俺の号令に兵達は叫《さけ》び声《ごえ》を上げる。

ゴブリン達もそれに合わせて一層大きな鳴き声を上げて衝突《しょうとつ》が始まった。

先頭に立って突っ込んだ俺がまず敵に一太刀《ひとたち》浴びせる。

足元の砂が巻き上がるほど息を噴《ふ》きながら全力のなぎ払《はら》い。

襲いかからんとしていたゴブリンの集団から五体程《ほど》が部品となって飛び散る。その中で大きなサイズの部品は後ろの他のゴブリンを直撃《ちょくげき》して転倒《てんとう》させた。

大勢の仲間が突撃《とつげき》する中での転倒は命取り、原形も留《とど》めないぐらい踏み潰されているだろう。

これは一振《ひとふ》りで十体を達成したかもしれない。

「だがノルマを達成したと休む訳にもいかんよな！」

振り切った槍を巻《ま》き戻《もど》して更《さら》になぎ払い、体ごと回転して全周の敵を吹き飛ばす。

偶然《ぐうぜん》に懐《ふところ》へ飛び込んで来た敵もいたが蹴り飛ばせば動かなくなる。俺が鉄を張ったブーツで蹴ればゴブリンなど当たり所に寄らず致命傷《ちめいしょう》だ。

「ははは、どんどん来るなぁ」

味方から一段飛び出している俺の周りには百体近くが群がっていた。

力も速度も大したことないが少し手が足りない。

「これを使うか」

槍を片手持ちに変え、空いた方の手で腕《うで》を失ってもがいているゴブリンの足を掴《つか》んだ。

少し短いが棍棒《こんぼう》代わりに使えるだろう。壊《こわ》れてしまっても替《か》えはいくらでもあるしな。

投擲《とうてき》された石をゴブリン棍棒で弾《はじ》き、威嚇《いかく》していた一体の脳天を槍で貫く。

三体並んで突《つ》き出《だ》す槍にゴブリン棍棒を叩きつけ、四肢《しし》が千切れて舞《ま》った血を目くらましにして二体の胴《どう》を両断、もう一体は腕だけ落として新しい棍棒にする。

仲間の絶叫《ぜっきょう》に怯《ひる》んだのか一歩引いたホブゴブリンに棍棒を投げつけ、受け止めた所をもろとも槍で刺し貫いた。

槍を振り回し、ゴブリン棍棒を叩きつけ、あるいは小さく汚い顔面に鉄靴《てつぐつ》をめり込ませる。

そして三体目のゴブリン棍棒が千切れ飛んだ所で奴らは正面から来るのをやめた。

「ギッ！」

背後から聞こえる声に反応して身をひねり、突き出される槍を避ける。

先端《せんたん》に石のついた原始的な槍を掴んでへし折ると、醜《みにく》いゴブリンの顔に明らかな恐怖《きょうふ》が浮んだ。案外に知性があるのかもしれないと考えながら、へし折った槍を脳天に突き刺す。

更に飛び掛ってきたゴブリンを避けると躓《つまず》いて前のめりに倒れた。

そいつの頭に足を乗せて周りを見渡《みわた》す。前に出過ぎたせいで兵達《たち》とは離《はな》れて包囲されてしまったらしい。

セリアが心配そうに声を上げているが、こちらは案外楽しく戦っているから心配するな。

それに全体の戦況《せんきょう》も概ね悪くない。

何人かの怪我人が入口通路の方に下げられているが、これだけの数に囲まれているにも関わらず味方は崩《くず》れていない。

ゴブリンは二mを超える槍が並んだ方陣《ほうじん》を攻《せ》めあぐねているようだ。陣《じん》の足元にはかなりの数の死体が積みあがり、このまま耐《た》えていれば敵が減って楽になっていくだろう。

「ぎぃ!!　ぎぃー!!」

「おっと頭に足を乗せたままだった。悪いことをしたな」

体重を乗せて頭蓋骨《ずがいこつ》を踏み砕《くだ》き、周りを見回す。

ゴブリンはしきりに威嚇の声を上げるがもう飛び掛ってはこない。試《ため》しに槍を突き出して二体程《ほどつ》突き殺すも、反撃《はんげき》せずに囲みを広げるだけだった。

ちょうどいいのでセリアの所に戻るとしよう。

「エイギル様！　無茶しないで下さいとあれほど！」

怒《おこ》るセリアの頭を撫でて頬《ほ》っぺたを揉む。

「大丈夫《だいじょうぶ》だ。戦況は？」

別に無茶とも思わなかったし危なくもなかった。

「負傷八。危険な者は二人です」

結構やられたな。だが敵の数と勢いは明らかに減っている。あと一息だ。

「生き残ったら全員に娼婦《しょうふ》を買ってやる。一番多く仕留めた奴には飛び切りの美女三人掛《が》かりで王様遊びをさせてやるぞ！」

『オオッ』と歓声が上がる。

疲《つか》れで下がりつつあった穂先《ほさき》が美女を前にした肉棒のように角度を取《と》り戻して行く。

「前進開始！　押《お》し戻せ！」

『突け』『引け』と号令にあわせて機敏《きびん》に穂先が動き、正面のゴブリンが次々と倒れて行く。

最初の位置より押し込まれていた距離を瞬く間に取り戻し、押し込んでいく。

反対にゴブリン達は数も減り、及《およ》び腰《ごし》になりつつあった。

それでも逃げ散っていないところを見ると、俺達《おれたち》の後ろにあるのが唯一《ゆいいつ》の出口なのだろう。

正面の槍衾《やりぶすま》にまったく手が出ない敵は時折、仲間を踏《ふ》み台《だい》にして陣内《じんない》に飛び込もうとしてくる。

「甘《あま》いです！」

「みえみえだぞ！」

これを空中でセリアのナイフかピピの矢が撃《う》ち落《お》とし、汚い落下物と成り果てる。

既《すで》に戦局は決した。

後は残さず潰していくだけと思われた時……大きな斧が槍衾を叩き、兵達が尻餅《しりもち》をついた。

「遂《つい》にボスがお出ましのようだ。ははは、さすがボスだ。色々でかいじゃないか」

セリアに笑いかけるが彼女は蔑《さげす》んだ目でボスを睨《にら》む。

「卑猥《ひわい》な汚物《おぶつ》めっ！」

ボスの身長は俺《おれ》と同じぐらいか。ゴブリンにしては特大だが、圧倒される大きさではない。

問題は錆《さ》び鉄《てつ》の甲冑を着た奴の股間《こかん》にぶらぶらと大きな一物《いちもつ》が揺《ゆ》れているのだ。

普通《ふつう》のゴブリン達も特に股間を隠しているわけではないので剥《む》き出しと言えばそうなのだが、こいつは明らかにでかかった。

セリアが醜悪《しゅうあく》な光景に耐えかねたのかナイフを投げたが、一本は鎧に阻《はば》まれ、もう一本は斧で弾かれる。

単に一物がでかいだけではなさそうだ。ごり押しすれば兵から死人が出るかもしれない。

「グオォ」

ボスはナイフを投げたセリアを見つめながら舌なめずりして股間を大きくさせる。セリアが犯したくなる良い女なのは事実だがそれは万死《ばんし》に値《あたい》する。

「全員下がっていろ」

俺の女に目をつけたとなれば人でも魔物でも殺す以外に選択肢《せんたくし》はない。

「所詮子供の腕ほどです！　大人の腕ほどあるエイギル様を見せ付けてやってください！」

セリアは叫んだ後で俺の一物を見慣れていると公言したことに気付いて真っ赤になる。

雑魚《ざこ》ゴブリン達は、もう俺に襲《おそ》い掛かる勇気はないようだ。

俺は槍を構えると同時に踏み込む。魔物相手に堂々と名乗りを上げる必要などない。

一息に飛び掛って喉元《のどもと》を突くも、そいつは斧を横にして受け止める。

「ガァァ！　グガァァ！」

続いて胸元《むなもと》、腹と狙うが全《すべ》て斧を合わせてきた。盾も無しに器用なことだ。

醜い外見でやるものだと感心していると、俺がひるんだと思ったのか斧を振り上げる。

「ははは、隙ありと言う訳か」

槍を上げて刃《は》を合わせると、奴は後ろに滑《すべ》って体勢を崩す。

振り回す槍は突きとは比べ物にならない程に力がこもっている。まして俺の槍は奴の大斧よりもずっと重い。力比べをしたのが運の尽《つ》きだな。

間髪《かんはつ》を容《い》れずに二撃、三撃と繰《く》り出す。

ボスはなんとか受け止めるも、その度に後退していく。

全力の四撃目で斧がひしゃげ、同時にボスも膝を付いた。

ボスは咄嗟《とっさ》に腰《こし》につけていた棍棒に持《も》ち替えたが、木製のそれで俺の一撃《いちげき》を防げるはずがない。棍棒は両断され、右手が中程《なかほど》から千切れ飛んだ。

「ガアアァァァァ!!!」

ただでさえ耳障《みみざわ》りな声が特大の悲鳴となって洞窟内《どうくつない》に反響《はんきょう》する。

「ふむ、嬲《なぶ》り殺すのもどうかと思うが」

ゴブリン共の数は未《いま》だ多い。さっさと片付けるには自分達のボスが死んだことを見せつけ、奴らを逃げ惑《まど》うネズミの集団にする必要があった。

千切れた腕を押さえるボスの脳天に全力で槍を振り下ろす。

ドスンと槍が大地を叩く音が鳴った。

少しの静寂《せいじゃく》の後、ボスは縦に割れ、全身の体液と臓物が地面に垂れ落ちて悪臭が漂《ただよ》う。

ボスの後ろにいたゴブリン達は鳴くことも忘れて呆然とその光景を眺《なが》めていた。もはや奴らに戦意がないことは明らかだ。

「残りも潰しておけ」

「全員かかれ！　皆殺しにしろ‼」

セリアの号令で突撃する兵士達と逃げ惑うゴブリン。決着は見るまでもない。

逃げ場《ば》のない地下で鬼《おに》ごっこのように兵士がゴブリンを追いかけ回し、死体に変えて行く。動くゴブリンはすぐにいなくなった。

「ほとんど潰したと思うが一応横の洞窟も確かめておこう。せっかく臭い思いをしたのに半年でまた元通りではつまらないからな」

「はい！　聞いたな、手分けして捜《さが》せ。残っていたら知らせろ」

兵達は数人ごとに小洞窟に飛び込んでいく。

「残敵無し！　ここは食糧庫《しょくりょうこ》？　うぇぇ腐《くさ》って蛆《うじ》が湧いてやがる。そもそも何の肉だ……」

おぞましい物を見た顔で一隊が出て来る。

「こちらも残敵無し。……クソったれ便所じゃねぇか！　鼻が馬鹿《ばか》になって気付かなかった！」

最悪の場所に踏み込んでしまった隊が転がり出て、俺とセリアは笑ってしまった。

残敵無しの報告と臭い汚いの悪態が続く中、破裂《はれつ》したような悲鳴があがる。

「うわぁぁぁぁぁ！　火、火がぁぁぁ！」

「そんなあり得ない！　ゴブリンのくせにぃ！」

兵士二人が火達磨《ひだるま》の姿で大空洞に転がり出て来る。

他の兵士が群がって叩いて火を消したが、二人はかなりの火傷《やけど》を負ってしまった。

「なんで火なんか出た。油壺《あぶらつぼ》でも蹴り壊したか？」

だが兵達は火傷に苦しみながらも奥《おく》を指差す。

「中にゴブリンがっ！　魔《ま》法《ほう》を使うっ！」

魔法を使うゴブリン？　そんな不思議生物いるのだろうか。

セリアとピピを見るが首を振る。

兵達が恐々《きょうきょう》こっちを見る。

「魔《ま》法使《ほうつか》いには良い思い出は無いが……ええい便所に踏み込むよりマシか。邪魔《じゃま》するぞ！」

馬鹿馬鹿《ばかばか》しくも挨拶《あいさつ》しながら横穴に入る……同時に火の玉が飛んで来た。

「そらきた。そうだと思ったよ」

俺は槍の先に突き刺したゴブリンの死骸《しがい》を前に出す。

魔法の火はゴブリンの死骸を燃え上がらせるも何かが当たったような手応《てごた》えはなく、単純に炎《ほのお》だけが飛んで来ているようだ。ならば作戦通りいけるだろう。

入り口から魔法を放ったと思われるゴブリンまでの距離はざっと十m、このまま走りこんでも斬《き》りかかる前に火達磨にされる。

ここは極《きわ》めて汎用性《はんようせい》と補給性に優《すぐ》れた伝統的投射兵器を使うとしよう。

俺は足元に転がる石を掴み、全身に力を込めて投擲《とうてき》する。

石の重さは槍《やり》と同じぐらい。不恰好《ぶかっこう》な石だが当たれば結構な威力《いりょく》があるだろう。

「私の頭より大きい……それはもう石ではなくて岩なのでは？」

セリアの呟《つぶや》きを受けながら石は目標に向かって水平に飛んで行く。

投石を防ごうとゴブリンは両手を前に突き出すが、両手がへし折れる音に続いて頭が割れる鈍《にぶ》い音が響いた。

魔法使いに石投げて倒すなど笑い話だが、実際魔法を唱えるより石を投げる方が早かったのだから仕方ない。

一応生死を確認《かくにん》するが両手両足が不規則に痙攣《けいれん》しており確実な死が見て取れた。

「こんな豪快《ごうかい》にいかなくても私やピピが仕留められましたよ」

もししくじってお前たちの綺麗《きれい》な肌《はだ》が火傷したら大変だろう。

さてこいつは何者だと魔法ゴブリンを蹴り転がすと懐から紙束のようなものが散らばった。

「これは本なのか？　ゴブリンが本を読む？　んな馬鹿な」

「魔法を使う知性あるゴブリン……聞いたことがありません」

考えても仕方ないか。さっさと洞窟を確かめてこの臭い場所から出て行こう。

「こ、これを見てください!!」

兵士の声にまだ何かあるのかと顔をしかめながら洞穴《ほらあな》の一部屋を覗《のぞ》き込む。

それなりに大きな空間――そこには信じられない光景が広がっていた。

「ひどい」

「……」

臭い洞窟の中でも一際《ひときわ》に臭い。文字通り鼻が曲がるような悪臭が漂うそこには、百人では収まらないほどの女達が横たわっていた。

皆《みな》が一糸まとわぬ全裸《ぜんら》であり、先ほどまでの戦闘《せんとう》の音にも反応できないほど憔悴《しょうすい》している。

床中に溜《た》まっている汚液はゴブリン達の精液だろう。直前まで犯されていたのか、半開きの股や口からドロドロと垂れ流している女も少なくなかった。

「全員呼んで来い。助け出すぞ」

兵士達が抱《だ》き起《お》こそうとしても、全身汚液まみれの女達は虚《うつ》ろな目のまま反射的に股を開くだけだった。

「く、臭《く》せぇ……」

「なんて臭いだ」

排泄物《はいせつぶつ》を垂れ流しの上、汚いゴブリンに抱かれ続けた女達は凄惨《せいさん》な有様で、その裸体《らたい》に兵達が情欲を感じる余地はなさそうだった。

「まずは外に運び出せ。十人程度で先発隊を組織、周辺の警戒と……そうだな。小川か池があったら報告しろ」

その時、一人の女が腹を押《お》さえて苦しみ始める。

「痛い！　痛い痛い!!　いやだ……産みたくない！　嫌だよぉぉぉ！」

悲鳴は絶叫から慟哭《どうこく》へと変わる。女は仰《の》け反《ぞ》り、粘着質《ねんちゃくしつ》な音と共にギイギイと聞き慣れた鳴き声が聞こえる。

女はゴブリンの子を産み落としたのだ。

その鳴き声に呼応するように奥の部屋からも同じ鳴き声が聞こえる。

ボロ布で仕切られたそこを覗くと百に届くゴブリンの赤子、そして子供と思われる小さなゴブリンが這《は》い回っていた。

「う、ぐ、おうぇぇぇ！」

兵の一人がたまらず吐《は》き戻す。

これがゴブリンの急速な増殖《ぞうしょく》の答えだったわけだ。

「女達を急いで外に運び出せ。それからこの部屋の前に何か積んで蓋《ふた》をしておけ。女達を外に出したら焼《や》き払う」

俺もこれほど気持ちも胸糞《むなくそ》も悪い光景を見たのは久しぶりだな。

足元を這う小さいゴブリンを部屋の奥に蹴《け》り飛《と》ばし、両肩《りょうかた》に女を担《かつ》いで外に出る。

先ほどまで勝利に浮《う》かれていた兵達も表情が消え、沈黙《ちんもく》したままで淡々《たんたん》と行動していた。

忌々しい洞窟の入り口が煙突《えんとつ》のように大量の煙《けむり》を吐き出すのを、俺は木の切り株に座《すわ》って眺めていた。

洞窟内のあらゆる燃えそうな場所に火が放たれ、内部は火炎地獄《かえんじごく》と化しているだろう。

「しばらく見張っていろ。何も外に出てこないように」

兵士に命じると俺は助け出した女達の所に向かう。彼女達《かのじょたち》は森の香《かお》りと、うっすら指す日の光を浴びて徐々《じょじょ》に理性を取り戻しつつあった。

「どうだ、話せそうか?」

「ほとんどの者は無理です。何人かは不安定ですがなんとか」

だろうな、とセリアに返してから、大丈夫そうと思われる女に声をかける。

「もう大丈夫、ゴブリン共は皆殺《みなごろ》しにした。話はできそうか?」

「……うん、うん、だ、だ、大丈夫。な、なん、なんとか」

娘の顔を濡《ぬ》らしたタオルで顔をぬぐって、流し込むように水を飲ませると女は少しばかり落ち着きを取り戻したようだ。

「ありがとう。もう大丈夫だよ……」

大丈夫には見えないが、話も聞かないといけない。

「うむ、ゆっくりでいいから答えてくれ。お前たちは何故《なぜ》あそこに捕《つか》まっていた?」

「私は……飢饉《ききん》で逃《に》げる途中《とちゅう》に襲われて……男は殺されて……」

ここでも流民か。

「他の女は?」

「わかんないのっ! あそこに連れ込まれてから犯され続けて休む暇《ひま》もなくて! 私……五体もっ! 五体も産んで!」

興奮し始めた女の背中を撫《な》でながら横にする。

気丈《きじょう》に見えた娘がこの調子では聞き出すのは無理だ。まず村に運んで体を休ませよう。

村までそれほど距離はないのだが自力で歩ける女はほとんどおらず、兵が背負って運んだため、帰り着いた時には夜になっていた。


「女達はどうだ？」

「泥《どろ》のように眠《ねむ》っています。心も体も疲れきっていたのかと」

あまりの悪臭に最初は受け入れを渋《しぶ》った村人達だが、俺が一睨みして黙《だま》らせた。

幸い夏場だったので井戸《いど》水《みず》でそのまま洗ったのだが臭いが取れない。この村には無い大量の湯や石鹸《せっけん》が必要になるだろう。

何より女達は体を洗うよりも眠りたかったようで全員が気絶するように寝《ね》てしまったのだ。

「帰り道に小川があったからたっぷり水浴びさせよう。汚《きたな》いだけではなく病気になる」

「そうですね……。数えると百五十人もいました。よくもこれほど集めたものです」

女達から断片的《だんぺんてき》に聞いた所によると彼女達は一度に集められたのではなく、トリエアから俺の領土へ小集団で逃げる途中にゴブリンたちの襲撃《しゅうげき》を受けた女が多いようだ。

「女がゴブリンの繁殖に使われることもあるとは知っています。でも普段《ふだん》は何百も集めることは出来ません。女が護衛なしで大勢移動することなどありませんから」

その大量に集められた女が次々と孕《はら》まされ、ゴブリンたちは一気に数を増やした訳だ。

ゴブリンの子は種付けから一月も経たずに生まれ、赤子も二週間ほどで大人になるそうだ。

百人も母体がいればたちまち千の単位になる。数百で止まっていたのは餌《えさ》不足による共食いと仲間同士の殺し合いだろう。

「既に孕んでいる女もかなりいます。町に連れて行く前になんとかしないといけません」

「先触《さきぶ》れを出して詳《くわ》しい奴を来させよう。町で産んだりしたら彼女達の居場所がなくなる」

「エイギル様は彼女達を連れ帰るつもりですか？」

それしかない。ここに連れて来られたということは一緒《いっしょ》に逃げた男達は殺され、身寄りがないということだ。

「そうですね……仕方ありません」

先ほどの地獄《じごく》を見たからか普段は女を増やすとプリプリ怒るセリアが大人しい。

「なあに、心配はいらん。体調さえ戻れば、心の方が俺が癒《いや》す」

「それが心配なのです！　使うのは下の方でしょう！」

怒るセリア。いつもの調子に戻って来たな。

「族長様、ついに女を百五十人も並べて抱くのか！　ピピも入れて欲《ほ》しい！」

ピピ迄《まで》参戦して途端《とたん》にうるさくなった。

俺はセリアとピピを包むように抱き締《し》める。

「俺の手の届く限り。守ってやるからな」

二人は何も言わず、俺の胸板《むないた》に顔を押し付《つ》けてそのまま眠ってしまった。いや、セリアだけは薄目《うすめ》を開けて何かを期待しているので応《こた》えてやらねばならないだろう。

夜も更《ふ》け切った頃《ころ》、俺はセリアとピピの眠るベッドを抜《ぬ》け出して外の草むらで立小便をする。

「さすがに全裸は冷えるか。何か着て来れば良かった」

寝る前までセリアといちゃついており、深夜なので人目はないだろうと思ったのだが。

まあ用を足したらすぐに戻るし別にいいか。

「外で小便していると昼はトンボ、夜は蛍《ほたる》がとまるんだよな……」

馬鹿な独り言を言いながら、用を終えた時、地を這うように不快な臭いが漂ってくる。

「この臭いは……いかんな」

俺が闇《やみ》に目を凝《こ》らすと数十、いや百以上のゴブリンがひょこひょこと村に近づいてきていた。

生意気にも斥候《せっこう》なのか数体が先行し、建物の窓から中を覗き込んでいる。

警報を発するよりも先に首を傾《かし》げる。

巣を潰《つぶ》したのにこれほど残っていたのか、という部分ではない。ゴブリンは害虫みたいなもの、大方別の場所へ狩《か》りに出ていた一団が戻ってきて巣が潰れているのに気づいたのだろう。

それは良い。むしろ残りも処分できて好都合だ。

問題は何故《なぜ》俺達《おれたち》を追いかけて来たかだ。奴らに他の仲間の復讐《ふくしゅう》をするような気概《きがい》はないし、巣が無くなりリーダーが死ねば共食いの末に散り散りになるのが普通なのだ。

ふと斥候の一体がギイと鳴くと、全員がそちらに駆《か》けだす。

「助け出した女達のいる建物……女を取り戻しに来たのか。生意気な奴らだ」

犯《おか》し放題、孕ませ放題の環境《かんきょう》がさぞ快適だったのだろう。長く巣に囲われていた女達の臭いは酷《ひど》く、追いかけるのは容易《たやす》い。

俺は駆けだすゴブリンを追いかけるように走る。

立小便をしていて良かった。ゴブリンに兵が遅《おく》れを取ることは考えられないが、女を奪《うば》うことだけが目的なら夜陰《やいん》に紛《まぎ》れて攫《さら》われてしまう可能性があった。

「飲み過ぎた麦酒《ばくしゅ》に感謝だな」

ゴブリン達が女の居る建物の扉《とびら》に飛びつき、引き裂《さ》くようにして侵入する。

泥のように眠っていた女達は目を覚ますなり悲痛な叫《さけ》びをあげた。

「え？　ひっ！　ゴ、ゴブ……いや……いやぁぁぁぁぁ!!」

逃げようとする女の両手をゴブリン二体が押さえつけた。醜い顔から涎《よだれ》を垂らし、股《また》の小汚《こぎたな》いモノをそそり勃てる。

「助かったと思ったのに！　もうやだ！　あんな場所に戻るなら死ぬ！」

女は舌を噛《か》もうとするもゴブリンの汚い指を口内に入れられて叶《かな》わず涙《なみだ》を流す。

「ごめんなさい、逃げてごめんなさい……痛いこと、怖《こわ》いことしないで……大人しくするから」

もう一人の女は木製の槍を突きつけられ、泣きながら股を開く。心の底まで恐怖が染《し》みついているのだろう。

パニックを起こして奥へと逃げる女達、だがそちらに出口はなく、扉からはぞくぞくとゴブリンが入って来る。

「やっぱり私達は助からないんだ」

誰《だれ》かが沼《ぬま》に沈《しず》むような声で呟く。

「そうでもないぞ」

言葉と同時に女を押さえつけるゴブリンの後頭部を蹴り飛ばす。皺《しわ》だらけの頭部がひしゃげ、眼球が前に飛び出した。

更に振り返《かえ》ったもう一体の顔面を殴り付けると、顔骨が崩壊《ほうかい》して手首までめり込む。

自由になった女を立たせたところで木製の槍が突き出される。

穂先が両脇腹《わきばら》に食い込み、突き出したゴブリン二体と目が合う。

「ふむ。良く隙を突いたな」

言いながら穂先を掴んで槍を奪う。俺の脇腹にはもちろん穴など空いていない。こいつらの力、それも粗末《そまつ》な木槍では俺の腹筋を貫けないのだ。

奪った槍を呆然《ぼうぜん》とする二体の胸元に突き込む。槍はまるでバターにでも入るように沈み、持ち手部分までめり込む。

俺は泣きながら足を開いていた女を抱《かか》え上げる。

「そそる穴じゃないか。ゴブリンなんぞに見せるのは勿体《もったい》ない。後で俺にたっぷり見せてくれ」

女達の絶望顔に希望が灯《とも》るのを楽しみながら奥へ行けと促《うなが》し、扉の前に仁王《におう》立ちする。

「この騒《さわ》ぎだ。今に兵が起き出して来る。それまで俺がここに立《た》ち塞《ふさ》がれば良いだけだ」

「で、でもたった一人で、それも素手《すで》なんて……」

女が不安そうに言う。同時にゴブリン数体が駆けだし、女達から悲鳴があがった。

もちろん通しはしない。足をかけて倒《たお》れた背中を踏みつける。床板《ゆかいた》が破れてゴブリンはVの字のようになって床《ゆか》にめり込む。

そこにもう一体が跳躍《ちょうやく》して飛び込もうとし、女達が鋭《するど》い悲鳴をあげる。

隙《すき》をついて駆け込んだつもりだろが俺から見れば遅《おそ》すぎる。

腰を落とし、拳《こぶし》をゴブリンの股下《またした》から上へと思い切り振り抜く。垂直にすっ飛んだ汚い体は天井に肩までめり込み、大量の血を滴《したた》らせながらブラブラ揺れた。

「案外素手でもいけるもんだろ？」

振り返って怖がっていた女達に微笑《ほほえ》んでやる。

敵前でそんなことをすれば隙を狙《ねら》って襲ってくるが、予想通りの突きを受け止め、逆に両腕《りょううで》を捩《ね》じ切って胴体《どうたい》ごと外に放《ほう》り返す。

「それに使える物が無くもないぞ」

今度は俺の方から飛び込み、一体の喉元に立てかけてあった箒《ほうき》の柄《がら》を、もう一体の脳天には引っ掴んだ水瓶《みずがめ》を叩き込む。いずれも致命《ちめい》の一撃だ。

ゴブリン共の腰が本格的に引け始め、これで終わりかと気が抜けかけた時、他よりずっと大きな個体がギイと鳴く。

何かの合図だったのだろう。後方で騒いでいたゴブリン共が引きずっていた穴だらけの麻袋《あさぶくろ》が室内に投げ込まれる。

「なんだ一丁前に策でも弄《ろう》して……」

蹴り返してやろうと足を振《ふ》り上げるも直感に従って後ろに飛び退《の》く。

直前まで俺の顔があった空間に黒い物体が飛びついた。細長く鱗《うろこ》に覆《おお》われシューと他に例えようの無い音を立てる生き物は一つしかいない。野宿と旅人の天敵たる蛇《へび》だ。

「ぶ、ブラックギフト……」

一人の女が腰を抜かしながら呟く。

「毒持ちか？」

「猛毒《もうどく》です！　しかも優に二ｍもある……こんなのに噛まれたら熊《くま》でも一分もちません！」

それは厄介《やっかい》だ。しかも袋《ふくろ》からは俺に飛び掛《か》かって来た特大の一匹《ぴき》に続くように五、六十ｃｍサイズの個体がうじゃうじゃと現れ、俺に向けて首をもたげていた。

「まずいな」

下手に動くと横を抜けて女のところに行かれてしまう。毒蛇《どくへび》なら一匹も通せない。

そしてもう一つの重要な問題にも気づく。

「俺は全裸だぞ……条件悪すぎるだろ」

毒蛇相手だと全身急所に等しい。どうしてこうなった。

「そうですよ！　緊急《きんきゅう》事態で指摘《してき》遅《おく》れたけどどうして裸《はだか》なの……って来た！　蛇きた！」

シューと独特の音と共に複数の毒蛇が向かってくる。

「まあ当たれば終わりだが所詮《しょせん》は蛇だ」

あえて動かず、鎌首《かまくび》をもたげて飛び掛かったところを手刀と裏拳《うらけん》で叩《たた》き潰す。さすがに蛇を見るのは初めてじゃない。猛毒でも挙動が読めればどうってことはない。

「でかい奴《やつ》も……」

一際大きい音と共に大蛇《だいじゃ》の方が襲ってくる。こちらは飛びつくというより体を伸《の》ばしての噛み付きだから下手に避けても連撃で来るな。

俺は足元に転がっていた鉄鍋《てつなべ》を掴み、下から大蛇の顎《あご》を打《う》ち据《す》える。小気味よい音が鳴って大蛇の頭が跳《は》ね上がるも致命傷では無い。

「ちと浅かったか」

並の猪《いのしし》程度なら頭を砕いていただろうが、どでかいだけあって頑丈《がんじょう》だ。何より長い体がしなるので打撃《だげき》の勢いが殺される。急所を的確に打たないと仕留められない。

「まあ、動きも速さも今ので見切った。次は捕まえて捩じ切って――」

言い終えることができなかった。

「いやぁぁぁ！　もう限界！　怖い、蛇怖《へびこわ》いぃぃぃぃ！」

「助けてぇ！　守ってぇ！」

「死にたくないよぉ！」

大蛇の攻撃《こうげき》で恐怖が限界を突破《とっぱ》した女達が一斉《いっせい》にしがみついてきたのだ。

泣《な》き叫びながら庇護《ひご》を求め、背中や腰、両足や腕にまで抱き着《つ》かれる。

「おい待て動けん！　せめて足と腕は放せ！」

「「「「びぇぇぇ!!」」」」

声を荒《あら》らげて叫ぶも女達はパニックに陥《おちい》って言うことを聞いてくれない。

まるで拘束具《こうそく》のように全身にしがみ付かれては身動きが取れない。かと言って下がる場所はないし、振り払えば女は床に倒れ込み、毒蛇の餌食《えじき》になってしまう。

なんとか説得しようとするもその前に毒蛇はもちろん混乱を好機と見たのがゴブリン達まで突っ込んでくる。

「ええい！　ここが男の見せ所か！」

俺は全身にしがみ付かれたまま、鉄鍋を振り上げて吠《ほ》える。

震《ふる》える少女を背負いながら飛びつく蛇の群れを撃ち払い、床に落ちたところを踏《ふ》み潰す。

両脚を細身の女に押さえられながらゴブリンの腕を圧《へ》し折《お》り、毒蛇の真ん中へと放り投《な》げる。

胸の大きい女に右手を封《ふう》じられながら、左手に持った鉄鍋で大蛇の毒牙《どくが》と渡《わた》り合《あ》う。

「も、もしかして私達邪魔《たちじゃま》してる？」

「かも……でも怖すぎて離れられない！」

「ならせめて股下から応援《おうえん》しましょう！　がんばれがんばれ！」

仁王立ちする俺の股下に隠《かく》れながら女達が声援《せいえん》を送る。もちろん後ろに下がってくれれば一番良いのだが、黄色い声援は力になる。力にはなるのだが。

「動く度にブルンブルン揺れてるわ。こんなサイズ見たこと……コホン！　がんばれ！」

「しかもすごく臭《くさ》いわ。悪臭《あくしゅう》じゃなくて男の……お、応援しないと！　がんばれぇ！」

「貴女達《あなたたち》どこ応援してるの！　ってこれ膨《ふく》らんできてない⁉」

女達の吐息《といき》と声援をモロに受けて妙《みょう》なところが力を滾《たぎ》らせてしまう。しかも良く考えれば寝《ね》間着《まき》や半裸《はんら》の女達が全身に抱き着いているのだ。

「いかん。戦いにくい」

甲冑《かっちゅう》をつけていれば問題ないのだが、全裸で膨らむと体を動かす度に揺れて気になる。

「あっ蛇に先端を狙われてます！」

女の指摘《してき》で慌《あわ》てて体を捻《ひね》って避《さ》ける。弱点の塊《かたまり》みたいな場所が前に飛び出ているのは大変にまずいぞ。

「やっぱり一旦離《いったんはな》れてくれ。コラつつくな！　息を吹《ふ》きかけるな！」

「「怖いから無理です！」」

お前らわざとやってるんじゃないだろうな。

騒ぎながらも俺はゴブリンを屠《ほふ》り、毒蛇を潰し、大蛇を撃退《げきたい》し続ける。

突入《とつにゅう》から五分程《ほど》経《た》っただろうか。

「何の騒ぎだ！　何、ゴブリン⁉　全員起こせ、武器を持たせろ！」

「村の外周と……中にも入り込んでいるぞ！　松明《たいまつ》を焚《た》け、領主殿《どの》にお知らせしろ！」

「あそこには女達がいる！　救い出せ！　すぐに蹴散《けち》らせ！」

外が一気に騒がしくなる。部下の兵達が異常に気付いたのだ。

「終わりだな」

兵達がやってくればゴブリンなどたちまち蹴散らせる。甲冑と槍があれば毒蛇や大蛇だってなんとでもなる。というか全裸で立ち回っている俺がおかしいのだ。

その安堵《あんど》が一瞬《いっしゅん》の油断に繋《つな》がった。

「危なっ！」

女が叫ぶ。頭を潰して死んでいたはずのゴブリンが半殺しになっていた。

穂先が迫《せま》る。無論、普段なら死《し》に損《ぞこ》ないの一撃など容易く避けられるが、両足に女がしがみつき、下手に避ければ女に刺《さ》さる。

「ぐっ」

腿《もも》に突《つ》き立つ槍、威力は無い。大した怪我《けが》にはならない。だが足が止まってしまった。

飛び掛かって来るゴブリン――問題無い、左の拳で返り討《う》ちだ。

首を狙って飛びつく毒蛇――これも平気だ。右手の甲《こう》で打ち払《はら》う。

腹を目がけて襲い来る大蛇――間に合わない。足も止まって回避《かいひ》できない。

時間がゆっくりと感じる。迫る大蛇の鋭い牙《きば》、滴る毒液まではっきりと見えた。女達《たち》の悲鳴が低くゆっくりと流れ、窓を突き破《やぶ》って来たセリアが伸ばす手も笑えるぐらい遅い。

鈍い手応えと乾《かわ》いた音が鳴り、時間の流れが元に戻《もど》る。

俺は変わらずその場に仁王立ち、頭が割れた大蛇は床をのたうち、やがて動かなくなった。

「……」

沈黙が場を支配する中で、まず口を開いたのは女達だ。

「ね、ねぇ今何で叩いたの？　信じられないものが振り下《お》ろされたような……」

「バシッって……ぶっとくて黒い亀《かめ》さんが蛇の頭をバシッって……あわわわわ」

「と、とりあえず拍手《はくしゅ》！　みんな拍手！」

女達が一斉に俺……正確には俺の股間に向けてパチパチと拍手する。

咄嗟のこととはいえふざけた倒し方をしてしまった。

「ええと襲撃ですよね？　女と蛇を玩具《おもちゃ》にいかがわしい遊びをしていた訳ではないですよね」

セリアが俺に纏《まと》わりつく女達を後ろに放り投げながら呟く。

赤毛の女がハッと何かに気付いたように顔をあげたが今は構っていられない。

「当たり前だろうが。俺をなんだと思っている。……それとお前も全裸なんだな」

セリアも剣《けん》こそ持っていたが何故か全裸に俺のマントだけという素晴《すば》らしい姿だった。

「服が散らばって見つからなかったのです！　そもそもエイギル様が新しい舌技で私をあんなに飛ばすから今まで目が覚めず……本当ならもっと早く駆け付けられたのに！」

セリアは言ってから他の女達の目に気付いて俺の後ろに隠れる。

これでもかと油断した動きを見せる俺達にゴブリン達はにじり寄り……バタバタと倒れた。

「族長様遅れた！」

ゴブリンを屠ったのは正確無比なピピの矢……ってお前も全裸かよ。しかもセリアと違《ちが》ってマントも羽織らず恥《は》じらってもいないので隅《すみ》から隅まで丸見えじゃないか。

「女達は大丈夫《だいじょうぶ》か！」

「領主様もここに居られますか！」

「大将助けに……蛇だぁ！　なんで俺にばっか飛びついて……うわぁぁぁぁ！」

続いて兵士達が飛び込んでくる。もう安心だな。

「遅いです！　襲撃に気付かず寝こけてるなんて……ってどうしてお前らまで裸なんですか！」

兵を怒鳴《どな》ろうと前に出たセリアが再び俺の後ろに隠れる。

駆け付けた兵士達は全員武器こそ持っているもののこれまた全裸だったのだ。

「仲良くなった村娘《むらむすめ》とちょっと……」

「色っぽい未亡人が……その……」

「同僚《どうりょう》と変な雰囲気《ふんいき》になってついその……」

揃《そろ》いも揃ってどうしようもない。まともに鎧《よろい》を着ているのはクリストフだけじゃないか。

「珍《めずら》しくお前に感心したぞ。褒美《ほうび》に甲冑に噛みついた蛇を引《ひ》き剥《は》がしてやろう」

「た、助かった……へへ、俺は常在戦場、いつでも防具は手放さないぜ。代わりに槍と剣を無くしちまったんだが」

この野郎《やろう》、良く見たら防具だけ着て肝心《かんじん》の得物を持ってない。褒《ほ》めて損した。

「もう服はいい。女の味を覚えたゴブリン共は一匹たりとも逃がすな！　行くぞ！」

俺《おれ》はセリアから受け取ったデュアルクレイターを掲《かか》げて外へ飛び出す。全裸の兵士共も後に続く。

俺達《おれたち》は女達のいる建物をがっちりと守りながらゴブリンを追《お》い詰《つ》め狩って行く。

女達は脅《おび》えながらも窓から顔を出してそれを見守る。

「すごいね。裸の男達が躍動《やくどう》してる。振り回《まわ》しながら私達を守ってる」

筋肉が揺《ゆ》れ、汗《あせ》が飛び散り、敵を屠った男の咆哮《ほうこう》が響《ひび》く。

「篝火《かがりび》に照らされた男の裸体……揺れてる……周り中でぶらんぶらん揺れてるよ」

俺のデュアルクレイターが敵を両断し、セリアの剣が華麗《かれい》に喉元を裂いて行く。

「あたし達も脱《ぬ》ごう。きっと今夜は全裸でいなくちゃいけないいんだと思う」

俺と兵士が一斉に振り返り、その隙を突かれて若干劣勢《じゃっかんれっせい》となってしまった。

「お前達さっきからうっさいです！　しょうも無いこと言わずに応援だけしているのです！」

セリアに怒鳴られて女達が声援を送る。

背中に大勢の女から応援を受けて奮起しない男などいない。兵達はそれぞれがまるで英雄《えいゆう》であるかのように奮戦し一方的に敵を屠っていく。

もちろん俺も例外ではなく、鼻息荒く他より二回りは大きい片目のホフゴブリンと相対する。

人間から奪ったのであろう両刃《りょうば》の鉄斧《てつおの》は得体の知れない汁《しる》で滑《すべ》っていた。

何人かの女は見覚えがあるのか悲鳴をあげて蹲《うずくま》る。

「蛇蝎《だかつ》のギジア……村の自警団を皆殺しにした怪物《かいぶつ》！　巣のボスよりも強いかも！」

それは大変だ。大きな応援が必要だぞ。

俺が両手を広げてアピールすると女達もそれに気づく。

「最強の領主様！　がんばってぇ！」

「マッチョな男前領主様最高！」

「巨大《きょだい》ち……じゃなくて領主様いっけー！」

女達に加えて至近距離《きんきょり》からセリアとピピも応援してくれる。

その声援が気に食わなかったのか、片目のホフゴブリンが一声鳴き、斧を腰の高さで横に薙《な》いだ。素早《すばや》い振りは両断ではなく当てを目的とした攻撃だ。

「うむ予想外な攻撃だ。しかも予想よりずっと速い」

斧を得物にするのだからもっと豪快に振り下ろして来ると思っていた。そして他のゴブリンより少しばかり速い程度だと思っていた。十二分に意表を突かれたと言える。

「その上で」

斧が触《ふ》れる直前にデュアルクレイターを振り抜く。澄《す》んだ金属音と共に切断された刃《は》が宙を舞《ま》う。

「この程度の速さなら」

ホフゴブリンの表情が驚愕《きょうがく》に変わるより早く踏み込んでもう一撃《いちげき》。今度は濁《にご》った音と共に汚い緑の腕《うで》が二本宙を舞う。

「見てからでも間に合う。残念だったな」

最後に宙を舞う両刃を掴《つか》み、ようやく驚愕と恐怖《きょうふ》に変わった醜《みにく》い顔に優《やさ》しく落とす。

両腕を失ったホフゴブリンは顔にめり込んだ刃を抜くこともできず、口から大量の泡《あわ》を噴《ふ》きながら痙攣し、やがて動かなくなった。

「残りは雑魚《ざこ》だけだ。適当に掃《はら》っておけ」

恰好《かっこう》良《よ》く決めたつもりだが如何《いかん》せん全裸なのが良くないな。

その時、建物の中から女の叫びが聞こえた。

「一人いない！　ムミミがいないわ！」

俺は即座《そくざ》に周囲を見回す。

ゴブリン共はまだそれなりに残っていたが、いずれもボスがやられて右往左往しているか無意味に鳴いている。女を運んでいる奴はいない。

「ひぎぃぃ！　助けてくれぇ！」

情けない声へ反射的に視線を送るとクリストフが素手で毒蛇と格闘《かくとう》している。それはどうでも良かったがその先、村から一直線に離《はな》れていく影《かげ》が一瞬《いっしゅん》松明《たいまつ》に照らされ、白い肌が浮《う》かぶ。

「ピピ！　セリア！」

セリアが松明片手に短剣《たんけん》を振りかぶり、ピピは矢を番《つが》えるも二人共に首を横に振る。

「私には遠すぎます！」

「暗すぎる！　藪《やぶ》が邪魔で狙えないぞ！」

返事を聞くと同時に動く。

二人を抱え上《あ》げ、クリストフに向けて走る。

「も、もうダメだ！　噛まれる！　死んじまう！」

蛇を掴んで転がり回っているクリストフに向けて跳躍、蛇ごと奴の甲冑を踏み台《だい》にして跳《と》ぶ。

そして空中でセリアとピピを更《さら》に高く放る。

「そこ！」

セリアは空中で体勢を整えながら松明を投げおろす。真《ま》っ暗闇《くらやみ》を光の筋が飛びぬけ……ほんの一瞬、ゴブリンに担がれる少女を照らし出した。

「見えたぞ」

ピピが障害物の邪魔《じゃま》の無い空中から矢を射《い》おろす。

「ギャッ」と短い断末魔《だんまつま》が成功を知らせてくれた。

俺は着地と同時に手を伸ばしてピピを受け止め、セリアは自力で回転しながら器用に着地、そのまま前へと駆ける。

「間一髪《かんいっぱつ》です！」

倒れ込んだ少女に噛みつこうとした毒蛇がセリアのナイフで地面に打ち付けられた。

俺は全《すべ》てを見届けてから宣言する。

「完全勝利だ」

兵からは勝鬨《かちどき》が女達からは歓喜《かんき》の声と安堵の溜息《ためいき》があがる。

ただ踏み台にされたクリストフだけが潰れた毒蛇を抱きしめたまま気絶していたのだった。

ゴブリン共の夜襲《やしゅう》を撃退した後、歩哨《ほしょう》を立て、今度こそ安全になった建物の中に山ほどの食い物と酒を並べた。

食って飲んでの宴会《えんかい》によって夜襲のせいで高まった女達の不安を少しでも打ち消せればと思ったのだが、場の雰囲気はなんだか妙なことになっていた。

「領主様大好き」

艶《つや》っぽい声に視線を送ると二十歳程《はたちほど》の女が頬《ほお》をチロチロ舐《な》めて来る。

セリアが女の襟《えり》を掴んで引きずっていく。

「最強の騎士《きし》様……かっこいい」

十八程《ほど》の少女が伸ばした手を取ると、頬ずりしながらどんどん息が荒くなる。

セリアが少女の腕を掴んで引っ張っていく。

「私の救世主様……」

三十路《みそじ》ほどの女が頭を擦《す》り付けるので撫でてやるとビクンと震えてそのまま倒れてしまった。

セリアが女をどこかに転がしていく。

「全員メスの顔してます……目の中に変なマークが浮かんでます」

セリアが何度引っ張っていってもすぐに這い寄《よ》ってきて潤《うる》んだ目を向けてくる。

「まあせっかく準備したんだから食べようぜ」

俺は遂《つい》に引き剥がしを諦《あきら》めたセリアに苦笑《くしょう》しながら窓の外に目をやる。

そこでは歩哨の兵が室内の宴会を羨《うらや》ましげに……見ている訳でもなかった。

何しろ歩哨の兵にも各々《おのおの》一人か二人の女が寄り添《そ》い、腕を取ったり体を撫でたりとやりたい放題だ。女達には俺や兵士達が自分を助けてくれた勇者に見えているらしい。

「お、おい見張り中だからあんまり触《さわ》られると困るって」

「ふふ、ごめんなさい。じゃあ邪魔にならないよう背中にするね」

前を向いていないといけない歩哨の背中や首に悪戯《いたずら》しまくる者。

「ぷはっ！　よせって、いやキスは嬉《うれ》しいが領主様に見られたらだな」

「貴方大活躍《あなただいかつやく》だったじゃん。きっと大目に見てくれるわ……次は舌入れるね」

満更《まんざら》でもない顔で拒否《きょひ》する兵に強引《ごういん》にキスをしまくる者。

「両側から耳を食《は》むのは止めてくれ！　まっすぐ立てなくなるから！」

「やーん戦いの時はあんなに凄《すご》かったのに可愛《かわい》い！」

二人掛《が》かりで兵士に囁《ささや》きかけ、前屈《まえかが》みになるのを見て笑う者。

「まともな歩哨になってないが……まあ大目に見よう。女の方も楽しそうだしな」

総全裸《ぜんら》で撃退できたのだから武装していれば多少だれていても大丈夫だろ。それにああして兵と女が密着していればこっそり攫われることもなかろう。

「一人楽しそうじゃないのもいますが」

セリアの指す先ではクリストフが三角座りしていた。

「誰か俺にも構ってくれない？　悪戯したりからかったりしてくれない？」

濡れた子犬のような目を女に送るクリストフ。

しかし女達の反応はとても悪い。

「貴方顔《あなた》は凄く良いんだけど全然守ってくれなかったからなぁ」

「ずっと蛇から逃げ回ってたよね。最後は失神してたし……ごめんやっぱり他の人がいい」

がっくりと地に伏《ふ》すクリストフ。哀《あわ》れですとセリアが呟《つぶや》く。

そんなセリアの手を小さな手が引く。

「お姉様。大好き」

最後に連れ去られかけたルミミと言う少女だ。年齢《ねんれい》は十歳《さい》ぐらいだろうか。

ルミミは女達が俺に向けるのと同じ潤んだ目でセリアに擦りつく。女同士ながら保護してくれたセリアに惚《ほ》れてしまったようだ。

「誰が姉ですか」

セリアが軽く突き放《はな》すとルミミはコテンと床に倒れる。そしてそのまま足を開いた。

「優しくしてお姉様……ううん、痛くしても良いです」

「何を言っているんですかこの娘は」

面白《おもしろ》いので口を出さずに見ていよう。

「お姉様の女になりたいです。お姉様のアレを容赦《ようしゃ》なく突っ込んで下さい！」

「生えてないです！　エイギル様も笑って見てないで下さい！」

思わず噴き出《だ》した俺にセリアが抗議《こうぎ》する間も少女は歳不相応のメスの顔で誘《さそ》いをかける。

ちょっと良からぬ妄想《もうそう》でもしてみよう。

「もしセリアに生えていたとする」

「生えてないです！」

セリアの見た目から考えれば当然生えているのも可愛いサイズであるべきだろうが、ここはあえて俺の八割程度の大きさで生やすとしよう。

「なんてこった。可愛いセリアにこんな凶悪《きょうあく》なものがぶら下がっているとは！」

「きっと黒ずんで血管もバキバキ……ゴクリ」

「何想像してるんですか！　そんなに大きくないです！　というかそもそも生えてないです！」

ルミミも俺の妄想に乗って生唾《なまつば》を飲み込みセリアは騒ぐ。

「だがセリアはとても敏感《びんかん》だ。童貞喪失《どうていそうしつ》となれば数秒と持たないだろう」

「特濃《とくのう》がどぴゅーですね！」

「濃《こ》くないです！　そもそもついてないのに出る訳ないです！　童貞《どうてい》ってなんですか！」

俺とルミミは顔を見合わせて続ける。

「これだけのサイズだ。きっと水溜《みずた》まりになるぐらいの量が出るだろう」

「完全に種付けされました。妊娠《にんしん》待ったなしです」

「勝手な妄想で孕むなぁ！　種なんてありません！」

俺はセリアを宥《なだ》めながらルミミの上に乗せる。

「だが俺のセリアが他の女を孕ませるのは複雑な気分だ。なんとか俺も参戦したいところだが二人の間に割り込みまとめて抱《だ》くべきか」

重なった二人をまとめて抱き締める。

「それともセリアにお前を抱かせながら更に後ろからセリアを抱くべきか」

四《よ》つん這《ば》いになった少女をセリアに抱かせ、その後ろから可愛い尻《しり》を掴んでみる。

「わ、私は出来ればお姉様の子を孕みたいので連結型で希望します！」

とうとう限界を迎《むか》えたセリアがルミミを部屋の隅まで転がし、俺の胸板を連打する。

「もう良いです！　私も歩哨に出ます」

ちょっと悪戯し過ぎた。お菓子《かし》と甘《あま》やかしで機嫌《きげん》を取らないといけないな。

「何を座《すわ》っているんですが！　真面目《まじめ》にやりなさい」

外に出たセリアはクリストフを蹴《け》り飛《と》ばす。しかし構ってくれたのが嬉しかったのかクリストフは笑顔《えがお》で立ち上がる。

「うぅ嬢《じょう》ちゃん嬉しいぜ……抱いてくれ！」

「お前もそれを言うか！　生えてない！」

セリアの回転飛び回し蹴《げ》りがクリストフの後頭部に炸裂《さくれつ》するのだった。

「こうしてみれば解決にも見えるが」

俺は建物の隅に目をやる。そこには俺の方に寄って来る女達とは違い、目に絶望を宿した者が固まっていた。

互《たが》いに庇《かば》うように身を寄せ合い、幾人《いくにん》かは大きくなった腹を隠すように体を丸めている。

彼女達《かのじょたち》にはまだまだ救いが必要だ。

「全員しっかり助けてやらないとな」


それから数日後。

カラカラと軽い音を立てて荷馬車の群れが進む。

救い出した女達の治療《ちりょう》のためにいったんラーフェンまで連れて帰る必要があったのだが、さすがに疲労《ひろう》した体のまま遠路歩けとは言えないので荷馬車を迎えによこさせたのだ。

「皆《みな》、随分《ずいぶん》と落ち着いています。夜襲撃退《やしゅうげきたい》が大きかったですね」

「あれ以来、視線が心地好《ここちよ》いな」

集団を率いていたホブゴブリンを叩き斬《き》った時の俺を見る女の目はまるで救世主を見るようだった。何人かの女は無意識に股に手をやってさえいたのだ。

当初は口も利《き》かずただ震えるだけだった女達も今は積極的に話しかけて来る。

「私達、時間もわからなくなるぐらい長く囚《とら》われてましたから……体も淫《みだ》らにされてしまって」

「領主様、凄く格好良かったです。それに兵士の方々も信じられない程の男前揃いで……」

「男前？」

セリアが首をひねる。

俺が連れた部隊は別に美顔を集めている訳ではない。それなりに見られる顔の奴もいれば豚《ぶた》と良い勝負するだろうド不細工もいる。

だがゴブリンは魔物《まもの》の中でも最上級に醜悪《しゅうあく》で汚《きたな》らしい。そんな奴等《やつら》の相手を長くさせられていた女達からすれば人間であれば大抵《たいてい》の男は美しく見えてしまうらしい。

ちなみに兵士達には女に手を出すなと厳命していた。犯されまくって心が壊《こわ》れかけているだろうからとの配慮《はいりょ》だったのだが余計なお世話になりつつある。

「お前達にはまず町の外で治療を受けてもらう。体調が悪かったら遠慮《えんりょ》なく言え」

元気に返事をする者もいれば、まだ活力が戻らずに頷《うなず》くだけの者もいる。

ともあれ女が百五十人も並べば壮観《そうかん》だ。しかも子の産める適齢《てきれい》期の女ばかりなので一帯に女の匂《にお》いが漂《ただよ》っている。

「……ちらちら」

「……うっとり」

しかも女達のほとんどが彼女達を助け守った俺達に色っぽい目を向けてくるのだ。

もう襲《おそ》っても良いのではないかと思い始めた時、ラーフェン近くの平地に張られた天幕の群れが見えてくる。女達の治療用に設けさせた場所だった。

「女を天幕の中に運んでやれ！　尻ぐらいは触ってもいいが丁重《ていちょう》に扱《あつか》えよ」

兵士達が次々と荷馬車から女を降ろし、抱き上げて運んで行く。

水樽《たる》や物資を持たせれば文句ばかり垂れる兵士達だが、それ以上に重い女体運搬《にょたいうんぱん》にまったく文句が出ない。

「落としたら大変だからがっちりしがみつけ。そう胸を押《お》し当《あ》てて足を絡《から》めるように！」

女の方も、もう歩けない者はいないはずだが、頬を赤らめて身を任せている。

「不安定で怖いわ……もっとお尻をぎゅって持ってぇ……」

運んでいる最中に唇《くちびる》を合わせていた男女も居たが見ない振りをしておこう。


後日。

「御領主《ごりようしゆ》様、女達の治療が完了致《かんりよういた》しました」

自宅に戻った俺に報告に来たのはラーフェンの医師長をしている老人――この町に最初に連れて来た医者だ。

人口が爆発的《ばくはつてき》に増えたラーフェンにはそれなりの数の医者がいる。彼《かれ》らをまとめ上げ、俺と医者達の橋渡《はしわた》しをするのがこいつの仕事だ。

ちなみに今回の治療は女達の人数が多いこともあって複数の医師が専属であたっている。

「治療内容に付きましては薬と、その腹の……」

言わなくていいと手で遮《さえぎ》る。

「女達にも名誉《めいよ》があるから詳細《しようさい》は要《い》らん。もうゴブリン共の影はないのかそれだけでいい」

「わかりました。もう女達は普通《ふつう》の女性として生活できます。但《ただ》し一部の者は心の問題を抱えております。これは医者だけではどうにも出来ません」

「それは俺が考えている。ご苦労だった。下がって良いぞ」

医者長は一礼して退室する。

では向かうとしようか。

部屋の外ではセリアが俺の出てくるのを待っていた。

「エイギル様、先のゴブリン討伐《とうばつ》に参加した兵は門の前に集めさせておりますが、今更彼《いまさらかれ》らに何の用があるのでしょうか？」

「うむ、あの戦いに参加した男達が必要なのだ」

他の者に代わりはできない。

「では私も一緒《いっしょ》に参ります」

「ダメだ。お前は屋敷《やしき》にいてくれ。ピピも来ないように構ってやってくれ」

セリアはショボンと情け無い顔になる。だが今日はだめだ、教育に良くない。

そして俺は女達の下を訪《おとず》れ、今後の予定を説明する。

「というわけで明日には全員をラーフェンへ連れて行く。しばらくの生活は見てやるから家族を探すなり新しい生き方を見つけるなりすればいい」

「そして……」と付け加える。ここからが本題だ。

「つらい過去を忘れ、心の傷を癒《いや》すには男に抱かれるのが一番いいと思うのだ。ここにはお前達を助け出した兵達が揃っている。一つ皆でまとめて抱かれてみないか？」

女達だけで無く、何も伝えずに召集《しょうしゅう》した兵士達も驚《おどろ》いた顔をする。

だが表情と視線以外は誰《だれ》も動かない。これは虚《むな》しい結果に終わるだろうか。

「あの、私兵士の皆さんに抱いて欲《ほ》しい……です」

大人しそうな外見の女が恐《おそ》る恐る手を上げて言う。

「私も人間の男を思い出させて欲しい」

三十路ほどの妙齢《みょうれい》女性が手を上げる。

「皆さん美形だし……抱いて貰えれば嬉しいです」

セリアと同じぐらいの娘が手を上げた。

何人かが手を上げて抵抗《ていこう》がなくなったのか、一斉に手が上がり始める。女達には心と体の癒しを、同時に兵士達には戦勝の褒美にする計画はうまくいった。


何の変哲《へんてつ》もない焚火《たきび》の揺れさえ怪《あや》しく見える中、そこら中で男女が絡み合っていた。

催《もよお》しに参加した女は百人と少し。亡《な》くした男に操《みさお》を立てる者や、つらい境遇《きょうぐう》の中で女同士の愛が生まれてしまった者には食べ物と酒だけを与《あた》えて一足先にラーフェンへ向かわせた。

ここにいるのは男の腕の中に入り、男を股《また》の中に入れたい女だけなのだ。

「ゴブリンなんかじゃない人間の男、最高よぉ……」

やや年増《としま》の女が筋肉質な男に跨《またが》って嬉しそうに腰《こし》を振る。下になった男も大きな乳に興奮したのか腰を掴んで猛然《もうぜん》と動き、やがて二人は抱き合って絶頂の呻《うめ》きを上げる。

その横では若い上に男好きするいやらしい体の女が男を求める。当然のように男は群がり、口と性器に尻穴、三本の肉棒を入れられ揺さぶられていた。さすがにやり過ぎなのでやめさせようかと考えるも、口から肉棒が抜《ぬ》けた途端《とたん》に女の嬌声《きょうせい》が上がる。

「良い男が三人がかりで抱いてくれるなんて素敵《すてき》！　もっと遠慮なく動いて好き放題にしていいよ。体中の穴に入れて……私を守ってくれた頼《たの》もしい精をぶっかけて！」

淫語《いんご》に奮起した男達が一斉に覆いかぶさり、女は歓喜の声をあげながら全て受け入れる。

これでは止める理由がない。

更にその横では男女二人が青い言葉をかけあっている。

「本当にさ。その俺でいいのか？」

「貴方こそ私みたいな女でいいの？」

向かい合って座る男女が遠慮がちに手を絡めながら囁き合っている。

「いいも何も、あんたみたいな美しい娘がどうして俺に？」

男の兵士の方には見覚えがある。戦いでは勇敢《ゆうかん》でなかなか腕も立つが、外見は豚と人間の混血にも見える程のド不細工だ。どう考えても女に好かれる顔ではない。

一方、女の方はまだ大人になりきっていない年で胸も尻も小ぶりだが、顔立ちは整い数年後美女になるのは間違《まちが》いない。普段《ふだん》なら残念ながら男が相手にされる可能性は無い。

「私なんて胸もお尻も小さいし、何より汚《よご》れて……」

男が傷だらけの太い腕で細い女体《にょたい》を抱き締《し》める。少女の自虐《じぎゃく》が止まった。

「好き……滅茶苦茶《めちゃくちゃ》にして」

「う、うおぉぉぉ!!」

男が興奮して飛び掛《か》かる。町の娼婦《しょうふ》にやってもビンタを食《く》らうだろう乱暴な挿入《そうにゅう》だ。

「きゃあっ！　もう、赤ちゃんみたい」

だが少女は脅えることもなく受け止め、男の顔に手を添える。

「美形ですね」

不細工男は初めて言われたであろう言葉に理性を飛ばしてしまい、猛然と腰を振《ふ》っている。

「俺でいいのか⁉　ならっ俺の妻になってくれるか⁉」

色々飛ばしすぎだが、少女の答えはなんとイエスだった。

「あぐっ！　うんっいいよ！　もらってくれるなら、あなたの妻になる！　お嫁《よめ》さんにして！」

「うおおおおおお‼」

男は少女を軍で鍛《きた》えた腕力《わんりょく》で持ち上げ一番奥《おく》を突き上げている。

傍目《はため》には完全に強姦《ごうかん》だが、少女は男の頭を抱いてキスを繰《く》り返《かえ》していた。正に美女と野獣《やじゅう》、たっぷりと楽しんでくれ。

しかしあの二人、町に入って他の男を見た時が心配だ。この展開からやっぱり他の男が良いと言われたらあの兵士はきっと立ち直れない。

おっと人の行為《こうい》ばかり見ていても仕方ない。

俺も誰かにお相手願おうと表に出ると、まだ服を着たままの女二人が両手を掴んできた。

「領主様いた～」

「こっちこっち」

女に手を引かれるままに一際《ひときわ》大きな天幕に導かれる。確か女達の治療が行われていた場所だ。

天幕の入り口を押し上げた途端、むんむんとした熱気を感じる。

夏とはいえ日も陰《かげ》りつつある夕刻と思えない蒸《む》し暑《あつ》さだ。

「「「わぁいらっしゃい」」」

「「「領主様だぁ」」」

「「「よろしくお願いします」」」

それもそのはず、天幕の中にはなんと三十人もの女が詰まっていたのだ。迎えに来た女以外は全員が全裸でうっすらと汗が滲《にじ》んでいる。

「これはまた美女が大漁だ」

美女と讃《たた》えると女達は黄色い歓声《かんせい》をあげた。

「兵士さん達も嫌《いや》じゃないけど私達は領主様に抱かれたかったからここで待ってたの」

「領主様、本当に格好良かったたぁ」

「美形で強くて……そのうえ女に優しいなんて惚れないのは無理よ」

美形の部分には疑問符《ぎもんふ》がつく。

自分で別に不細工だとは思っていないが、美しい顔をしているとも思わない。美形だと言ってくれるのはセリアだけで、色眼鏡がかかっているからそのまま受け取れないのだ。

女達は助け出してからほとんど人に合わずにここで治療していたので、男の顔査定が未だ混乱しているようだ。

同じ抱かれるなら美形に抱かれていると思った方が癒しにもなるか。

「領主様にしか抱かれたくない女で集まったのですけどこんなに沢山《たくさん》になってしまって……ええと、大丈夫でしょうか？」

「当たり前だ。女が多いと怖《お》じる腰抜《こしぬ》けに見えるか？」

女が言い終わる前に断言する。

歓声を上げて女達が群がってくる。瞬《また》く間《たま》に服は剥ぎ取《と》られ、何人もの女に押されて仰向《あおむ》けに倒《たお》される。まるで女雪崩《なだれ》のようだ。

奪《うば》い合《あ》いように唇へキスの乱れ打ち、あぶれてしまった者は首筋や顔に吸い付く。

そして下半身の方でも最後の一枚が剥ぎ取られた。

「ひえっ！　大きい!!」

「まだ柔《やわ》らかいのにこんなに太いよぉ……勃っちゃったらどうなるの？」

「オスの匂い……私達に乱暴しない優しいオスの香《かお》り……」

女達は救出した時と大違《おおちが》いの明るい声と雰囲気で盛り上がり、まるで玩具のように俺の肉棒をつつきまわしている。

やはり女は明るく淫らなのが良いな。

「早く舐めておっきくしよう」

「いっぱいいるから舐める場所がないー」

「私……お尻の穴が舐めたい」

さすがに股間に群がりすぎて場所がないようだ。

「遠慮なく体でも顔でも乗って来い。お前達ぐらい重くもない」

「領主様むっきむきですもんね。では失礼して」

二つの尻が左右の胸板《むないた》に乗る。女二人は互いにキスをしてから俺に微笑《ほほえ》みかけ、そのまま体を倒して男根に口を寄せた。もちろん俺から見れば二つの尻間が大開帳だ。

「おお絶景だ。でか尻と小尻《こじり》……」

言いながら撫《な》で擦《さす》ると大きな尻が勝《か》ち誇《ほこ》って揺れ、小さな尻は恥ずかしげに縮こまる。

「つるつるの股と……結構な剛毛《ごうもう》だな」

でか尻の持ち主が跳《は》ね上がる。

「わぁぁ！　処理してなかったぁ！」

俺はでか尻を撫で回して笑う。

見れば俺の肉棒には全方向から重なり合うように女達が群がって十枚もの舌が這《は》っている。先と竿《さお》は勿論《もちろん》のこと、玉や内股《うちまた》から肛門《こうもん》近くにまで舌が這い吸引されて唾液《だえき》を塗《ぬ》りつけられる。

「あん、先っちょは次私がするぅ……」

「どんどん大きくなって来た。竿にもう一人いけそうよ」

「えっと……お尻の穴に舌を入れてもいいですか？」

十の口が立てる水音は凄《すさ》まじい。しかしまだ半分以上の女はあぶれている。

「私達《たち》もしたいよ！」

「もう貴女《あなた》の上に乗っちゃう」

「ぎゃあ！　重いってば」

業《ごう》を煮《に》やした待機組が突撃《とつげき》を開始、女体の上に女体が乗り、舐めようとする舌が女同士で絡み合い、男根は先端《せんたん》から根元まで唾液に塗《まみ》れ、右へ左へ前へ後ろへと引っ張られる。

這い回る無数の舌による快感、絶え間なく続く女達の吐息《といき》と短い喘《あえ》ぎ、そして女達の発情を知らせる淫臭《いんしゅう》が俺の脳と男根を焼く。

体中の血が男根に集まる。一つ脈打つごとに大きさが増していく。

「ま、丸太みたいになっちゃった……」

「ゴブリンの小枝みたいなのとは比べ物にならないわ」

「やっぱり恰好良くて強い男は大きいのね！」

「強い男だから大きいのか、大きいから強い男なのか……」

女達は最高潮に達した俺の男根を褒め立《た》てながら撫でる。

そこで遂に限界となった女がいた。

「だめっ!!　我慢《がまん》できない」

先端を舐めていた女が叫《さけ》び、他の女を押し退《の》けて男根を自分の穴に宛《あて》がった。

だが不満の声が上がる中、いざ挿入の体勢のままで停止する。

「お、大きすぎて入らない。サイズ的に無理……」

だが他の女達にその言葉は届かない。

「やるなら早くしてよ！　私達だってしたいんだから」

「抜け駆《が》けしといて焦《じ》らすな！　みんな押し込んじゃえ」

「待って！　そうじゃないの！　大きさが……ぎゃあああ！」

抜け駆け女は四人に太ももを掴まれて強引に腰を落とされる。

入口で止まっていた男根が湿《しめ》った音を立てて根元まで一気に入り込む。

「ひぎっ！」

サイズ違《ちが》いの入り口を突破《とっぱ》し、襞《ひだ》を押し広《ひろ》げながら突破し、最奥《さいおう》にぶち当たるも勢い余って
その奥にまで頭を突っ込む。

「これ……だめ……子宮まで入った……ひぃぃぃぃ……」

だが仰《の》け反《ぞ》って震《ふる》える女に構わず、周りの女は背中や太ももを掴んで動かし続ける。

「おいおい、せっかく楽しもうとしてるのにそんな強引にするなよ」

俺は転がって体位を正常位に変えて女を守るよう覆《おお》いかぶさる。

「ほら、ゆっくり味わえ。入ってるのがわかるだろう」

「大きすぎて裂《さ》けそうですぅ」

女は涙目《なみだ》で鼻水を垂らしながら盛り上がった自分の下腹部を撫でる。

「耐《た》えられないか？　抜くか？」

女は首を千切れんばかりに横に振る。

「このまま動いて下さい。裂けてもいいから……あと出来ればキスも――んむっ！」

キスをしながらゆっくりと動く。狂騒《きょうそう》のような水音とは違った規則的な粘着音《ねんちゃく》と腰の当たる

肉の音が鳴る。

腰を突《つ》き出すのに二秒、根元まで入って一秒止まり、三秒かけて抜く。それを繰り返す。

「独《ひと》り占《じ》めされちゃった。見てあの腰使い。すごい巨根なのに乱暴攻《ぜ》めしないわ」

「キスしながらぬるんぬるんぬるんって気持ち良さそう……待ちきれない」

「順番を待ちましょ。領主様ならきっと全員に入れて下さるわ」

「えっと……お尻の穴を舐め回《まわ》してもいいでしょうか？」

全方位を女に囲まれながら腰を振るのは一対一とはまた違う興奮がある。などと考えた拍子《ひょうし》に男根がまた一段大きくなった。

その一段で限界を超《こ》えたのだろう。組《く》み敷《し》いた女の痙攣《けいれん》が始まる。

「ううっ！　も、もうイきます！　私だけごめんなさい！」

「いいさ。腕の中でいけ」

包み込むように抱き締めて最後にズンと強く突く。

女は声を上げずに足だけをぴんと高く伸《の》ばし、二度三度と俺《おれ》の下で跳ねてから脱力《だつりょく》した。

顔を確かめると舌をだらりと垂らして幸せそうな顔で失神していた。

「良かったぞ。さて彼女《かのじょ》をどこかに寝《ね》かせてやってくれ」

失神した女から肉棒を引《ひ》き抜き、あぐらをかいて座る。射精していないので一物《いちもつ》はますます硬《かた》く大きく、血管を浮《う》き上がらせて脈打っている。

「次は誰が来る？」

「「はい！」」

男根に乗ろうと沢山の尻が押し寄せて来る。

これは長期戦、まだまだ激戦はここからだ。

六時間後。

「で、出たぁ！　熱い精が私の中に……ひぃぃぃぃ！」

正常位で腰を思い切り叩《たた》きつけ射精する。女は両足で俺を挟《はさ》んで精液を受け止め、必死にキスをねだりながら意識を失う。

これで十、いや十一人目だったかな？

男根を引き抜くと順番待ちの三人が舌で綺《き》麗《れい》にしていく。

「お尻……あぁお尻……」

そしてもう一人はこれでもかと尻を舐めてくる。この女は最初からずっと肛門を舐めている気がする。延々なめられたせいで変な気分になってきたぞ。

「次はお前にしようか、体位は何がいい？」

「後ろからお願いしたいです。犯《おか》すみたいに激しく」

任せておけ。腰を抜いてやる。

俺は四つん這いになった女の腰を掴む。

「領主様大丈夫《だいじょうぶ》なんですか？　もう何時間も腰振《こしふ》りっぱなしですけど」

これぐらいなら普段から家の女相手にやっている。むしろまだ足りないぐらいだ。

女達が顔を見合わせ、恐れとも興奮ともわからない吐息を漏《も》らす。

「とんでもない人お誘いしちゃった」

「滅茶苦茶にされちゃうね」

冗談《じょうだん》めかして笑い合う女達の声を聞きながら猛然と腰を使う。

乱暴を望んだ女は飛沫《しぶき》のような潮を撒《ま》きながら絶叫《ぜっきょう》、僅《わず》か数分で絶頂した。

更に六時間後。

「覚悟《かくご》はいいな……いけ」

後ろから抱き上げ貫《つらぬ》いていた女を落とし、同時に腰も突き上げる。

「ひっひぃぃぃぃぃ！」

女は俺の肩《かた》に頭を乗せ、股から噴水《ふんすい》のように潮を撒いた。

透明《とうめい》な潮が濁《にご》った愛液へ、次いで俺の種汁《たねじる》へと変わる。

女はあうあう呟きながら舌で虚空《こくう》を舐めているがもう意識はないだろう。

「これで二十五人目だ。全員いけそうだな」

さすがに肉棒の硬さも失われてきたが残る女には巨乳が多い。顔を埋《う》めれば復活する。

「ば、ばけものを呼び寄せてしまった……」

「きっと頭から足の先まで種汁が詰《つ》まっているのよ……」

まだ気を失っていない女達が抱き合って震える。

「失礼な」

俺は水差しの水を飲み干してから残る女に圧し掛《か》かる。

暑さのせいで全身汗《あせ》まみれだが、その香りも今は性欲をそそるスパイスでしかない。

そして残る四人の女も次々と絶頂して床《ゆか》に倒れ込んでいった。

「さて残るはお前一人なのだが」

「ふぁい」

俺は尻に取り付いて尻を舐めていた女に向き直る。彼女は最初から俺の尻穴ばかり舐めていたので顔も見ていなかった。

俺は正面から女の肩を抱き、全身を観察する。

燃えるような赤い髪《かみ》の女は背が小さく胸もなく尻も小さい寸胴《ずんどう》だ。一方で汁を太ももに垂らしているところを見るに子どもではなさそうだ。

その娘《むすめ》は小さな声で囁くように言う。

「私……実は……お願いが……」

「尻に入れて欲しいんだろう?」

小さく途切《とぎ》れ途切れの声に笑って返す。

「え、えと……どうして?」

延々尻の穴を舐められれば気付く。それに舐めながら時々自分の尻穴に指を入れていたじゃないか。どれだけ尻が好きなのだ。

「……では……お願い……します……」

ぼそぼそと小さい声で良く聞き取れないが仕草から挿入を望んでいるとわかった。とはいえ、この小さい体で肛門性交となると相当に濡《ぬ》らさないと裂けてしまわないか。

「大丈夫……です……えい」

女が自分の尻の穴に指に入れて大きく広げた。そこは前の穴よりも遥《はる》かに大きく、尻から臓《ぞう》腑《ふ》が見える程に広がっていた。

「ゴブリン共にやられたのか？」

女は子どもでなくとも二十歳《はたち》に届かないのは明らかだ。その歳でこれは並の開発具合ではない。拷問《ごうもん》まがいの交尾《こうび》を強《し》いられた結果だと想像してしまう。

「自分で、です……趣味《しゅみ》……なんです」

「……そうか」

もはや何も言うまい。肉棒を添えて一気に尻の穴を犯す。

彼女の小さな尻穴は俺の巨根で軋《きし》む……こともなくズルンと一気に入った。

「なんて尻だ。奥まで楽に入ったぞ」

女の尻穴は柔らかく、行き止まりなどないように俺の巨根をどこまでも飲み込んで行く。そして遂《つい》に根元まで入ってしまうと女は無言のまま体を震わせていた。

「お、おご……あ……あぁ、あぁぁぁ」

しまった。楽に入るからとやりすぎたか。

「おい、大丈夫か？」

「ぁぁぁぁぁっ！　でっかぁぁぁぁぁぁぃ!!　ケツいいよ、ケツゥ！　待ってた！　こんな極太《ごくぶと》チ〇ポをケツ穴にハメるの待ってた！　あぁっ腸まで届くっ！　おっほぉぉぉぉぉ!!」

大人しいぼそぼそ声はどこへやら。赤髪の娘は戦場の雄叫《おたけ》びのような音量で叫びまくる。

いつの間にか上に乗った彼女は座ったまま全身で跳ねて尻の中をごりごりこする。凄まじい腰振りに肉棒が削《けず》られるかと思うほどだ。

性交の声とは思えない大絶叫に意識を飛ばしていた女達が起きてきた。

「おがぁぁ!!　ぶっといチ〇ポで尻穴広がる！　長すぎて口からでるぅぅぅ！　最高ぉぉよぉお！　巨根で尻穴ほじくられるのたまらなぁぃ!!」

「なによこれ」

「俺も聞きたい」

次々と起きて来る女達と顔を合わせるが、娘の腰振りと雄叫びは止まらない。

結局この尻穴女は延々腰を振り続け、二度精を絞《しぼ》った所で失神した。

「ふ、ふひぃ……」

俺は倒れ込んだ女から目を逸《そ》らしてやる。これは男が見てやるべき表情ではないからだ。

腸内を傷つけないように男根を抜いて天幕を出る。既《すで》に明け方となっていた。

「ふー。あっついな」

入り口を開くなり音が聞こえそうな勢いで空気が入《い》れ替《か》わる。

明け方の涼《すず》しい気温もあって冬のようにも感じる。

起きて来た女達も全裸《ぜんら》のまま後に続いた。

「今日はとても楽しかったです。贅沢《ぜいたく》を言うならもう一回戦して欲しいけれど」

「体力はもつが時間がな」

セリアには朝に戻《もど》ると言ってある。彼女が寝坊《ねぼう》などするはずなく、今頃《いまごろ》は起きて俺を待っているだろう。

日が昇《のぼ》りきっても帰らなければ絶対に捜しに来る。

女三十人と乱交していた光景を見せたら卒倒《そっとう》してしまうかもしれない。

「じゃあこういうのはどうです？」

女達三十人、正確には尻穴中毒の一人を除いた全員が野外で膝《ひざ》を突き尻を向ける。

「お好きな尻を味わってください」

「荒《あら》くしていいですよ」

「無茶苦茶《むちゃくちゃ》に突いて日が昇りきる前に私達を失神させて下さいね」

ここまで言われたら引き下がれない。たとえセリアを卒倒させることになろうとも。

穿《は》いたばかりのズボンを降ろして肉棒を露出《ろしゅつ》させ、気に入った尻を両手で掴《つか》む。

周りでは兵士と彼らの抱かれていた女達が起き始めている。

「領主様が野外でやってるぜ。てか夜通しやってたのか……」

「何人並んでんだよ！　全員まとめて犯《や》るのか？」

「うおぉぉっ！　領主様のでけえ！　なんだよあれ、別の生き物だろ！」

見られるのは趣味ではないが今更《いまさら》止まらない、何より外でやるのは涼しくていい。躊躇《ちゅうちょ》せずに尻を抱《かか》えて肉棒を叩き込む。

「あの極太で貫かれりゃ女はたまらんよな」

「長さもこんなにあるわ。あたしの入り口からだと……ひぇっ胸まで来ちゃう！」

俺の行為を肴《さかな》に兵と女が盛り上がっている。

「うちの女房《にょうぼう》に見せたら一発で寝取《ねと》られちまいそうだ」

「ちょっと女房って何よ！　さっき私と恋人《こいびと》になるって約束したのに！」

修羅場《しゅらば》になるペアもいるが俺は知らんぞ。

なんとかセリアが来るまでに全員を昇らせてやらないとな。

「……」

「おうセリア。もう迎えにきてくれたのか。じゃあ家に戻ろうか」

「……」

「さっさと帰れば朝食にも間に合うな。バターたっぷりのパンを山ほど食いたい」

「……」

「ピピは大人しかったか？　あいつは甘いジャムが好物だから食わせると大人しくなるぞ」

「あの」

セリアが呟《つぶや》く。視線が痛いが気付かないふりをする。こういうのは認めたら負けだ。

「なんだい？　俺の愛《いと》しいセリア」

「地面が汁まみれなんですけど」

俺は一瞥《いちべつ》だけして大したことではないと笑う。

「そういう日もある」

「天幕を片付けるの私なんですけど。どうせ中も汁まみれ、隠《かく》しても無駄《むだ》なんですけど」

そこで天幕から女の上半身がにょっきり突き出《で》て来た。

「ケツぅ……領主様ぁ……極太をもっとくださぁい……」

「こらっアリス黙《だま》りなさい！　今はだめって言われたでしょ！」

他の女達の手が彼女を引き戻して天幕が閉じられる。

危ないところだったとセリアに向き直る。

「クレアに頼んで珍《めずら》しいお菓子《かし》取り寄せてやるからな」

「とびっきり甘《あま》いのをお願いします。でもこの乱行は皆さんに言います」

買収工作は失敗、助走をつけたノンナの飛び頭突《ずつ》きを喰《く》らう羽目になってしまったのだった。

第四章　予定された開戦

「今年の秋だ」

「そうですか」

これだけで意味が通じる。

俺と話しているのは中央軍最高司令官かつゴルドニア王国伯爵《はくしゃく》——つまりエイリヒだ。

普段王都から出てこない奴《やつ》もやっと自分の領地を見に来る気になったらしく、ついでに俺の所にも立ち寄ったのだ。

そして交《か》わされた言葉は秋の開戦を意味していた。

「やはり収獲《しゅうかく》の時期を狙《ねら》ってですか?」

中央軍をはじめ、ゴルドニア王軍は常備軍がほとんどを占《し》める。

一方でトリエアは徴兵《ちょうへい》された農民が多く収獲の時期となればそれだけで不利となるだろう。

「それもあるが、一番の理由は周辺国の動きだな。収穫期《しゅうかくき》に衝突《しょうとつ》となれば彼らもトリエアに与《くみ》して迅速《じんそく》に行動を起こす訳にはいかなくなる。その間に一気に勝負をつけるのだ」

ゴルドニアとトリエアの他、中央平原北部には国境を陸で接するユレスト連合、大河を隔《へだ》てマグラード公国とストゥーラ共和国がある。いずれも単独ではゴルドニアの敵ではないが、トリエアとの戦争中に背後をつかれると厳しい。

「奴らが動く暇《ひま》もなく一息に落とす——ですか」

トリエアは人口や経済力ではゴルドニアに大きく劣《おと》るが、国土の広さはなかなかのもの、短期決戦の縛《しば》りをつければ厄介《やっかい》な相手になる。

「トリエア北部に構築された要塞《ようさい》に対抗《たいこう》するため、我々もかなりの数の攻城《こうじょう》兵器を用意した。それでもって要塞を正面から突破、一気に王都を陥落《かんらく》させる。卿《けい》は予定通り東方から食い込み奴等《やつら》の兵力を誘引《ゆういん》、あわよくば東部地域を侵食《しんしょく》していってくれ」

「はい」

エイリヒが立てた作戦なのだからきっと俺よりもずっと精密に組んでいるのだろうが……。

「東部にも正面程《ほど》ではないが防御陣地《ぼうぎょじんち》が作られていると聞いている。それほどの数ではないが、攻城兵器をもってこさせよう」

「そのことなのですが」

別に極秘《ごくひ》でやってもいいのだが、どうせなら中央軍と連携《れんけい》した方がうまくいくだろう。

「開戦後、すぐに——」

話は続いた。エイリヒはしばらく俺の言葉を黙って聞いていたが肘《ひじ》をついて考え込む。

「お前の作戦がうまくいけば確かに戦況《せんきょう》を一変させ得るだろう。だが不確定要素が多すぎるし、山の民の領域を安全に通行出来る保証もない。ここで足止めを食えばかえって状況《じょうきょう》は悪くなる」

「もし俺がしくじったとしても本丸の要塞攻略《ようさいこうりゃく》に変化はないでしょう。うまくいけば良し、悪ければ変わらず。分の悪い賭《か》けではないはずです」

「全体を見ればそうだが、お前の方は失敗すれば致命的《ちめいてき》な結果に……いや、お前も修羅場を潜《くぐ》っている。こんなことは言う必要もなかったか」

エイリヒは軽く頷《うなず》いて立ち上がる。

「好きにやって良い。自身の強運を信じておけ」

こうして俺とエイリヒの会談は終了《しゅうりょう》した。


簡単な会食後にエイリヒを見送り、レオポルトとアドルフ、ついでにセリアも集める。

「時期は秋だ。どう仕《し》掛《か》けるのかはしらんがな」

「秋ならばギリギリですが、なんとかなりますね」

アドルフが安心したように呟いた。

「なんだ、長引くとまずかったのか？」

「あたりまえです。弓騎《ゆみき》兵《へい》は普段山にいるからいいですが、私兵の三千はこちらの丸抱《まるがか》えなんですよ。困窮《こんきゅう》していた民を集めていたので日々の衣食住さえあれば給金に不満は出ませんでしたが、まともに払《はら》えばたちまちすっからかんです」

兵達がまともな給金がなくても離反《りはん》しないのは、軍にいれば飢《う》えたり家無しになったりする心配がないからだ。困窮する辺境の地ではこの二つは決定的に重要だった。

だが、ラーフェンを中心に俺の領内は安定しつつある。そうなれば他の職種と比べて薄給《はっきゅう》なのは士気に良い影響《えいきょう》を与えない。

「戦場に出れば略奪《りゃくだつ》……いや、敵物品の個人的接収の機会もある。勝てば士気もあがるだろう」

アドルフもレオポルトも頷く。セリアも頭に俺の手を乗せながら可愛《かわい》く頷く。

「開戦と同時に一気に仕掛ける。エイリヒの中央軍とも連携出来そうだ」

「準備は進めておきます」

山の民にも使者を出しておかないといけないな。ルナは昨日後ろから攻めすぎてまだ寝《ね》ているからピピに行かせるか。

「クレアが町にいるはずだから呼んでくれ。あとイリジナには兵の訓練を減らして兵を疲《つか》れさせないようにしろと伝えろ」

「開戦は秋では？　まだ夏も盛りです。すぐに動く必要はないのでは？」

セリアを抱《だ》き寄《よ》せて頭を撫でまわし、髪をぐしゃぐしゃにする。

「わぁ！　何するんですかぁ！」

もちもちの頬《ほお》にキスをしまくった後、少しだけ真面目《まじめ》な顔で言う。

「こういうのは大抵《たいてい》決まった通りにはいかん。まず事は早めに動くと思っておけ」

「はぁ」

セリアはいまひとつ納得《なっとく》していないようだ。彼女は主に本から知識を得ているので型にはまりがちの所がある。その辺レオポルトから学べればいいが、可愛く見えて結構頑固《がんこ》だからな。

最後にセリアの頬《ほ》っぺたを伸ばして席を立つ。クレアは商売人らしく行動が非常に早い。伝えた途端にやって来るだろう。

「アドルフ、出兵を考えると金に余裕《よゆう》はなくなるぞ。ちょうど収穫の時期だ。労役《ろうえき》を絞って人夫を農村に戻すことも考えておけ」

「承知致《いた》しました」

細かい所は任せておこう。最悪金が足りなくなったらクレアに借りられるだろうか。

「本日はお呼び下さりありがとうございます」

そこにクレアが従者の少女を伴《ともな》って現れる。さすがやり手の商人だけあって行動が早い。よく見なければ息を荒らげていることにも気付かないだろう。

「急に呼んですまんな。まぁ茶でも飲んで息を落ち着けてくれ」

「ご心配をかけます」

クレアが形だけカップに口をつけてから用件を切り出す。

「食料と銅を張った水瓶《みずがめ》を調達して欲《ほ》しい」

「食料ですか？　今月分の穀物は既に納入したはずですが？」

「穀物じゃない。塩漬《しおづ》け肉と思い切り硬く焼いたパンをこれぐらいだな」

レオポルトと話して概《おおむ》ねこれぐらいと検討をつけた紙を見せる。

「この量は……軍隊を動かすのですか？　いえ失言でした」

俺が少しだけ厳しい視線を送るとクレアはすぐに謝罪する。

いい女とは言え、家族でも部下でもない者にべらべらと話す内容ではない。

「矢と馬車の換え車輪、他にも色々書いてあるからこれを見てくれ。全体の必要数を書いてあるからお前が調達出来る分は頼《たの》む。後は町の職人にでも割《わ》り振るから……」

「ご心配には及《およ》びません。この町の商人、職人とは全《すべ》て契約《けいやく》を結びましたので私におっしゃって頂ければ全部手配致します」

いつの間にかそういうことになっていたらしい。

「なら頼む。火急ではないがそう余裕もない」

「すぐに揃《そろ》えましょう」

クレアは俺が書いた汚《きたな》い字を見ながらすらすらと手紙を書く。書く速度が早い上にとんでもなく綺麗《きれい》な字だ。

「時期がわかり次第《しだい》お知らせに参りますわ」

クレアは立ち上がり、俺の目の前に立った。

視線が合わさるとすっと背伸《せの》びをして唇《くちびる》にキスをして来る。

「また時間がある時に可愛がって下さいませ」

「町を発《た》つのか？」

クレアは可愛く舌打ちしながら圧をかけるセリアを無視して続ける。

「ええ、トリエア内の行商人達と少し揉《も》めておりまして私がいって決着をつけ」「だめだ」「え？」

俺はクレアの手を引き室内に引っ張り込む。

「その件以外でも、しばらくトリエア王国には入るな」

「しかし、私は商人ですので……」

クレアの言葉を遮《さえぎ》って念を押《お》す。

「もう一度言うぞ。絶対に行くな。いいな？」

ここまで言えば気付かれているだろうが仕方が無い。クレアが傷つくよりはましだ。

「承知致しました。貴重な情報をありがとうございます」

セリアが「結局言ってるじゃないですか」とばかりに睨《にら》んでくるが仕方ない。

「では私はこの町に留《とど》まることにしましょう」

クレアは手紙を部下に預け、自らの腕《うで》を掴む俺の手をとって色っぽく撫でる。

「暇な時間が出来てしまいましたわ。どう過ごせば宜《よろ》しいでしょうか？」

するりと密着してきた彼女は身長差もあって上目遣《うわめづか》いになり、見下ろせば服の間から胸の谷間が見える。ドクンと心臓と股間《こかん》が脈打つ。

「今日はローリィもおりますし、変わった遊びもできるかと思いますが」

ローリィと呼ばれた少女は見た目通りの子どもっぽい無邪気《むじゃき》な笑顔《えがお》を浮かべる。

「ローリィと言います。クレア様からすごく素敵《すてき》で優《やさ》しい方だって聞かされてました！　えっとえっと、エッチの経験はあんまり無いですけど、ローリィも子爵《ししゃく》様に遊んでもらいたいです！」

表情に強制の色はなく、純粋《じゅんすい》に俺に抱かれたがっているように見える。

だが外見も仕草も完全に子供、ピピよりは若干《じゃっかん》育っている程度でしかない。

「さすがに入らんだろう」

「大丈夫、ローリィ頑張《がんば》ります！　それにハードレット様になら壊《こわ》されても嬉《うれ》しいです〜」

少女は軽く握《にぎ》った両手を口の前に置いて熱っぽい目で俺を見る。

育っていない女にはあまり興味が無い俺でも抱いてみたく思える愛らしさだ。アンドレイだったら即座《そくざ》に服を脱《ぬ》ぎ捨《す》てることだろう。

試《ため》しに少しだけ味見しようかと伸ばした手の先にセリアがいた。

「エイギル様にはまだやることが残っています。クレア殿《どの》は退室して下さい」

「いや、特にないが」

「あるのです！」

セリアが必死なので仕方なく味見は諦《あきら》めて彼女達《かのじょたち》を退室させた。

ローリィの方はちょっとした余興だったが、クレアを抱きそびれたのは勿体《もったい》ない。

「あんな媚《こび》を撒き散《ち》らすような女は嫌《きら》いです。ああいう女に限って裏があるのです！」

「女といってもまだ十やそこらの子供だろう」

子どもの悪だくみなど可愛いだけだ。

「その子供を抱こうとなさっていたので？」

「本気で抱こうとしていた訳じゃない。ちょっと味見をしようとしただけだ」

（あの子　結構肝《きも》は据《す》わってるよ？）

にゅっとケイシーが天井《てんじょう》から出てきた。

「ひにゃっ!」

飛べてもドアから入って来い。主にセリアがびっくりするから。

(あの子ね　私が見えてたよ　さっきの話の途中《とちゆう》に覗《のぞ》いたら目があったから)

さっき?　お前いなかったじゃないか。

(後ろの壁《かべ》から半分だけ顔出してたの)

そういうことをするな。見える奴は引っくり返るぞ。

(目はあったのに全然動じなかった　あんな小さいのにすごいね　筋肉もりもりの男の人でもおしっこ漏らしちゃったりするのに)

見《み》かけ倒《だお》しはどこにでもいるからな。

だがちょっと信じられない。あんな小さい無邪気な子が幽霊《ゆうれい》なんて見たら泣き出してしまいそうだ。見えてなどいなくて、たまたま視線が向いただけではなかろうか。

(確かに見てたんだけどなぁ)

ケイシーはぶつぶつ言いながら机においてある果物をかじる。

最近この幽霊はモノを食うようになってきた。

「それはそうとクレアを食い損ねて股間が大変だ。これはセリアに責任があると思うのだが」

「それは……まって下さい、ここじゃ嫌《いや》です。部屋に戻っ……だめっケイシーさんが見てる!」

(見てるよー)

セリアを後ろから羽交《はが》い絞《し》めにして強引《ごういん》にショートパンツと下着を一緒《いっしょ》に降ろし、肉棒を添《そ》える。彼女は身長が伸び、俺が腰《こし》を落とせば立ったまま後ろからも出来るようになった。

「いつ入れてもせまい。ギチギチだ」

「くぅぅ……エイギル様はいつも太くて硬いです……メリメリって……裂けちゃいますぅ……」

セリアは俺に後ろから激しく犯され、ケイシーに鑑賞《かんしょう》されながら絶頂した。

◇◇◇◇◇◇◇◇◇◇◇◇◇◇◇◇◇◇◇◇◇◇◇◇

数週間後　トリエア王国　某所《ぼうしょ》

「準備はいいな？」

「問題ない」

「順調だ」

十人程の男達が短く言葉を交わして手に持った武器、槍《やり》やクロスボウを確かめる。

男達が身に纏《まと》っているのはトリエア王国正規軍の鎧《よろい》だ。

最近の大規模な徴兵によって、トリエア王国内で兵士の存在は珍しくなかった。

「よし、来たぞ」

男達の前をそれなりの規模の隊商がゆっくりと通り過ぎようとする。

数台の馬車に騎乗《きじょう》した護衛がついているが緊張《きんちょう》感はない。ここは往来の激しい大街道《かいどう》、盗賊《とうぞく》も魔物《まもの》も居つく所ではない。

国家間の緊張はあるが、事が起こっていないなら商人達が商売をやめる理由にはならない。

だがその結果は無残だった。

「いけっ！」

飛び出した男達《たち》が隊商の前に立ちふさがる。

突然《とつぜん》飛び出してきた者達に護衛が反応するがトリエア王国の鎧を見て動きを止め、隊商の責任者であろう中年男が進み出て、卑屈《ひくつ》な笑顔を張り付けながら書類を掲《かか》げる。

「お勤めご苦労様です。こちらがトリエア王国から頂きました通過の許可証になります」

中年男は臨時の検問をスムーズに通過するために最善の行動をとった。

そして男は媚《こ》びた笑顔を張り付けたまま首を地面に落とす。

「なにをなさる！」

部下と思わしき商人、そして護衛が目を剥《む》く。

「やれ！　皆殺《みなごろ》しにしろ！」

クロスボウが護衛を射殺し、逃《に》げ惑《まど》う商人達は次々と背中から斬《き》り付《つ》けられる。

「や、やめてくれ！　俺達《おれたち》はただの商人だ！　それをこんな！」

「お前達はゴルドニア人、それだけで殺すに十分だ！」

命乞《いのちご》いする男の顔面に剣《けん》が突き立ち、断末魔《だんまつま》の叫びが草原に響《ひび》いて消える。

殺戮《さつりく》はすぐに終わり、馬車の周りに動くものはなくなった。

「金目のものは奪《うば》って馬車に火を放て。街道警備が駆《か》け付ける前に逃走《とうそう》するぞ」

男は死体から指輪やネックレスをむしり取りながら言う。

「了解《りょうかい》です。三回目ともなれば慣れたものですよ」

「本当の盗賊になった気分ですな。だがそれも終わり、十分に役目は果たしました」

男達は予《あらかじ》め深く掘《ほ》っていた穴にトリエア軍の防具と武器を投げ込んで念入りに土をかける。

彼《かれ》らの役目はこの襲撃《しゅうげき》で終わり、家族の待つゴルドニアに帰るのだ。

「既にここらではトリエア軍がゴルドニア人を襲《おそ》って殺していると噂《うわさ》になっております」

「他の者もうまくやっているのだろう」

今の襲撃の際にも略奪に夢中で気づかない風を装い、あえて護衛の男を一人逃がしている。

彼は死《し》に物狂《ものぐる》いでゴルドニアに逃げ帰《かえ》り、事の次第を王国に訴《うった》えるはずだ。

「塊《かたまり》になって移動すれば人目につく。ここで一旦《いったん》お別れ……次は王都でだ。捕《つか》まるなよ」

「「はっ！　ゴルドニアに栄光を！」」


数日後、ゴルドニア王国は自国の商人や旅人をトリエア王国兵士が殺害しており、その報復と蛮行《ばんこう》の阻止《そし》のためとしてトリエア王国に宣戦を布告した。

周辺国に対してはあくまでこれはトリエア王国の野蛮《やばん》な行為《こうい》が原因であると主張し、全ては自作自演で領土を奪わんとするゴルドニアの陰謀《いんぼう》だと主張するトリエア王国との間で水掛《みずか》け論《ろん》の様相を呈《てい》したのだった。

こうして、アークランド戦争での共闘《きょうとう》から二年経《た》たずして両国は全面衝突することとなる。

◇◇◇◇◇◇◇◇◇◇◇◇◇◇◇◇◇◇◇◇◇◇◇◇◇◇

ラーフェン
「ハードレット子爵様宛《あて》、国王陛下よりの使者、至急面会されたし！」

明け方に響く大音声《だいおんじょう》、男はラーフェンの町に騎乗のまま疾走《しっそう》して乗りこみ、直接俺の屋敷《やしき》の玄関《げんかん》まで乗り付けた。

本来ならば無礼として手打ちにされてもおかしく無い行為だが、男はそれが許される唯一《ゆいいつ》の職務たる王直属の急使だった。

「きたか」

「いよいよか！　……あぐっ！」

イリジナの性器からズルリと男根を引き抜《ぬ》き、倒《たお》れ伏《ふ》す彼女をベッドに残したままローブだけを羽織って部屋を出る。

使者は使用人の許しを得て屋敷に入っており、応接間ではなく寝室《しんしつ》の前で待っていた。

「朝方に御免《ごめん》！」

「俺《おれ》こそこんな格好ですまんな」

俺の恰好《かっこう》と性臭《せいしゅう》から直前まで女を抱いていたことはあきらかだが、使者はまったく気にしない。

「王のお言葉を告げる！　我《わ》が国《くに》はトリエア王国に宣戦を布告せり、ハードレット子爵においては直ちに戦闘《せんとう》行動を開始せよ。王国への忠誠を示せ。以上でございます」

「全て了解した。必ずゴルドニアに勝利をもたらすと伝えてくれ」

俺は慌《あわ》てることもなく余裕たっぷりに言った。

「ではこれにてっ！」

急使は一度も腰を降ろすことなく、来た時とは違《ちが》う馬に乗って駆けて行く。俺の返事などそう急いで伝える必要もないと思うのだが急ぐことが奴の役目なのだろう。

「いよいよ来ましたか」

「すぐに準備を整えます」

レオポルトとセリア、そしてルナも既に目を覚まして並んでいた。

「時期は若干早いが概ね計画通りだ。全員いいな？」

「「「はっ」」」

三人はザッとそれぞれの部隊指揮のために散って行く。皆優秀《みなゆうしゅう》な奴らだ、俺が見るまでもなく準備は整えられるだろう。

「どうぞご準備を」

ノンナとカーラに腹がまた少し大きくなったメルが甲冑《かっちゅう》を持ってくる。

「おう」

三人の手を借りて甲冑を纏っていく。

完全武装で玄関を開け放つと全ての兵士に召集《しょうしゅう》がかかっていた。

娼館や酒場から飛び出す兵に自宅を持つ兵が妻とキスを交わして出てくるのが見える。

俺の館の隣《となり》に立てた簡易な長屋……以前救い出した女達百五十人をとりあえず生活させるた

めの家からも半裸《はんら》の兵が慌てて出てきていた。

「ふふふ、盛んなことだ」

女達の将来のためにも男の連れ込みを認めている。守ってもらいたい思いが強いのか兵士の人気が高いそうだ。

俺の姿を見ると女達は深々と頭を下げた。

「こちらに」

リタがシュバルツの手綱《たづな》を引いてくる。彼女《かのじょ》は馬など扱《あつか》えないがシュバルツに限っては女に引かれれば抵抗《ていこう》しない。

俺のために屈《かが》むこともしない不遜《ふそん》な馬に飛び乗り、町の外へ向かう。

女達が振《ふ》る手が最後まで止まることはなかった。

町の外で集まりつつある兵達を見ながらセリアの報告を聞く。

「準備はどうだ？」

「開戦に備えていたとはいえ五千の兵です。もう少しだけ時間がかかります」

そりゃそうか「行くぞ」「ほい」ともいかない。これならノンナかカーラを犯《おか》してくれれば良かった。

イリジナとの行為が半端《はんぱ》になって射精できなかったから腰が重い。

「あのぉ……」

小さな声に振り返《かえ》るとカトリーヌが天幕の陰《かげ》からこっそりと覗いている。

挨拶《あいさつ》したくて追いかけてきたのだろう。ちょうどいい。

「カトリーヌ、股《また》を開いてくれ。出撃《しゅつげき》前に種を出しておきたい」

「えっここでですか⁉　兵隊さん達に丸見え……いえ、わかりました」

俺はカトリーヌの手を引いて手近な草むらに入るも隠れるのは腰から下だけだ。

兵士達に見られながらカトリーヌは五度絶頂し、三度種を受け入れた。

そして迎《むか》えに来たセリアに怒《おこ》られながら、飛沫《しぶき》を吹《ふ》き続けるカトリーヌを使用人に預ける。

出撃前に訓示の一つでも必要だろうか。

「多くは言わん。敵と戦い叩《たた》き潰《つぶ》すのみだ。全軍進め！」

『オオオーーー‼』

町中の民が見送る中の出撃、久しぶりに人相手の実戦、楽しみだ。


そこから丸一日は直接トリエア本国に乗り込める南の国境へ向けて行軍し、何も無い原野で人目がないことを確認《かくにん》して軍を分割《ぶんかつ》する。

「では私達はここから更《さら》に南へ行く！　武運を祈《いの》る！」

「お前もな、たとえ敗北しても絶対に死ぬなよ」

イリジナに軍の一部、東方軍全てと私軍の歩兵隊を任せて西部のトリエア防衛陣地《じんち》に当たらせる。エイリヒから貰《もら》った攻城兵器も全て彼女に預けて西進を続けさせるのだ。

「残った部隊は進路変更《へんこう》、東へ向かう」

僅《わず》か千の騎兵のみになった俺の部隊は歩兵と更に鈍足《どんそく》な攻城兵器を切《き》り離《はな》して東へ向かう。

東はトリエア本国とは逆方向で本来は何もない場所だ。

「こんなことなら最初から東へ向かえば手間もないのにな」

「それでは町に間諜《かんちょう》が居れば不審《ふしん》に思うでしょう」

レオポルトが律儀《りちぎ》に反応する。

「間諜の始末はついたのだろう？」

夏の終わり、工事中の建物で火事が起こって数人の男が死んだ。不幸な事故だが、人が集まれば、たまにはあることだと民の間でもそれほど話題にはならなかった。

そして刀傷のある焼死体《しょうしたい》は人知れず集団墓地に埋葬《まいそう》されたのだ。

「絶対はありません。把握《はあく》できていない者が居れば機会を逃《のが》すかもしれません……が、なによりも命を助けた女の方が気になります」

判明した間諜には女も居たが、罰《ばっ》も兼《か》ねて激しく抱いたら男狂《ぐる》いになってしまい、今は町の娼館で元気に客をとっている。

クリストフに偵察《ていさつ》に行かせたが、本当に楽しそうに仕事しており、ハードプレイからねっとりとした攻《せ》めまでなんでもありの人気娼婦《しょうふ》らしい。

彼女が俺の男根欲しさに口を割ったので間諜をまとめて排除《はいじょ》出来たのだし、それなりに幸せにはなって欲しい。

「偽装進撃《ぎそうしんげき》の分を計算しても二日あれば山の民の領域に入れます。ルナさんが先行していますのですぐに彼らと合流できるでしょう」

山の民には決戦と伝え、使い物になる者は全て従軍せよと命令した。俺が治めた部族達全《たちすべ》てから戦士たちが押し寄せてくるはずだった。

「走り回って忙《いそが》しいが、上手《うま》くいけば面白《おもしろ》い戦いになる」

「必ず成功します！」

「失敗するように作戦を立ててはおりません」

博打《ばくち》もたまには悪くない。

◇◇◇◇◇◇◇◇◇◇◇◇◇◇◇◇◇◇◇◇◇◇◇◇◇◇◇◇◇

十日後　南部国境線　トリエア軍防御陣地
「全員その場に停止！」

「敵の大弩が来るぞ！　首をもがれたくなかったら頭を下げろ！」

兵士がその場にしゃがんで頭を下げるなり、巨大《きよだい》なボルトがうなりを上げて飛ぶ。

巨大な弩から放たれたそれは前方の柵《さく》を突《つ》き破《やぶ》り、鈍《にぶ》い音を立てて地面に突き刺《さ》さる。

「柵が破れたぞ！　あそこから行け！」

破れ目から一気に侵入《しんにゆう》しようとした兵達の頭上へ雨のように矢が降り注ぐ。たちまち半数が倒れ、残る半分も盾《たて》を頭上に掲げて撤退《てつたい》するのが精一杯《せいいつぱい》となった。

攻め手は国境を突破《とつぱ》せんとするイリジナ麾下《きか》のゴルドニア軍四千余。守り手はトリエア軍東部国境防衛軍三千余。兵力では若干《じやつかん》攻め手が有利であったが、点在する防衛陣地が数の優勢を消していた。

ゴルドニアの弓隊から矢が放たれるが、それほどの打撃《だげき》を与《あた》えているようには見えない。まれに投石機からの焼け石が砦《とりで》に落ちて悲鳴が上がるが、発射には時間がかかり、燃え上がった火もすぐに消し止められてしまうので決定打にならない。

「イリジナ隊長、敵は微塵《みじん》も揺《ゆ》らぎません。攻撃《こうげき》失敗です。あの陣地を落とすのは一ヶ所に兵力を集中して損害覚悟《かくご》で抜くしかありません」

指揮官が苦々しい顔で告げるも対照的にイリジナの表情は明るい。

「その必要はないぞ。損害を出来るだけ抑《おさ》えつつ、散発的に手薄《てうす》な所に仕掛けるだけでいい！」

進言した指揮官は不満そうに下がっていく。

それも当然、同じ戦法で手薄な部分を狙って仕掛けて既《すで》に三度目の失敗だった。トリエアの陣地は高度に連携しており、どこに攻撃があってもすぐに兵力を集中させてしまう。対応する前に騎馬《きば》で突破しようにも堀《ほり》と柵が随所《ずいしょ》に作られ、騎兵が満足に動けない。

「しかし長い槍だな！」

イリジナが感心したように言う。

トリエア王国側は前回騎兵にいいように掻《か》きまわされたのを教訓にしたのか六mはありそうな超長槍《ちょうながやり》を使っていた。槍の林のような陣形《じんけい》に突っ込むのは自殺以外の何ものでもなかった。

「疲労《ひろう》した隊を休ませろ。交替《こうたい》で次の隊を投入するのだ！」

進展しない攻撃に流れる時間、指揮官は頭を抱《かか》えるべき状況だがイリジナは平然としている。

それもそのはず、彼女の目的は敵陣地《てきじんち》を華麗《かれい》に突破することではなかった。

出来そうなら試してみるつもりであったが、状況を見るに容易ならざることは明らかだ。イリジナ自身武勇にこそそれなりの自信があるものの、大軍の指揮を円滑《えんかつ》に行う程の才に恵《めぐ》まれているとは思っていない。彼女が主から下された命令は、ハードレット軍がこの防衛線を突破しようとしていると思わせることだけ。被害《ひがい》を出来るだけ絞《しぼ》って自身も怪我《けが》しないようにと厳命されていた。

「心配するな、絶対に敵は崩《くず》れる！　我々はただ延々と攻め続ければ良いのだぞ‼」

不安げな顔を浮《う》かべる兵士達の中でイリジナだけは自信に満ちた顔を変えなかった。

◇◇◇◇◇◇◇◇◇◇◇◇◇◇◇◇◇◇◇◇◇◇◇◇◇◇◇

同時刻　トリエア本国　最東部開拓《かいたく》村
日はまだ高く、村人達が農作業に精を出す中、二人の兵士がカード遊びに興じていた。

一人は二十歳《はたち》程《ほど》の若者で、もう一人は四十に届こうかという中年男だ。

「ゴルドニアと戦争になったらしいぞ」

「へぇ、大国ゴルドニアとか。やべぇんじゃねぇの？」

二人は話をしながらもカードを切る手は止めない。

「だよなぁ……若い頃《ころ》ゴルドニアの王都に旅したことあるがやばかったぞ。道は全部石畳《いしだたみ》、家は二階建てで土が見えないのよ」

「また出たよ。あんたが若い頃って何十年前だってての、なんの参考にもならねぇよ」

「ちっ生意気言うようになりやがって……そらっ上がりだ！」

中年男がカードを放《ほう》り、机に乗った銅貨をポケットに入れる。

「またかよ……イカサマやってんじゃねーだろうな」

「これが年の功って奴だ若造」

辺境も辺境、山の民の領域に近いこの場所に住む人間はほんの五十人程、守備兵も彼等《かれら》二人だけで蛮族《ばんぞく》や盗賊団には最初から対抗できないし、また期待もされていない。

二人は村人同士の喧嘩《けんか》を治め、はぐれの狼《おおかみ》や魔物を追《お》い払う。そして手に負えない事態になれば助けを求めに行くのが仕事だった。

「完全におけらだ。収穫《しゅうかく》も近いし農民の手伝いでもして小遣《こづか》いもらってくらぁ」

「おぉいってこい。俺の酒代のためにな」

若者は愚痴《ぐち》をこぼしながら見張り塔《とう》を出て行き、暇になった中年兵士はゴロンと横になって昼寝《ひるね》を試みる。

戦争など遠い場所の話、こんな辺境の地に敵が来る前に勝敗はつくに決まっている。

「せいぜい戦争頑張ってくれ。俺は寝《ね》る」

独り言を呟《つぶや》いて大の字に手を伸《の》ばした時、扉《とびら》が派手に開けられた。

「やべぇ‼　おきろおっさん！　蛮族共が降りて来やがった‼」

中年兵士は跳《は》ね起《お》きる。

この地で一番怖《こわ》いのは洪水《こうずい》、次に蛮族だ。慌てて窓から身を乗り出して山の方を見る。一度確かめてから目をこすり、再び眺《なが》めるが何も変わらない。

数百ではない。千でもない。

五千を優に超《こ》える大騎兵団が村を包み込むように進んできていた。

二人のみならず、農民から村娘《むらむすめ》、杖《つえ》をついて散歩していた老人まで誰《だれ》もが呆然《ぼうぜん》とその光景を眺めていた。もはやどうしようもない。それが全員の心の内だった。

「なぁおっさん……ええと、どうするよ。規則だと知らせに走ることになってるけど……」

「馬鹿《ばか》言うな……この状況からどうやってだよ」

騎《き》兵隊《へいたい》は村を両側から通り過ぎ、そのまま西へと向かって行く。

「おいおい嘘《うそ》だろ……あれを見ろよ」

中年兵士が指を指し、若者の顎《あご》が落ちる程開かれた。

蛮族の集団と思っていた騎兵の群れ——彼らは黒一色に染められた旗とゴルドニア国旗を高々と掲げていた。

「ゴルドニア王国ハードレット軍……山の民の領域を超えてきやがった」

「そんな馬鹿な！　あいつらは女を犯し、男は食う亜人《あじん》の群れじゃないのかよ！」

若い兵士は不安と驚《おどろ》きで小娘《こむすめ》のような金切り声で反論する。

「現に東から来てるじゃねか！　この村の東には山の民の住処《すみか》しか——ええいどうする」

中年の兵士はいったん槍を持ったが、すぐに床《ゆか》へ放《な》り投げる。

「大変なことになるぞ……味方は国境に張り付いてる。ここから西には誰もいないぞ……」

開拓村はこれ以上ないほどに東の外れに位置しているが南北だけで言えば真ん中にあたる。

ここに連中が現れたとすれば北の国境に張り付いている味方は分断されてしまう。

「ラドフ、どうしよう」

若い兵士が珍《めずら》しくおっさんではなく名前を呼んだ。その声はあきらかに脅《おび》えていた。

「どうするってお前、そりゃあな」

老兵ラドフは若い兵士の槍を奪って床に放り、代わりに酒の入ったカップを渡《わた》す。

「どうしようもねぇよ。俺達が生き残るにゃ、奴《やつ》らを刺激《しげき》しないように寝てるしかねぇな」

老兵は散らばったカードを再び集めるのだった。

◇◇◇◇◇◇◇◇◇◇◇◇◇◇◇◇◇◇◇◇◇◇◇◇◇◇◇◇

ハードレット軍
「トリエアの開拓村、通り過ぎました。放置でよろしいですか?」

「構っている時間はないさ。馬だけ奪っとけ。徒歩で知らせに出てもどうせ手遅《ておく》れだからな」

先頭をきる俺とセリアの後ろに続く兵の数は七千に達する。

内訳は私軍から連れて来た騎兵が千に弓騎兵が六千だ。

「こうなるとどっちが本隊かわからん。良くもこれだけついてきてくれたものだ」

「ピピ達は族長様と一つ。手足だ」

ピピの言う通り、限界に近い動員にも山の民は文句一つ言わなかった。

「それにしても本当に無人ですね。兵士など一人もいない」

「山の民の領域を通るなど思ってもいなかったのだろう」

あそこは不毛の乾燥地《かんそうち》がほとんどで、とても行軍など出来る場所ではない。

俺達が突き抜けられたのは、予《あらかじ》め飼葉や水を決まった地点に保管しておいたことと、何度も下見して行軍に適したルートを割り出したからだ。

これは山の民に一切妨害《いっさいぼうがい》されず、しかも彼らに道案内までさせるという前提がなければ出来ない行軍で、トリエアが想定出来なかったのも当然だ。

「おいレオポルト。イリジナは苦戦しているだろう。いくらか率いて奴等《やつら》のケツをとってやれ」

「では、弓騎兵を千ほど借ります」

たったそれだけでいいのか？　敵は四千のイリジナを止めているのだぞ。

「防衛戦で後ろを取れば即座に崩れます。追撃《ついげき》できるだけの兵力があれば十分かと」

「そうか……ピピ、レオポルトについていってやれ」

山の民は俺から離れると途端《とたん》に命令への反応が鈍くなる。俺の女たるピピかルナが一緒にいる必要があった。

「それから、この村――ここは絶対に戦場にするな」

ミレイの村だ。彼女の村はイリジナが戦っている場所から近い、荒《あ》らすわけにはいかない。

「女でしょう？」「女ですか……」「女か！」「現地妾《めかけ》にございますね」

「うるさい。さっさといけ」

俺の本軍は敵の防衛線に阻《はば》まれることなくトリエア本国に侵入、西への進軍を開始した。

余談（軍旗、戦争勃発《ぼっぱつ》前）。


「旗？」

ことの発端《ほったん》はセリアの一言だった。

「演習の際、他の貴族達には自分の旗があったようです。私軍も大きくなってきましたし、この際作ってみては？」

旗で戦争が出来る訳でもないが、それで兵の士気が上がるなら少しばかり考えてみる。

軍旗なのだから剣、槍、矢あるいは盾や鎧が一般的《いっぱんてき》だろうか。

「武具を並べるのはありきたりで自分の旗がわからんようになりそうだ」

「軍に関《かか》わる貴族であれば大抵《たいてい》そういう旗にしますからね」

思いつかない。よって誰かに振ろう。

「セリアは何か考えているか？」

セリアがぴょんと跳ね上《あ》がる。良い案があって言いたかったんだな。

「僭越《せんえつ》ながらこういうのはどうかと」

セリアが紙に書いたそれは槍を振るう戦士の絵、見た瞬間《しゅんかん》に俺だとわかるぐらい上手《うま》かった。

町で書けば金が取れる腕前《うでまえ》だと思う。

だが絵の上手さはともかくこれは却下《きゃっか》だ。

「自分の姿絵を旗にする程《ほど》、恥知《はじし》らずじゃないなぁ」

セリアがしょぼんとなってしまった。可哀《かわい》そうなので頬《ほお》を撫《な》でておこう。

それにしてもこの絵は美形に書かれている。セリアに俺はこう見えているのだろうか。

「何の話ですか？」

俺達がもぞもぞやっているのを聞きつけたのかノンナがやってくる。

「まぁ軍旗!? それは素晴《すば》らしいですね。戦場だけではなく色々な所で掲げるものですから、是非《ぜひ》私に書かせて下さいな」

そして出来上がった絵に凍《こお》りつく。

「どうですか？ 優雅《ゆうが》に広げられた大きな翼《つばさ》、強さと美しさの象徴《しょうちょう》である獅子《しし》に翼までついた伝説の魔獣《まもの》、その名も――」

「なにこれ？」

ノンナの声が大きかったので聞きつけたカーラまでやってきた。

「言うまでもなくグリフォ――」

「これゴキブリ？ 嫌よねあいつら。羽出して飛ぶし」

バーンとノンナが机を叩く。

「あんな汚いのと一緒にしないで下さい！ これは美しい魔獣なんです！」

「何よ！ あんたの絵が汚いのが悪いんでしょ！ だいたいエイギルに関係ないじゃない」

羽の生えた芋虫《いもむし》じゃなかったのか危なかった。言っていたらまたノンナが拗《す》ねる所だった。

「私がエイギルに相応《ふさわ》しい旗を書くわ。これを旗にしたらきっとみんな驚くわよ～」

カーラがすらすらと書いたそれは確かに俺に関係が深く見覚えすらある。ついさっきもしっかり見たものであり、旗にしたら万人《ばんにん》が驚愕《きょうがく》してひっくり返るだろう。

「……カーラさん」

「……あほカーラ」

「ん？　何？　うまく書けてるでしょ？」

カーラが書いた絵は天に向かってそそり勃つ男根だった。

「こんなもの軍旗にしたら末代までの恥《はじ》です!!」

「ゴキブリよりいいでしょ！」

「……どっちもだめですよ」

セリアが疲《つか》れたように溜息《ためいき》を吐《つ》く。

二人の喧嘩を眺めていると大きな腹を抱えてミウに乳をやるメルまでやって来た。

「何事です？　まぁ旗を？」

何書いてもあの二人よりマシですからと投げやりセリアに促されメルも筆を執《と》る。

「出来ました。どうでしょう？　絵心がなくて下手なのですが」

書かれた絵は穏《おだ》やかな日差しを浴びる草原、そこに舞《ま》うハトがモチーフになっている。

自分で言うとおり上手くはないが、優《やさ》しさと温かさが滲《にじ》み出《で》た落ち着きのある絵だった。

心落ち着く良い絵だが、もちろん却下だ。

「この優しい旗を掲げて殺し合いに行くんですか？」

残念ながら軍旗にはまったく適さない。兵が故郷を思い出して泣いてしまう。

その後もぎゃあぎゃあと大騒《おおさわ》ぎしながらまったく決まらない。

もう軍旗などなくていいと思ったがその時、ノンナとカーラが揉《も》み合《あ》って紙に真っ黒な染《せん》料《りょう》がついてしまった。

「もうこれでいいだろう」

紙は一面に真っ黒、なんの模様も柄《がら》もない。これなら作る手間も少ない。

「えーそんなのつまんないわ。男根にしようよー」

「そんな怖い旗よりゴキブリの方がいいですよ」

「もういいこれで行く。それからノンナ、お前自分の書いた絵をゴキブリと認めてるぞ」

こうしてハードレット軍の軍旗は黒一色の旗となったのだった。

◇◇◇◇◇◇◇◇◇◇◇◇◇◇◇◇◇◇◇◇◇◇◇◇◇◇◇◇◇◇◇

ハードレット軍
「トリエア軍、東部守備隊降伏《こうふく》」

イリジナの救援《きゅうえん》に向かわせたレオポルトからの第一報だった。

正面に四千の敵を抱えて善戦を続けていた東部守備隊は千人の弓騎兵《きへい》に後方を遮断《しゃだん》された途端に士気を失い壊走《かいそう》、追撃と殲滅《せんめつ》戦の後に生き残った者は降伏したらしい。

「降伏した兵は武装解除してそのままイリジナさんが連れて来るそうです」

捕虜《ほりょ》にとってはイリジナが居たのは幸運だった。

行軍を急ぐ状況《じょうきょう》で捕虜は正直いらないし、放置すれば後ろで厄介《やっかい》なことをするかもしれない。

もしレオポルトだけなら捕虜がいつの間にか居なくなる可能性があった。

「殺せと言う訳ではありませんが……歩兵隊が遅《おく》れるのは痛いです」

セリアも苦い顔をしている。

俺達は行軍しながらイリジナに預けた隊と合流しようと思っていたが、その予定は更に遅れそうだった。

「東部方面に敵はほとんど残っていないだろう。急がなくてもなんとかなるさ」

口には出さなかったが弓騎兵とその馬にも疲れが見えている。ここまで十日近く相当なペースで行軍してきたのだ。水と餌《えさ》こそたっぷりあったとは言え、体格の小さい彼らの馬では少々厳しかっただろう。

「確かに東部は陥落《かんらく》したも同然です。ですがトリエアの重要拠点《きょてん》は全《すべ》て西部ですし、このペースでは対応の時間を与えてしまいます。それにこの先にはエルグ森と言う深い森があって通れず、迂回《うかい》しなければなりませんから余計に時間がかかります」

ぴくりと肩《かた》が震《ふる》えるのがわかった。

「北側に迂回すれば要塞《ようさい》正面の中央軍と合流してしまい急襲《きゅうしゅう》の意味がなくなります。当初の計画通り南に迂回出来ればいいのですが、敵も待ち構えているでしょう。時間をかければ我々は孤立《こりつ》してしまいます」

あの森がある。セリアが何か言っているがもう耳には入ってこない。馬上で落ち着きなく貧《びん》乏《ぼう》ゆすりをする俺をシュバルツが鬱陶《うっとう》しいとばかりに睨《にら》みつけた。

その後、さしたる抵抗も受けずに、一週間程ゆっくりとした行軍が続き、エルグの森が見える場所にまで進出した俺達は追いかけてきたレオポルト、イリジナと合流することに成功した。

「すまん、随分《ずいぶん》と待たせてしまった！」

「予定から大きく遅れました。森の南迂回は難しいかと」

当初の計画では敵の包囲撃破《げきは》後、イリジナの歩兵隊が強行軍で合流して南回りに森を迂回し、王都に迫《せま》る予定だった。

騎兵だけで行っても西部にある本格的な城砦《じょうさい》都市には歯が立たない。鈍足の歩兵隊と攻城《こうじょう》兵器を連れていく必要があった。

「斥候《せっこう》からの報告によると近衛と思われる軍団が森の南側に展開、陣地を構築中とのことです」

遅《おそ》くなった行軍が敵に十分な猶予《ゆうよ》を与えてしまったらしい。

やれば撃破できる自信はあるが、損害も出るし敵と違ってこちらは補充《ほじゅう》が利かない。賢明《けんめい》な選択《せんたく》とは言えないだろう。

「こうなっては作戦を一旦中止し、北から回って中央軍と合流するのが最善かと」

レオポルトはイリジナを軽く睨む。

レオポルトが捕虜を皆殺しにして行軍すべきと主張したのは容易に理解でき、イリジナがそれを断固拒否《きょひ》したのも分かる。イリジナが肩を竦《すく》めて小さくなる……それでもでかいが。

俺は小さくなったイリジナの髪《かみ》を撫でながら無表情でレオポルトへ問う。

「もしもエルグの森を難なく抜けられるとしたら状況は変わるか？」

「エイギル様、あの森は行方《ゆくえ》不明が多発する危険な場所です。探索《たんさく》隊を出し、誰も帰って来なかったと文献《ぶんけん》にありました。魔物《まもの》か自然現象かはわかりませんが踏《ふ》み込むのは危険です」

「見たところ相当に植生も濃《こ》いようです。とても大軍、それも騎兵は進めないでしょう」

セリアとレオポルトが即座《そくざ》に否定する。

ピピとルナもだめだよとばかりに首を振っている。お前らは絶対知らないだろ。

「もしも通れるならと言ったぞ。森を一直線に抜けられたなら状況は変わるか？」

再度同じことをきつい口調で言い放つ。

レオポルトはそれ以上意見せず、顎に手を当てて数秒停止してから言う。

「変わりますな。森を抜ければ敵の真裏に出ます。敵が森を通れない以上、我々を阻む者はなく、戦争全体にとって決定的な一手になるでしょう」

そうか。次に来るのは王か屍《しかばね》になってからと思ったが因果なものだな。

「全軍、森の中心に向けて進軍しろ。敵はいないから一列縦隊で良い」

前方にはトリエア兵の影も見えない。トリエアの人間にとってこの森に入れないのは常識、陣《じん》をしく必要もないのだろう。

「森に……まじかよ」「生きて帰れるのか？」「領主様の言うことだから仕方ないが……」

事情を知っている兵士から不安の声が上がるが一睨みして黙《だま》らせる。魔《ま》の森に入るのと、俺の槍《やり》が頭に振り下《お》ろされるのと、どちらが危険かわかっているようで良かった。

びびりまくっていた捕虜達《ほりょたち》は少数の見張りをつけて森の入り口に置いていくことにする。ここまで連れて来れば万一反乱しても脅威《きょうい》にはなり得ない。

「その前に……」

捕虜の顔を一人一人確認して行く。

出来るだけ男っ気の少ない女のような顔立ちの奴を選び、股間《こかん》を握《にぎ》って一物《いちもつ》の大きさも確認し、より小さい者を二人選び出した。

「や、やはり女に飽《あ》きて男をっ!!」

「族長様、男同士はダメだ。山の神がお怒りになる」

「ハードレット殿《どの》、私が男装するから好きなだけ尻《しり》を掘《ほ》ればいい！　男同士はやめるのだ！」

「男同士、交替で尻を……こ、これが平原の伝統文化……男色！」

「ええい五月蝿《うるさ》い！」

ぎゃあぎゃあと騒《さわ》ぐ女達《たち》を押《お》さえながら、俺は全体の先頭を切って森の中へ進んで行く。

「次の大木……その赤い木を左だ。両側が沼《ぬま》だから俺の通った道から離れるなよ」

うっそうとした森の中、さすがに馬も歩兵と同じ速度しか出ないが、それでも全員が欠けることなく行軍していく。

「エイギル様、この森を知っているのですか？」

セリアの声が背中にかかった。

さすがにわかるよな。何しろ水場や危険な沼、果実の木が固まって生えている場所まで知っているのだから。

あぁ、ここは昔とまったく変わらない。

もう何年も前なのに手に取るようにわかる。何度も夢に見て忘れようもない。

「ここの右手は崖《がけ》だ。茂《しげ》みが隠《かく》しているから気を着けろ」

うさぎを追いかけて転がり落ちたことがある。

「そのリンゴは食うなよ。似て非なる物だ、えらい目に合うぞ」

リンゴが夏に生《な》っている時点でおかしい。これは彼女が植えた得体の知れない実で、辛《から》くて苦くて幻覚《げんかく》が見えて腹も壊《こわ》す。

「この小道……」

木の間からひょろりと伸びる獣道《けものみち》、よく見ないとわからない程に狭《せま》い道を掻き分《わ》けて進んで行くとあの小屋が見えるはずだった。

ふとこのまま進んでいってしまおうかと思った。まだまだ終着点も見えぬ道の途中《とちゅう》だが、ちょっと寄ったと挨拶すれば優しく迎えてくれるかもしれない。

それとも日が差しているこの時間は大股《おおまた》を開いて寝息《ねいき》を立てているだろうか。

目元に小虫が止まり、手で追い払《はら》うとうっすら湿《しめ》っていた。涙《なみだ》を流してすがりつけばもしかするとずっと置いてくれるかな。

「エイギル様？　どうなさいました？」

セリアの声で我に返る。

何を馬鹿な、俺は王になって堂々とルーシィを迎えに来るのだ。先っちょだけでもと懇願《こんがん》するような情け無い真似《まね》は出来ない。やるなら根元までぶち込んでやる。

「捕虜を連れて来い」

手を後ろ手に縛《しば》られた二人の捕虜、彼《かれ》らを小道のすぐ傍《そば》の木にくくりつける。

「なっなにをするんだ！　やめろ！　解いてくれ！」

「助けて、こんな所に置いていかないで！」

「一体なにを？」

「無闇《むやみ》に嬲《なぶ》り殺すのは好かないぞ……」

セリアが疑問、イリジナが非難の目を向けるが、俺《おれ》は気にせず出発した。

「この森を無事に抜《ぬ》けたいならあれが必要なんだ」

「やはり魔性《ましょう》の類《たぐい》が何か!?」

生贄《いけにえ》でも取るように言われてルーシィは怒るだろうな。

彼らは俺から彼女へのプレゼントのようなもの……好みの美少年を選んである。

女顔で一物が小さい奴を選んだのは俺の嫉妬心《しっとしん》から、どうせ吸血の時に発情して交わるのだろうし、でかくて男らしい奴に彼女が抱《だ》かれると思うと狂いそうになる。

捕虜の悲鳴が聞こえ続ける。

すまんな、ここは彼女の散歩コースでもあるから今夜お前達は死ぬことになると思う。だがその前に最高の経験が出来るから恨《うら》むなよ。

あまり考えると念のために男根も切り取っておきたくなるから先を急ごう。

「エイギル様、この池で水の補給を」

「ここはだめだ」

強い口調にセリアがびくりとする。

「毒水でしたか……わかりました。全員聞いたな！　ここは飲めないから先へ進め！」

本当はすごく美味《うま》い。だがこの池に他人が群がるのが我慢《がまん》できなかったのだ。ここは俺達《おれたち》が水浴びに使っていた池なのだから。

池の中の真ん中にある人サイズの岩……ルーシィとこの池で交わる時は必ずあそこに手をつかせた。俺が必死に腰《こし》を振っても彼女《かのじょ》は笑いながら挑発《ちょうはつ》してきたものだ。

「はぁ」

溜息をついて隣《となり》のセリアの胸を触《さわ》ってみる。

膨《ふく》らみの胸は形よく柔《やわ》らかく可愛《かわい》らしく……そして小さい。

「なっ！　突然《とつぜん》何を！」

「……寂《さび》しい」

「んなっ!!」

ここから一日中、セリアは涙目で怒っていたが、俺の想《おも》いに気付きはしなかったようだ。

目の前に全裸《ぜんら》のルーシィが立っていた。

俺も全裸で仁王《におう》立ち、一物も見たこともない程にそそり立っていた。

ルーシィは何も言わずにしゃがみこみ舌を這《は》わせる。口技は堪《たま》らなく気持ちよかったが長く続けさせるつもりはない。何よりも彼女と繋《つな》がりたかった、少しでも奥《おく》に俺を入れたかった。

硬《かた》くなり過ぎて腹に張り付いてしまう男根をこすりつけるように穴に合わせ、腰を突き出《だ》す。

メリメリと穴が裂《さ》けて行く感触《かんしょく》があったが、彼女はにこやかに笑って手を伸ばしていた。

一番根元まで突きこみ、子袋《こぶくろ》の奥まで差し込んだがそれでも挑発するような笑顔《えがお》は崩れない。

ならばもうルーシィの想像を超えるほど出す他ない。今なら腹を破裂《はれつ》させるほどの射精が出来る。腰を限界まで振《ふ》っていると、意識が戻《もど》った。


「夢……俺は覚えたてのガキか……」

「随分とうなされてました。大丈夫《だいじょうぶ》ですか?」

覗《のぞ》き込むようにセリアが顔を出している。心配をかけてしまったようだ。

詫《わ》びようとして思い直す。下半身を剥《む》きだしにされていたからだ。

「……あまりに大きく勃っていたのでズボンが破れてしまうかと思って」

確かに夢の中と同じような尋常《じんじょう》ではない勃ち方だった。

しかも快楽が先端《せんたん》近くまでせり上がり、あと少し起こされなければ夢精していただろう。

「どうしてこんなに大きく……これが入る女なんていませんよ……」

セリアは両手で包むようにしたが回りきらない。

ここまで勃っては出さないと収まらないが、セリアの太もも並の太さまで膨張《ぼうちょう》してしまったモノを挿入《そうにゅう》するのは拷問《ごうもん》にも等しい。

だが明日にも戦いがあるかもしれない状況でせっかく休息しているイリジナやルナを起こすのもよろしくない。

すると俺の葛藤《かっとう》を察したのか、セリアは蠱惑的《こわくてき》な表情でキスをして言った。

「入れることは無理かもしれませんが挟《はさ》むくらいはできます。誰かを呼びになんて行かずに私で出して下さい」

セリアは俺の上に乗り、股《また》で一物を挟んで上下に擦《こす》る。まだ彼女が幼すぎて性器を使えなかった時、なんとか俺を楽しませようと覚えた技だ。

片手で男根を自分の股に押《お》し付《つ》け、もう片手は俺の太ももを掴《つか》んで激しく腰を前後させる。細いながらもしなやかな太ももで圧迫《あっぱく》され、柔らかく湿った性器の入り口の温かさを感じ、生え始めた陰毛《いんもう》が擦れて刺激される。

腰が操《あやつ》られたように跳ね、男根が脈動しながら更《さら》に膨張し始める。

淫夢《いんむ》で限界まで高まり。あと数分で夢精していたはずの睾丸《こうがん》が僅《わず》かな刺激で精液を送り始めてしまったのだ。

「セリア、ちょっと待ってくれ」

「気持ちいいですか？　もっと擦りますね」

激しく腰を前後させるセリアは射精寸前の動きに気付かない。

「うおっ！」

「えっ？」

俺はセリアを押し倒《たお》すように立ち上がり、彼女の頭に両手を添《そ》える。

可愛らしい美顔から指一本分も離《はな》れていない距離《きょり》に突き付けられた男根の傘《かさ》が開き、尿道《にょうどう》が開いて行くのが分かる。

「顔にかけるのですね……どうぞ」

セリアは目を閉じてその瞬間を待つ。

「行くぞ……ぐ……うおぉぉぉぉ!!」

尿道を熱い汁《しる》が一気に駆《か》け上がる。勢いが強すぎたのか、濃すぎたのか、信じられない快感に襲《おそ》われた俺は咆哮《ほうこう》しながら大量射精した。

「わっ！　わっ！　すっごい出てます！　信じられない量です！　まるで滝《たき》です！」

小水よりも勢いのある射精がセリアの顔を叩《たた》く。咄嗟《とっさ》にかばった手や腕や胸、腹から太ももまで体の前面全てを黄ばんだ白濁《はくだく》で染めてしまい、それでもまだ止まらない。

「転がれ！」

セリアをうつ伏《ぶ》せにして押さえつけ、背中と尻にも精をかける。

噴《ふ》き出し続ける精は液体と固体の間ともいえるほどの粘度《ねんど》を持ち、背中や尻に当たっても垂れ落ちずにへばりつく。粘度が高すぎて尿道が痛むが数倍する快楽に掻き消《け》される。

「いくらでも好きなだけかけて下さい……ふふ、体中が温かいです」

セリアは大量の精液を浴びせかけられて真っ白になりながら、まだかかっていない部分を差し出してくれる。

尻間にぶっかけ、足の裏にもかけ、顎下や脇《わき》にも種を塗《ぬ》り込む。

セリアを髪の先から足の先まで余す所なく真っ白にしたところで足元がふらついた。

「お水をどうぞ。いくらなんでも出しすぎです……死んでしまいますよ」

水を差し出すセリアは全身種塗《まみ》れでものすごい異臭《いしゅう》を放っていた。

「すまんな。何故《なぜ》か抑《おさ》えが利《き》かなかった。臭《くさ》くないか？」

「ものすごく臭いです。でも嫌《きら》いじゃないです」

ぬちゃりと汁まみれの体を抱き締《し》めるセリアに笑いかけてベッドに横になった。全てを出し切ったのですっきりと眠《ねむ》れそうだ。

「ルーシィって誰ですか？」

意識が落ちる直前セリアが何か呟いた気がした。


翌日、森の切れ目から飛び出した俺達の目の前にトリエア軍の姿はなく、無人の草原が広がっていた。

「どうだレオポルト。うまくいっただろう？」

「あの森を抜けられるなら最初からそう言って頂ければもっと楽に作戦を立てられました。以後、気を付けて頂きたい」

こいつこそルーシィに食ってもら……いや嫉妬《しっと》に狂《ぐる》いそうになるのでやめておこう。

涼《すず》しい顔のままレオポルトが続ける。

「では作戦通り、敵要塞の後背を突《つ》きます。まずは王都からの補給拠点たるロレイルの町へ」

マリアの故郷かつ俺も思い入れのある街だ。なるべく被害《ひがい》が出ないようにしないとな。

「全隊へ告ぐ。魔の森とやらは踏破《とうは》したぞ。もはや恐《おそ》れるものは何もない、突き進《すす》め！」

『オォォォー！』

全隊から大歓声《だいかんせい》が吹《ふ》き上がり、大地を揺《ゆ》らさんばかりだった。

森の中心を抜けたことで当初の計画よりも要塞までの距離は近い。全てはうまく回っている。

エイリヒに見せ付けてやろうじゃないか。

盛り上がる中、セリアとイリジナがなにやら話していた。

「ところでセリア殿に言おうと思っていたのだが……」

「なんですか？　焦《じ》らしてあなたらしくもない」

イリジナが珍しくためらいがちに続ける。

「その……すごく臭いぞ。並の臭さではない。周囲一帯に漂《ただよ》うぐらい臭い。それに全身カピカピして……率直《そっちょく》に言って汚《きたな》いぞ」

「セリア臭い。尋常でなく臭いぞ」

「戦場とて水浴びぐらいはなさるべきかと。見る人が見れば……その……ぶっかけたと分かる」

ピピとルナも参戦し、セリアは声にならない叫《さけ》びを上げるのだった。

◇◇◇◇◇◇◇◇◇◇◇◇◇◇◇◇◇◇◇◇◇◇◇◇◇◇◇◇◇

トリエア王国西部　ロレイルの町　防衛部隊

ロレイルを始め、一帯の町村を領地とするフェイエルティン伯爵《はくしゃく》の甲高《かんだか》い声が鳴る。

「東部守備隊は何をやっているのだ！　よりによって全面降伏とは、忠義の臣であるなれば全員死すまで戦うべきであろうに！」

「左様にございます」「まっこと許しがたき不忠者」「万死《ばんし》に値《あたい》しますな」

腹心たる三人の貴族がすかさず追随《ついずい》する。

「敵はエルグ森の近くまで来ているだろう……トリエア軍の栄光も落ちたものよ」

不機嫌《ふきげん》の理由はそれだけではない。

今まで彼はこの一帯の大領主として大きな力を持ち、王家にも堂々とものが言える存在だった。だがゴルドニアとの関係悪化で状況は一変、防衛を重視するとして宰相《さいしょう》デュノア侯爵《こうしゃく》だけではなく、武官達が領地内で幅《はば》を利かすようになった。

「北部要塞司令官にも俺がなってしかるべきだろうに、何故あのような老いぼれに任せる！」

「左様にございます」「まっこと信じがたき愚行《ぐこう》」「失笑《しっしょう》に値しますな」

腹心三人は小気味よいリズムで頷《うなず》く。

伯爵はあえて正式名称《めいしょう》とされたマジノ要塞とは呼ばなかった。

フェイエルティン伯爵に任された役は要塞への補給部隊司令官だった。爵位《しゃくい》で同等とは言え要塞司令官たるマジノ伯《はく》の部下と見られても仕方なかった。

「あのような老いぼれではいつ要塞が抜かれるかもわからん。そうなれば俺の領土はたちまち侵略《しんりゃく》されてしまうのだぞ！」

「左様にございます」「まっこと懸念《けねん》すべき事態」「恐れるに値しますな」

腹心三人のリズミカルな同意にフェイエルティンは満足げに頷く。自身が軍を率いた経験がまったく無く、マジノ伯爵が防衛戦の専門家でアークランドの度重《たびかさ》なる侵攻《しんこう》から国土を守り抜いた軍人であることなど彼の中では些細《ささい》なことだった。

「バッカー男爵《だんしゃく》、ドゥアホウ男爵、オロウカ準男爵。視察に行くぞ、続け！」

「立派にございます」「まっこと素晴らしき献身《けんしん》」「尊敬に値しますな」

三人は流れるようなリズムで答えてフェイエルティンに付き従う。彼に出来るのはとにかく兵達の前に頻繁《ひんぱん》に顔を出し、作業に口を出して自らの存在を知らしめることだけだった。

こうして四人が自領の町中にも関わらず多数の護衛を伴《ともな》って町中を視察し、兵士達の引きつった賞賛の言葉を浴びている時、見張り台に立つ兵士から大声が上がった。

「馬が一頭こちらに向かっております！」

伯爵は取り巻き三人と顔を見合わせた。

「敵か？　いやまさか単騎《たんき》で来るまいな。ならば森の東に展開した近衛の使者か……まさかまた敗北したのではあるまいな。お前達はどう思う？」

「「「わかりませぬ！」」」

腹心三人は声を揃《そろ》えて胸を張って堂々と言い放つ。

その間にも馬に乗った者は門の前まで到達《とうたつ》し、開門要請《ようせい》の音声ではなくいきなり内容を叫ぶ。

通常の手順ではなく本当に余裕《よゆう》のない差《さ》し迫った行動だ。

「至急報告！　敵はエルグ森を突破《とっぱ》し既《すで》に近郊《きんこう》にあり！　時間の猶予《ゆうよ》微塵《みじん》も無し、直ちに防衛体制を整えられたし！」

鬼気《きき》迫《せま》る使者の叫びだったが、伯爵と取り巻きは焦りではなく呆《あき》れに支配されていた。

「軍隊がエルグ森を突破？　そんなことできるわけがないだろう」

兵士達もにわかには信用していない。

「森を迂回すれば近衛と戦闘《せんとう》になっている。万が一負けたにしても、時間がかかる上に使者も近衛から来るはずだ」

門の外に居る男はどう見ても近衛兵《このえへい》には見えなかった。

「とすると敵の撹乱《こうらん》工作かもしれん」

騎兵単騎《きへいたんき》ならば夜陰《やいん》に乗じて近衛兵の陣をすり抜けたのかもしれない。

「ひっ捕《と》らえて取り調べを……」

伯爵の言葉は最後まで続かなかった。

見張り台に上っていた全ての兵が発狂《はっきょう》したような叫び声《ごえ》を上げたからだ。

「て、敵襲《てきしゅう》ーーー!!　ものすごい数の騎兵！　一直線に向かってきます！」

「何を言って……」

うっすら聞こえ始めた地響《じひび》きが大きくなっていく。

軍に居た者なら誰《だれ》でも聞いたことがある音、軍馬の大群が立てる死の行進曲だ。

「どけっ!!」

伯爵が見張り台に駆け上《のぼ》り、兵を押しのけると眼前に悪夢のような光景が広がっていた。

数千の騎兵が何十層もの重厚《じゅうこう》な隊列を組んで突進《とっしん》してくる。

「城門をしめろぉぉ!! 外に居る者は見捨てて構わん!!」

ロレイルの兵力では迫る騎兵の十分の一でも町に入れたらお終《しま》いだった。

普段《ふだん》は緩慢《かんまん》さが目立つ駐屯兵《ちゅうとんへい》も自らの命がかかる中で迅速《じんそく》に動く。

すぐに門は硬く閉ざされ、閉門前に飛び込まれる最悪の事態は避《さ》けられた。

ロレイルの街壁《がいへき》は戦に備えて幾分《いくぶん》か強化されていたが主軸《しゅじく》は更に北部の要塞であったので、たかが知れている。それでも伯爵は可能な限り持ちこたえ援軍《えんぐん》を待つしかなかった。

「お前達も早く指揮を取れ! それぞれ隊を率いて防戦するのだ!」

「あわわわわ」「ひえええええ」「およよよよ」

三人の腹心はひっくり返り、それぞれ頭と顔と尻を抱《かか》えて震えていた。

彼らは役にたたぬと伯爵が直接指揮を執《と》ろうと剣《けん》に手をかけた時、爆音《ばくおん》と何かが砕《くだ》け散《ち》る音が町中に響《ひび》く。

フェイエルティンが振り返《かえ》りたくない本能を押さえつけ音の方向に目をやると、そこには粉々になった木片《もくへん》が散らばり、街壁に大穴が空いていた。

「な、何が……」

呆然《ぼうぜん》とする誰かが言い終わらぬ内に更に轟音《ごうおん》が鳴り、もう一ヶ所大穴が空く。

もはや防壁《ぼうへき》としての役目を果たせなくなった壁から兵士達が離れ、破れた部分から騎兵の群れが飛び込んで来る。

「こんなことが……信じ……られぬ……」

「ここまでにございます」「まっこと信じられぬ破壊力《はかいりょく》」「絶望に値しますな」

呆然と天を仰《あお》ぐ伯爵と取り巻き三人の言葉は蹄《ひづめ》の音にかき消されていった。

◇◇◇◇◇◇◇◇◇◇◇◇◇◇◇◇◇◇◇◇◇◇◇◇◇◇◇◇◇

ハードレット軍　侵攻部隊
「壁に大穴が空きました。槍騎《やりき》兵《へい》、市内への突入《とつにゅう》に成功しています」

レオポルトの感情の無い声も随分と昂《たか》ぶって聞こえる。

件《くだん》の鉄筒《てつづつ》が壊れてなくて何よりだ。

「無理やり馬車に積みましたからな。少しばかり心配しましたが」

攻城兵器を伴った歩兵達は後方から追いかけてきている。彼らを伴って攻撃《こうげき》すればロレイルは容易に落とせるだろうが、それでは町が火の海になる。

マリアの家と母親もこの町にいるのだし出来れば迅速に落としたいと強力なアレだけを積んできたのだ。

「発射を続けさせろ。侵入《しんにゅう》口は多いほうがいいからな。味方に当てるなよ」

「善処します」

レオポルトが腕《うで》を振り下ろし、三度目の発射音が鳴る。見張り台に当たったのか見張兵が飛び降りた後、木組みの櫓《やぐら》が音を立てながら崩《くず》れていく。

「俺も行って来る」

「またですか。ハードレット卿《きょう》は後ろで座《すわ》っていて欲《ほ》しいのですが」

そう言うなよ、祭りを後ろで見る程《ほど》つまらないことはない。

「エイギル様が出られるぞ。護衛隊続け！」

セリアが叫び、三十人の重装騎《き》兵隊《へいたい》が続いてくる。

『護衛隊』なるものは俺が単身で突撃《とつげき》するのを心配するセリアが、私軍騎兵の中から三十人、選《よ》りに選って作り上げた。兵馬共に体格がよく武芸に秀《ひい》でる者で編成されており、槍とクロスボウを装備した部隊は少数だが最精鋭《せいえい》とも言える。

貴重な重装騎兵を編制から外して俺専属にするなどレオポルトが許さないと思ったのだが、「司令官が勝手に死ぬよりマシ」などとふざけた理由で認めやがった。

護衛隊は三十人編成だが正確には三十二人だ。

一人はセリア、屈強《くっきょう》な精鋭達《せいえいたち》の中では小さく可愛らしいので非常に目立つ。

もう一人はクリストフ、元の隊からあまりに役に立たないと放《ほう》り出され、俺に泣きついて入りこんだこいつは無論、隊中最弱である。セリアは隙《すき》あらば戦死させようとしていそうだ。

「行くぞ！」

町に向かう間に空いたもう一つの穴から侵入すると目の前に数人の兵士が立ちふさがる。

「この状況で士気が折れないのは大したものだが、意味があるかどうかは別問題だぞ」

一人の槍を大槍の柄で弾《はじ》き飛《と》ばし、腹を刺《さ》して投げ捨てる。

もう一人は一旦距離《いったんきょり》を取ろうとするも横合いからセリアの馬に弾き飛ばされた。

「民《たみ》を殺すな。町への放火も一切《いっさい》許さん、兵だけを討《う》て」

吼《ほ》えるように命令しながら町の中心目がけて駆ける。

斬《き》りかかってくる甲冑騎士《かっちゅうきし》の首をすれ違《ちが》いざまに跳《は》ね飛ばし、胴《どう》を配下の歩兵へ蹴《け》り飛ばす。

「ひいっ！」

「甲冑《かっちゅう》ごと一撃《いちげき》で⁉」

配下の雑兵《ぞうひょう》は士気を砕かれて槍を置いて逃《に》げ出す。それでいい、出来るだけ抵抗《ていこう》せずにいてくれれば町も壊れない。

「見事な武勇なり！　されどここは通せぬ！　いざ勝負勝負ー！」

横合いから全身鎧《よろい》を纏《まと》った騎士《きし》が突進してくる。手にした槍は不自然な程太く長い。

「いいとも。受けよう」

そういえば武芸試合で、双方《そうほう》こんな武器持って馬で突撃するのがあったな。

鋭《するど》い円錐《えんすい》のような槍は威圧《いあつ》感こそあっても、打ち下ろしや薙《な》ぎ払いどころかまともな突きも放てそうにない。馬の勢いで一撃する専用だろう。

ぶっちゃけ回り込んだり、馬から落とせばただの木偶《でく》になるだろう。

「相手が正面から来ているのにそれでは礼を失するな」

などと周囲の味方向けに言ってみる。

本心は違う、戦場で礼もへったくれも無い。俺があえて正面から受けるのは——。

「これやってみたかったんだよな」

実は演習の時、同じような試合に参加しようとしたが、エイリヒに「お前がやると死人が出る」と止められたのだ。

「きえぇぇぇぇぇ！」

騎士は裂帛《れっぱく》の気勢をあげて突っ込んでくる。

俺と騎士は交差、鋭い金属音が戦場の空気を一瞬《いっしゅん》止めた。

そして敵騎士の馬だけが走り去る。

「……こんなもんか」

騎士の槍は俺の胸元《むなもと》……正確には胸の前にある俺の手の中だ。

そして騎士自身は柄を握ったまま信じられないといった顔をして空中で揺れている。

ただ突撃してくる騎士の槍先を掴んで持ち上げただけだ。騎士はあくまで柄《つか》を離さなかったので落下せずにすんだらしい。

槍を下ろして地面に降ろしてやると騎士は剣を捨てて跪《ひざまず》く。

「ま、参りました……命だけはぁ……」

「ん、剣と鎧を捨てて民家に入ってろ」

抵抗するなら斬ろうと思ったが命拾いしたな。

「騎馬《きば》突撃《とつげき》を受け止めた……？」

「化け物……」

「俺達の敵《かな》う相手じゃない！」

敵兵は後ずさり、得物を捨てて逃げていく。

「正々堂々正面から圧倒《あっとう》した！」

「鎧袖一触《がいしゅういっしょく》とは正にこのことだぜ」

「ふざけた勝負もしっかり受けて叩き潰《つぶ》す……騎士の鏡……恰好良《かっこうよ》すぎるわ」

勝負自体はつまらなかったが、味方の士気も上がり俺も恰好《かっこう》を付けられたから良いか。

潤《うる》んだ目で俺を見る女兵士に笑いかけてやると、ブルリと震えて目がメスのそれに変わる。

あれは迫ればいける。戦いが終わったら食べに行こう。

「さてもう少し恰好を付けても良いんだが」

女兵士に向けたのとは違う、肉食獣《にくしょくじゅう》のような目を敵兵に向ける。

すると進路上に居る騎士とお供の兵が武器を捨てて逃げ散る。

この付近で抵抗する者はいなくなったようだ。

町の外周はたちまち制圧され、戦いは市街地、貴族街、そして領主の館《やかた》へと移って行く。ロレイルにはそれほどの兵力が居たわけではないし、重武装してもいなかったが、それでも想像より《・》は頑強《がんきよう》に戦う。

俺が町を焼く攻撃を自重したことも大きいが、それでも寡兵《かへい》でよく戦ったと言えるだろう。

「斉射《せいしや》開始！　十連射！」

だがその抵抗も領主の館を守る最後の部隊が弓騎兵《ゆみきへい》五百騎《き》から各十発……五千の矢を浴びて全滅《ぜんめつ》したことで事実上　終了《しゆうりよう》した。

「終わりか」

「ですね」

横に並んだセリアは全身が血まみれでふぅふぅ可愛く息を荒《あら》らげている。俺と馬を並べて戦える喜びに五人を血祭りに上げたらしい。

選りすぐりの護衛隊はさすがに精強で損害無しに百人以上の敵を屠《ほふ》っていた。

「はい、損害〇です。クリストフは定数外扱《あつか》いなので〇なのです」

クリストフだけは敵の穂先《ほさき》がかすって落馬、頭を強打して戦闘不能となった。本当に使えない奴《やつ》だが死ななかったならまあ良いだろう。

「さて締めに行くか」

俺は馬を下りた護衛隊を伴って領主の館に侵入、抵抗を諦《あきら》めた兵の間を通って大広間まで歩く。そして佇《たたず》む甲冑を着た貴族と対面した。

貴族は中年程度、兜《かぶと》はつけていないが全身に重厚な鎧を纏っている。顔は髭《ひげ》を伸《の》ばし、髪形《かみがた》を整えた貴族然とした格好であまり強そうには見えない。

「トリエア王国伯爵、バロッド・フェイエルティンである！　貴公の名を聞こう！」

「ゴルドニア王国子爵《ししゃく》、エイギル・ハードレットだ。御領主《ごりょうしゅ》か？」

「エイギル？」と声が聞こえたが目の前の貴族は反応しない。

「左様！　フェイエルティン家の名誉《めいよ》にかけて一騎《いっき》打《う》ちを所望《しょもう》する」

伯爵はガチャリと音を立てて剣を向けるも先は震《ふる》えているし、鎧が重いのか動きにくそうだ。

これは明らかに剣の扱いも知らず、鎧も着慣れていない。当人も自分が決闘《けっとう》など出来る技量では無いと分かっているのだろう、声は緊張《きんちょう》と恐怖《きょうふ》のせいか甲高い。

「お待ち下さい伯爵！　ハードレット……殿は以前この町に来たことがおありでしょう!?」

横から口を出す屈強な男、その野太い声と外見は忘れようもない。

以前に餓狼《がろう》退治の報酬《ほうしゅう》を受け取り、部下にと勧誘《かんゆう》されたロレイルの衛兵隊長グロックだった。

考えてみればここにいるのは当然か、懐《なつ》かしいが昔話をする訳にもいかない。

「あの時は世話になった。まさか敵同士になるとは思ってなかったよ」

「……名字はあの時の魔狼《まろう》か……因果なものだ」

これ以上頭越《あたまご》しに言葉を交《か》わすのはさすがに伯爵に対して無礼だろう。

俺は視線を戻したが、グロックは伯爵の前に進み出る。

「フェイエルティン伯！　これも縁《えん》、私が決闘を代行し」「ならん!!」

今までの甲高い声とは違う迫力《はくりょく》ある声にグロックも後ずさる。

「ここは我《わ》が一族が守るべき土地、衛兵隊長のお前には関係ない。民を守るが貴様の使命、俺が敗れたら降伏《こうふく》せよ」

伯爵は再び剣を構える。

志は立派だが到底《とうてい》勝負になりそうにはない。頭でも殴《なぐ》って失神させるか。

「ハードレット卿、手加減は不要ぞ。貴族にとって土地は命、俺を殺さねばこの地は手に入らぬと知れ！」

「ふむ、そうか」

そこまでの覚悟《かくご》があるならば手加減は失礼になる。実力こそ伴っていないが、その覚悟は嫌いではない。

「クリストフ、剣を貸せ」

俺は頭に包帯を巻いてフラフラしているクリストフから剣を奪《うば》う。大槍やデュアルクレイターでは不公平だ。せめて武器だけは同じような物を使おう。

俺は剣を右手一本で持ち、伯爵は両手で正眼に構える。

「にょおおぉおおぉー！」

伯爵が珍妙《ちんみょう》な奇声《きせい》とともに剣を振り上《あ》げ、切りかかってくる。

その動きは余りに遅《おそ》く、余りに無防備だった。

振り下ろされる剣を頭上で容易《たやす》く弾《はじ》くと伯爵は体勢を崩す。そこを横に一閃《いっせん》。

ボトンと伯爵の首が床《ゆか》に落ち、数秒遅《おく》れて胴体《どうたい》も倒れ込む。

剣を振り、血を払ってから顔の前に持ってきて軽く頭を下げる。死を覚悟しつつ向かってきた根性《こんじょう》に軽く一礼ぐらいはいいだろう。

同時に周り全《すべ》ての兵と貴族、グロックもまた剣を捨て、兜を脱《ぬ》いで跪く。

「完敗にございます」「まっこと信じがたき武勇」「服従に値しますな」

凄《すさ》まじい勢いで手を擦《あ》り合わせている三人を無視して、グロックに町全ての兵を降伏させ、武装解除するように伝えた。

わずか二時間余りの戦闘でロレイルは陥落《かんらく》、トリエア要塞《ようさい》群への補給拠点《きょてん》は失われたのだ。

◇◇◇◇◇◇◇◇◇◇◇◇◇◇◇◇◇◇◇◇◇◇◇◇◇◇◇◇◇◇

三日後　マジノ要塞　中央城砦《じょうさい》　司令部
「ゴルドニア軍、中央に兵力を集中しています」

「慌《あわ》てるな、六番隊に応射《おうしゃ》させよ。間断なく矢を放って疲弊《ひへい》させるのだ」

「三番陣地《じんち》が炎上《えんじょう》しています！」

「心配ない。慌てずに消火してから屋根を付け直せば良い」

マジノ伯爵は自身の名がついた要塞の司令官として指揮を執っていた。

その指揮は派手に気勢を上げるものではなかったが、部下のあらゆる報告に的確に命令を下していた。どっしりと構えた老将ならではの落ち着きと、長年の防衛戦における実績が部下達《たち》に大きな安心感を与《あた》え、司令部に混乱は微塵《みじん》も無い。

正面には中央平原ではまず見ない規模の大軍……ゴルドニア中央軍と諸侯《しょこう》軍併《あわ》せて八万以上が展開していたが、老将に焦りはない。

百以上の投石機から絶え間なく飛んでくる焼け石や油壷《あぶらつぼ》、空を曇《くも》らせ雨のように降り注ぐ数万の矢も要塞の機能をなんら破壊《はかい》出来てはいなかった。

「まずは冷静に、何かあったら一息ついてから考えるのだ。この要塞は諸君が一息ついている間に揺らぐことなどない。焦りこそ禁物だぞ」

野戦と違って篭城戦《ろうじようせん》は状況《じようきよう》が猫《ねこ》の目のように変化する訳ではない。忍耐力《にんたいりよく》と緻密《ちみつ》な計画がものを言う。

轟音が鳴り、焼け石が砦《とりで》の上に設置された矢避《よ》けの屋根を破壊《はこわ》した。だが崩れ落《お》ちる屋根を見て誰も慌てはしなかった。

要塞外壁《ようさいがいへき》の上には小さな窪《くぼ》みが無数に空いており、矢避けは窪みに木の杭《くい》を差し込んで組み立てる簡単な設計になっている。

城壁《じようへき》の上に届く矢は大抵《たいてい》が遠距離《えんきより》から放物線を描《えが》いて降り注ぐ。木製の簡易な屋根でも天井《てんじよう》があれば兵の被害を劇的に減らせる。

勿論《もちろん》投石機や大弩の直撃《ちよくげき》には耐《た》えられないが、壊れたり燃えたりすれば捨てて新しい屋根をつければいい。はめ込み式の簡単な屋根は破壊されても数分で元通りに修復される。

「マジノ伯！　この数日の猛攻《もうこう》にも要塞はびくともしていません！」

「逆に敵は三度に渡《わた》る総攻撃《そうこうげき》で大損害を出して撤退《てつたい》！　ここは一度追撃《ついげき》して見ては？」

老将はにこりと笑って首を振る。

「はは、危険な考えだぞ。今うまくいっているのにそれ以上を望む、それが破綻《はたん》の一因になる」

全体が見渡《みわた》せる窓際《まどぎわ》に寄り、あくまで優《やさ》しく語りかけた。

「時間は我らの味方なのだ。冒険《ぼうけん》する必要があるのは敵であって我々ではない。ただ敵の仕掛《しか》ける冒険を見抜《みぬ》き、潰していけば勝利は転がり込んでくるよ」

「はっ、出過ぎたことを申しました」

「いいさ、若者とはそうでなくてはならん。落ち着くのは爺《じじい》になってからで十分だぞ」

老将が笑い、部下も続く。

司令部の雰囲気《ふんいき》はすこぶる良い。籠城戦《ろうじょうせん》にありがちな悲痛な絶望など微塵もなかった。

投石機の一斉射撃《いっせいしゃげき》の後、ゴルドニア軍が中央に兵力を集めて攻め立《せた》てる。

だが攻め手の矢はほとんどが屋根で止まって効力を発揮せず、逆に打ち下ろされる要塞兵の矢は猛烈《もうれつ》な勢いでゴルドニア兵を打《う》ち倒していった。

散発的に屋根ごと兵を吹き飛ばす大矢も重厚な要塞本体にはなんら打撃《だげき》を与えられていない。

高くそびえる石垣《いしがき》に開いたいくつもの穴……意図的に作られた射撃口《しゃげきこう》からクロスボウが突き出され、ゴルドニア兵の命を根こそぎ奪って行く。

それでもいくらかの兵は城壁に取り付くが、射撃口には狭《せま》くて入れず、結局は梯子《はしご》をかけて高い壁を登るしかない。その間も延々と矢を浴び続けるのだ。

それなりの兵が城壁に取り付くと矢がやみ射撃口が閉まる。そして一番上の窓から火のついた油が大量に流れ落ち、梯子をかけようとしていた兵士を残らず焼き殺した。

「ゴルドニアの第四次攻撃撃退《こうげきげきたい》！」

「ですが敵騎兵が東の林を抜《ぬ》けて迂回《うかい》を試みています」

いくら堅牢《けんろう》な城砦とは言え、脆弱《ぜいじゃく》な部分はある。地形の関係で高い城壁が作れず、簡易な砦と柵《さく》しか見えない部分を狙《ねら》ってゴルドニアの騎兵が突破を試みたのだ。

「マジノ伯！」

「あそこには槍隊《やりたい》を配置してある。心配いらんよ」

騎兵は堀《ほり》の隙間《すきま》を一気に駆け抜けようとしたが、先頭が隙間に入ったところで地面が沈《しず》み込む。巻き込まれるように後続も転倒《てんとう》し、忽《たちま》ち大混乱に陥《おちい》った。

堀には隙間などなく、薄《うす》い板を被《かぶ》せて土をかけただけに過ぎない。

数人の歩兵なら問題ないが大群や重い馬が乗れば深い堀に落ち込んでしまう。

隠《かく》されていた陣地から次々と槍兵が飛び出し、隊列を乱した騎兵を追《お》い払《はら》い、堀に落ちた兵を皆殺《みなごろ》しにしていく。

騎兵に続こうとしていた歩兵にも矢の雨が降り、転がるように後退していった。

「慌てることはない。冷静に対処すれば必ず敵を防げるものだ」

老将に鼻をつつかれ、部下は引きつっていた顔を恥《は》じるように頭を掻《か》いて笑う。

「それよりもロレイルに出した使者はまだ帰らないのかな？」

老将の唯一《ゆいいつ》の懸念は補給の問題だった。

毎日消耗《しょうもう》した分の矢や油はロレイルから届く手はずなのだが、一昨日から届いていないのだ。

要塞内にも大規模な備蓄庫《びちくこ》はあるのですぐに困る訳ではないが、無視出来る話でもない。

「フェイエルティン伯爵は私のことを嫌っていたからね。こういう話はしたくないが」

老将は困ったものだと眉《まゆ》を寄せた。

「嫌《いや》がらせで補給を滞《とどこお》らせているならば愚《おろ》かなことです。それどころではないでしょうに」

「全て誤解で些細な手違《てちが》いだと良いのだが」

そこで兵士が司令室に飛び込んで来る。その慌てようは静かな老将、部下と対照的だった。

「おいおい慌てすぎだよ。まず深呼吸してゆっくりと正確な報告をだな――」

老将は兵を落ち着かせようと柔和《にゅうわ》な笑《え》みを浮《う》かべるが、兵はそれを無礼にも遮《さえぎ》った。

「敵の一団がエルグ森を突破してロレイルを襲撃《しゅうげき》しました！　町は一日で陥落、フェイエルティン伯爵はご戦死!!　繰《く》り返しますっロレイルは失陥《しっかん》しております！」

部下達は一瞬我を失い、それでも尊敬する上司の言葉通り心を落ち着けて老将を振《ふ》り返る。

「マジノ伯……どう対応すれば」

老将は目を見開き、呆然と口を開いている。

動揺《どうよう》した目に冷静さはかけらもなく、震える手をテーブルの紅茶に伸ばす。

その手からカップが床に滑《すべ》り落ち、散け散った。

あとがき

読者の皆様お久しぶりです。湯水快です。

この度は王国へ続く道⑦をご購入頂きありがとうございます。無事7巻を発売出来ましたこと大変嬉しく思っております。


さて7巻につきまして、まず前巻の続きから始まり、ほぼ新キャラとなったクレアの再登場、そこからお金や開発など商売の話となります。本来ならば領主の指導力で一気に領地の発展を……といきたいところですが残念ながら主人公に内政能力はありませんので、やはり丸投げに近い展開となります。作者も優秀な部下の話にもっともらしく頷き、最後に威厳たっぷりに「それでいこう」と言える存在になりたいものです。部下が美女であれば言うことはありません。

その後は王都ゴルドニアに向かい軍事演習に参加となります。ここで書きたかったことは主人公の軍事力が他の貴族達を圧倒する水準に達しているということです。慣例や家柄で牽制し合う貴族達を圧倒的な兵力で暴力的に黙らせます。特に弓騎兵を中心とした騎馬の大群は徒歩中心の他領主の将兵を震え上がらせたことでしょう。作者も全方位から冷たい視線を向けられながら笑って歩くぐらいの根性が欲しいものです。

次の展開はゴブリンの大群討伐です。人相手の戦いとはまた違い、誘拐された女性達が汚物にまみれた場所で繁殖に使われているなど救いのないグロテスクな展開になります。ただあまり陰鬱になりすぎても困りますので、主人公には大量の毒蛇を相手に女性にしがみつかれながら全裸で戦ってもらいました。戦後の兵士達も交えたドタバタ濡れ場と共にハードな展開を中和できたなら幸いです。

最後はいよいよトリエア王国との全面戦争となります。老獪な司令官が守る頑強な要塞を盾に持久戦に持ち込み、他国の介入を呼び込もうとするトリエア王国の戦略は、通れないはずの森を突っ切った主人公の急襲によって瓦解し始めます。登場人物の名前から展開を予想された方もいたかもしれませんね。途中に登場した3バカこと、バッカー男爵、ドゥアホウ男爵、オロウカ準男爵の3名など人名で遊び過ぎたかもしれませんがご容赦下さい。

次に登場キャラに焦点をあてていこうと思います。まず再登場となったクレアですが、ずばり『腹に一物かかえた女性が書きたかった』につきます。主人公に惚れて情熱的に愛し合いつつ、心の底では自分の利益を考え続け、情事の後に背中を向けてニヤリと笑う、そんな女性が大好きで手玉にとられたい作者の思いが凝縮しての登場となりました。

続いて新登場のケイシーです。彼女はアゴールの買った家に憑りついた、まごうことなき純度100%の怨霊なのですが、主人公によって浄化されて仲間？となりました。壁をすり抜け、物理攻撃は無効、空を自由に飛び回り、恨みを思い出せば凶悪な怨霊へと立ち戻る強キャラ……ではなく完全なコメディ要員となっております。ドジで怖がり、謎のフワフワ物質で出来ており、風の強い日には糸の切れた凧のように流されてしまうケイシーにはセリアと並ぶマスコットとしての立ち位置を期待したいものです。作者も家にケイシーのような可愛い幽霊が出てくれないだろうかと思うのですが、あまり念じると怨霊の方が出てきそうなので自重しております。

次に初登場ではありませんがアンドレイの妻ナタリーです。彼女は主人公と最後の一線こそ越えなかったものの挿絵のように大変なことになりました。そんな彼女ですが、実はハードボイルドとロリキャラ夫婦の組み合わせは構想初期からどこかで出そうと決めていた組み合わせでもあります。作者はシブい中年男性にはロリキャラを、初々しい美少年には匂い立つような妖艶美女を合わせたくなってしまうのです。

次いで少しだけ出てきたアリスです。現時点では性癖全開の印象しかありませんが、挿絵も頂き、今後活躍の予定がありますのでお楽しみに。

また既存のキャラについても少し。セリアは心身ともに育ってきており、体が大人の女になりつつあるだけではなく、演習の話では並の指揮官相手ならば十分勝利できるだけの能力を見せています。肝心なところでポロリとミスをしたり、たまに漏らしてしまうこともありますが、今以上に主人公の隣にいる時間が増えることでしょう。クリストフの情けなさにも拍車がかかり、アドルフも苦労人として定着してきました。そして前巻登場のピピやルナは影が早速薄くなりつつあります。前巻後書きに書きながら出せなかったサキュバスと併せて次巻では書籍版オリジナル展開として書きたいものです。

では最後に、イラストを描いて頂きました日陰影次様、編集様、製作に関わって下さいました全ての方々。そしてこの本をお買い上げ頂きました皆様への感謝を述べさせて頂きたいと思います。ありがとうございました。

ブリュンヒルド王国に突如現れた巨大な飛行船。
それはゴレムの技術者集団『探索技師団《シーカーズ》』だった。
フォンとともに。24
2021年6月発売予定！

目的は鉄鋼国ガンディリスに眠る『方舟《アーク》』を
目覚めさせるために王冠が必要とのこと。
あらたな冒険が今始まる――!!
異世界はスマート
冬原パトラ
illustration■兎塚エイジ

HJ NOVELS
HJN14-07

王国へ続く道 7

2021年5月19日　初版発行

著者——湯水 快

発行者—松下大介
発行所—株式会社ホビージャパン
〒151-0053
東京都渋谷区代々木2-15-8
電話　03(5304)7604（編集）
03(5304)9112（営業）

印刷所——大日本印刷株式会社

装丁——木村デザイン・ラボ／株式会社エストール

Printed in Japan

ISBN978-4-7986-2329-0　C0076

ファンレター、作品のご感想お待ちしております

〒151−0053　東京都渋谷区代々木2−15−8
(株)ホビージャパン HJノベルス編集部 気付
湯水 快 先生／日陰影次 先生